suhrkamp taschenbuch 3095

Seit drei Jahren ist Gunther Brubecks Feuer erloschen, der einst so elegante, integere Kommissar dienstunfähig. Erst als ihn sein Vorgesetzter und Freund Henning Krull vorzeitig in Pension schicken will, erwacht er aus seiner Lethargie. Er nutzt die letzten Dienstwochen, um diejenigen zur Rechenschaft zu ziehen, die er für sein Unglück verantwortlich macht. »Ein Italiener, sagte man, bringt seine Frau um, wenn er sie mit einem anderen im Bett erwischt. Ein Engländer bringt den anderen Mann um. Ein Deutscher bringt sich selbst um. In diesem Fall wollte Brubeck Engländer sein.« Brubeck will Rache, aber wofür? Wo ist seine Frau, wer hat sie ihm weggenommen – und wie? Diesen Fragen geht der junge Kommissar Jan Piel nach, der, fremd in der Stadt, Brubecks Nachfolge antreten soll und während der wenigen gemeinsamen Tage eine leidenschaftliche Haßliebe zu seinem knurrigen Vorgänger entwickelt.

Brubecks Echo, ein Kriminalroman, der nicht mit der Tür – also mit dem Mord – ins Haus fällt, sondern von einer anderen Spannung lebt: dem Geheimnis um das Verbrechen und der ganz unterschiedlichen Sicht der Akteure auf die Ereignisse. Nach und nach eröffnet sich ein atmosphärisch dichter Kosmos, der nicht nur die Helden der Geschichte, sondern auch den Leser gefangenhält.

Wolfgang Stauch, geboren 1968 in Contwig, Rheinland/Pfalz, lebt als freier Autor in Saarbrücken und München. Drehbücher, Hörspiele. 1992 erschien von ihm in der edition suhrkamp der Roman *Eine schlechte Geschichte* (es 1712).

Wolfgang Stauch

Brubecks Echo

Kriminalroman

Suhrkamp

Umschlagfoto: Klaus Baqué

suhrkamp taschenbuch 3095
Erste Auflage 2000
Originalausgabe

Druck: Nomos Verlagsgesellschaft, Baden-Baden
Printed in Germany
Umschlag nach Entwürfen von
Willy Fleckhaus und Rolf Staudt

1 2 3 4 5 6 – 05 04 03 02 01 00

Brubecks Echo

1 Die Farbe des Regens war Rot. Rotes Fleisch, schwarzrotes Blut. Rote Flammen, alle Schattierungen, ein fast schon violetter Wagen. Nasser roter Asphalt, rotbraune Bäume, der kräftige rote Lippenstift Karens. Ihre blonden Haare waren hellrot. Die Nacht war nicht schwarz, sondern rot, dunkelrote Wolkenfetzen. Brubeck hörte einen Schrei, den Schrei eines zwölfjährigen Jungen, er schrie rot. Sein Gesicht war rot, blaßrot, rosa. Es roch rot. Drei rote Männer verschwanden in der Dunkelheit. Brubeck wollte die Hand nach ihnen ausstrecken, aber er konnte es nicht, seine Hand bewegte sich nicht, er war eine Statue, auf dem Marktplatz ausgestellt, Wind und Wetter ausgeliefert und dem Spott in den roten Blicken der Frauen.

Brubeck öffnete die Augen. Er lag auf dem schwarzen Ledersofa im Wohnzimmer. Seit knapp drei Jahren schlief er nicht mehr im Schlafzimmer. Seither verfolgte ihn dieser Traum. Manchmal träumte er nicht, dann schlief er gut. Manchmal fürchtete er sich davor, einzuschlafen.

Brubeck schlief wieder ruhig, er träumte davon, ruhig zu schlafen. Der September 1995 ging zu Ende, heute war Freitag, der 29. – und die Meteorologen sagten voraus, daß auch im Oktober das Wetter nicht besser würde. Nebel lag über dem von vierstöckigen Häusern begrenzten Hinterhof, über dem Rasen mit dem Sandkasten, den Wäscheleinen, dem Spielzeug und den Fahrrädern der Nachbarn, Brubeck kannte sie nicht und wollte sie auch nicht kennenlernen, jetzt erst recht nicht mehr. Wenn er im Sommer manchmal auf dem kleinen, überdachten Balkon gestanden und geraucht hatte, hatten sie ihn von ihren Balkonen aus gegrüßt. Er hatte gelacht und gehofft, sie merkten, daß er sie auslachte, daß er nicht freundlich lachte.

Auf dem Balkondach landete eine Taube. Sie wanderte

hin und her, gurrte und scharrte auf dem durch die Witterung rauh gewordenen Kunststoff – Wellblech aus Plastik, hatte Karen damals gesagt, als sie eingezogen waren, sie war im dritten Monat gewesen. Brubeck öffnete die Augen und schloß sie gleich wieder; die Taube machte ein Geräusch, das in keinem Verhältnis zu ihrer Größe stand, die Taubenkrallen scharrten über seine Schädeldecke. Brubeck stand auf, noch immer den Schlaf in den Augen, die Unterhose hing ihm bis zu den Kniekehlen, er zog sie hoch. Zwischen Staub, verdrecktem Geschirr und schmutzigen Kleidern entdeckte er einen Besen, Brubeck hob ihn auf. Das Balkonfenster hing schräg im Rahmen und klemmte, er mußte ein paarmal mit der Faust an den Griff schlagen, bevor es sich öffnen ließ. Er faßte den Besen an der Bürste und ratterte mit dem Stiel über die Wellen des Plastikdaches.

Die Taube flog weg. Es war ruhig.

Brubeck wartete einen Augenblick, es nieselte, die Uhr der Johanniskirche hatte ein paar Minuten Verspätung und schlug acht. Brubeck legte sich wieder aufs Sofa, deckte sich mit der blauen Federbettdecke zu und träumte. Wenig später war Brubecks Traum verschwunden, dafür kehrte die Taube zurück und scharrte, scharrte, scharrte. Brubeck zog die Decke über beide Ohren. Es half nichts, gar nichts. Seine Füße froren. Brubeck ging zum Balkonfenster, er hatte es erst gar nicht geschlossen, und fuhr mit dem Stiel des Besens über die Wellen des Plastikdachs. Die Taube flog weg. Brubeck legte sich aufs Sofa. Er schloß die Augen.

Seine Atemzüge waren gleichmäßig, als die Taube zurückkehrte.

Brubeck betrachtete vom Balkonfenster aus den sich durch den Kunststoff abzeichnenden Schatten der Taube. Der Schatten gurrte ausdauernd. Er stützte die Hände in die Hüften und schaute sich im Zimmer um. Neben dem

Sofa lag eine Walther P-1, eine Neun-Millimeter-Pistole, irgendwo, dachte er, gab es den passenden Schalldämpfer dazu, vermutlich im Wohnzimmerschrank. Er hob die Pistole auf, sah nach, ob sie geladen war, öffnete den Wohnzimmerschrank, gleich die richtige Schublade – »... hoffe ich, daß es Ihnen an einem Tag wie heute leichter als mir gefallen ist, Ihr Bett zu verlassen –« Der Radiowecker. Acht Uhr neun. Zeit zum Aufstehen. Brubeck warf die Pistole aufs Sofa. Die Taube flog endgültig davon, als habe es nun überhaupt keinen Sinn mehr, diesen Radau zu veranstalten. » – lassen Sie sich von diesem Katastrophenwetter nicht abschrecken, nach jedem Regen scheint wieder die Sonne, auf die mageren Jahre folgen die ....« Mit einer Handbewegung, als könne er die Stimme wegwischen, brachte Brubeck den Moderator der WELLE zum Schweigen. Er rieb sich die Augen, suchte den Boden ab und stieß mit den Zehen die Scherben des Weinglases beiseite, ein Geschenk von Karens Mutter zu ihrem zehnten Hochzeitstag vor fast zehn Jahren. Brubeck hatte Karen geheiratet, als sie gerade achtzehn war. Er war dreizehn Jahre älter als sie. Wieder und wieder, auch jetzt, dachte er darüber nach, wie es wäre, wenn es anders wäre, als es war, wenn Karen auf andere Weise gegangen wäre, wenn sie ihn wegen eines anderen Mannes verlassen hätte, zum Beispiel. Wenn. Ein Italiener, sagt man, bringt seine Frau um, wenn er sie mit einem anderen im Bett erwischt. Ein Engländer, sagt man, bringt den anderen Mann um. Ein Deutscher bringt sich selbst um. In diesem Fall wollte er Engländer sein.

Brubecks Anzug lag zwischen einem großen Blumentopf, den er als Aschenbecher benutzte, und einem Stapel alter Zeitungen. Weil er nur selten wusch, zog er die Unterwäsche von gestern noch einmal an. Er schlüpfte in eine schwarze Hose, ein schwarzes Hemd hing über dem Fernsehgerät. Es war eine Nummer zu groß, aber noch eins der kleineren. Zehn Kilo hatte er in den letzten drei Jahren abgenommen, eine Zeitlang fast gar nichts gegessen. Seit einiger Zeit hielt er sein Gewicht, sechsundsiebzig bei einsneunundachtzig.

Gunther Brubeck ging in die Küche, nahm eine Dose Bier aus dem Kühlschrank und trank sie in einem Zug leer. Er betrachtete seine zitternden Hände. Auf einem hellgrauen Blechregal stand eine Flasche Gin. Brubeck nahm einen Schluck davon, wartete, seine Hände zitterten immer noch. Er trank einen zweiten Schluck, wartete eine Minute, seine Hände waren ruhig.

In der Innentasche seines Jacketts fand er eine leere Taschenflasche, er füllte sie mit dem restlichen Gin auf, steckte sie ein und ging ins Badezimmer. Der Spiegel über dem Waschbecken war blind, der Wasserhahn tropfte. Schon oft hatte Brubeck auf dem Badewannenrand gesessen und gerätselt, wie viele Tropfen man für ein eigenes Meer benötigte. Gestern abend hatte er den Abfluß verschlossen und die Tropfen gezählt. Man brauchte etwa neuntausenddreihundert, um ein Waschbecken zu füllen. Daraufhin hatte er überlegt, wie viele Waschbecken voll Wasser in ein leeres Meerbecken gingen. Darüber war er eingeschlafen, und dann hatte er von einem Mann geträumt, der wirklich ein eigenes Meer besaß, im Keller seines Hauses. Ein Mann, den es, was Brubeck sehr bedauerte, auch außerhalb seines Traumes gab.

Statt Rasierschaum nahm Brubeck Kernseife. Er rasierte sich nicht sehr gründlich, weil er nicht wußte, für wen, am Kinn blieben ein paar Stoppeln stehen. Dann hielt er den Kopf unter den Wasserstrahl, trocknete sich ab, kämmte die Haare zurück. Er gurgelte mit klarem Wasser, steckte ein Mentholbonbon in den Mund, ging zurück ins Wohnzimmer und suchte seine Zigaretten.

Er fand eine Packung Roth-Händle auf der Ablage des Schrankes unter einem noch in Folie verpackten Lyrikband. Der Autor, Dr. Thomas Drenz, hatte ihm das Buch selbst geschickt, weil ein Gedicht über den Tod von Hermann Brubeck, Brubecks Vater, darin enthalten war. Drenz war noch immer der Hausarzt der Familie Brubeck, auch Karen war damals bei ihm in Behandlung gewesen. Er war ein guter Arzt. Brubeck wußte nicht, ob er auch ein guter Lyriker war, mit Gedichten konnte er nichts anfangen, außerdem hatte er noch kein einziges Gedicht von Drenz gelesen. Aber man sagte, daß Drenz in seinen Gedichten gerne vom Sterben sprach – und Brubeck wußte, daß man nicht Arzt und Leichenredner, Leichensänger, zugleich sein konnte. Drenz hatte, weil der überwiegende Teil seiner Patienten das genauso sah, im vergangenen Jahr seine letzte Sprechstundenhelferin entlassen müssen und arbeitete nun alleine in der Praxis.

Hermann Brubeck war im vergangenen Sommer eine Woche nach seinem 79. Geburtstag während eines Sprungs vom Fünf-Meter-Turm im Freibad an einem Herzinfarkt gestorben. Schon seit seiner Kindheit hatte er unter fürchterlicher Höhenangst gelitten, es aber nie zugeben wollen – und war, um es allen zu zeigen, Flieger geworden. Als er am 10. September 1940 in die Ju 88 stieg, um London zu bombardieren, hatte er bereits eine Flasche Wacholderbeerschnaps intus. Keineswegs weil er Bedenken hatte, Zivilisten umzubringen, sondern weil er schreckliche Angst davor hatte, zu fliegen. Es war sein letzter Flug. Er geriet, weil er tiefer flog als seine Kameraden, schnell in die Reichweite des englischen Artilleriefeuers, seine Maschine wurde getroffen, er sprang mit dem Fallschirm ab. Nach dem Sprung lag sein rechtes Bein in Trümmern, aber der Schnaps betäubte ihn so, daß er die Schmerzen erst kaum spürte und im allgemeinen Wirrwarr den englischen Soldaten entkam. Abgeschossene Flieger, das hatte der alte Brubeck mehr als einmal stolz erzählt, wurden auf der Stelle erschossen, so wichtig nahm man sie. Er versteckte sich im Keller eines zerbombten Hauses, die Bewohner waren längst geflüchtet oder tot. Vermutlich hatte ihn sein Instinkt, wie er später berichtete, nicht in den Keller irgendeines Hauses geführt, sondern in den Keller einer kleinen Londoner Bar. Mit viel Glück, Beharrlichkeit und den Vorräten des Wirts gelang ihm sogar die Flucht zurück nach Deutschland – wo ihm seine alten Freunde, diejenigen, die noch lebten, vorhielten, er habe diese Geschichte nur erfunden. Aber er war da. Die Argumente waren auf seiner Seite.

Hermann Brubeck erhielt das Eiserne Kreuz Erster Klasse, davon lebte er bis zu seinem Tod. Sein rechtes Bein blieb steif, trotzdem kletterte er, um es allen zu zeigen, im Sommer im Freibad Tag für Tag auf den Fünf-Meter-Turm. Tag für Tag betrunken, bis zu seinem letzten Tag. Er hatte schon als junger Flieger davon geträumt, einmal in der Luft zu sterben.

Sie hatten sich selten gesehen, selbst vor drei Jahren hatte sich sein Vater entschuldigt, dafür war Brubeck eine Viertelstunde zu spät zu dessen Beerdigung gekommen.

Dr. Drenz hatte sein Buch *Größer als Gott. Schwarze Zeilen* genannt. Das Gedicht über Hermann Brubecks Infarkt hieß *Die Bombe im Kasten des Herzens.* Immerhin glaubte der Mann an das, was er tat – dachte Brubeck und rauchte. Gunther Brubeck steckte die Pistole in den Gürtel, zog einen Mantel über und verließ die Wohnung. Mit dem Bonbon im Mund, dachte er, schmeckte der Rauch der Zigarette wie der Rauch einer Menthol-Zigarette; im Grunde gesund, wenn man ein ausgeprägtes Vorstellungsvermögen besaß.

2 Brubeck zog die Tür der Bar mit dem blauen Hasen hinter sich zu. Es war Nacht, es war kalt, es regnete. Brubeck rauchte. Er stieg in seinen Kombi, den er 1980 kurz nach Daniels Geburt gekauft hatte, knapp zehn Mi-

nuten später war er zu Hause. Rauchend schloß er die Haustür auf, außer Atem öffnete er die Tür zu seiner Vierzimmer-Wohnung im vierten Stock, die Roth-Händle trat er noch im dritten aus, manchmal kam sogar eine Putzfrau. Eilig ging er ins Bad, noch im Gehen öffnete er die Hosenknöpfe, dann stand er wankend vor dem Toilettenbecken. Karen hatte damals verlangt, daß er sich setzte, erfolglos. Dann hatte sie am Wasserkasten einen großen Spiegel angebracht, so daß Brubeck, während er stehend pißte, das Spiegelbild seines – er hatte keine andere Wahl gehabt, damals. »Ich mußte mich geschlagen geben«, brummte er, sein Strahl streute großflächig, während er fast albern lachte: »Ich!« Sein Leben war zwei Leben, was damals ich geheißen hatte, hieß immer noch ich, aber es war etwas völlig anderes daraus geworden. Seit drei Jahren fühlte sich Brubeck wie neugeboren, er spülte ab – auch Mißgeburten mußten sich wie neugeboren fühlen, wenn sie überhaupt etwas fühlten.

Im Wohnzimmer schaltete er den Deckenstrahler ein, zwei von drei Glühbirnen brannten noch. Er nahm die Walther aus dem Gürtel und warf sie auf den Teppichboden. Dann ging er zum Wohnzimmerschrank, strich einem Teddybären aus blauem Frottee über den Kopf und wünschte ihm eine gute Nacht. Er hieß Otto Lotto, Karen hatte ihn so genannt, und hatte bis vor drei Jahren seinem Sohn gehört. Für einen Moment schloß Gunther Brubeck die Augen, und die Vergangenheit stieg in ihm hoch. Dann öffnete er die Augen, um nichts mehr davon zu sehen. Er ließ sich im Anzug auf das Sofa fallen und schlief sofort ein.

Eine Minute später fing im Hinterhof ein Hund an zu bellen.

Brubeck öffnete die Augen, schloß sie wieder.

Der Hund bellte hartnäckig.

Brubeck richtete sich auf, überlegte, ob er, falls er aufstand und das Licht ausschaltete, auch das Kläffen des Köters ausschalten würde.

Der Hund war still.

Der Gedanke daran schien zu genügen.

Brubeck legte sich hin. Das Licht brannte. Der Hund bellte.

Brubeck stand auf, schaltete das Licht aus, der Hund bellte. Brubeck zog die Decke über den Kopf. Es nutzte wenig, nichts. Er saß aufrecht im Bett, riß Fetzen von einem Papiertaschentuch und stopfte sie in beide Ohren. Es nutzte nicht viel. Eine Zigarettenlänge lang gab er dem Hund Zeit; Brubeck rauchte im Liegen und beobachtete, wie das Licht aus dem Hinterhof den Schatten des Zigarettenrauchs an die Wand warf, der Schatten des Rauchs kroch die Wand hoch, und da der Rauch selbst grau wie sein Schatten war, glaubte Brubeck einen Moment lang, er läge mit Karen auf dem Bett, und sie rauchten gemeinsam eine Zigarette. Er drückte, den letzten Zug in der Lunge, die Roth-Händle im Blumentopf aus, zur gleichen Zeit hörte der Hund auf zu bellen, in einem Nachbarhaus wurden die Rolläden heruntergelassen. Brubeck nahm die Papierfetzen aus den Ohren und hörte plötzlich den Regen. Der Regen fiel seit Wochen, und seit Wochen hörte sich der Regen gleich an. So gleich, daß Brubeck es die ganze Zeit überhört hatte, als gebe es den Regen gar nicht mehr, als würde man nicht einmal mehr naß von einem Regen, der immer fiel.

Der Hund meldete sich zurück. Er war lauter als der Regen.

Brubeck schaute sich im Zimmer um.

Er entdeckte die Pistole. Sie lag auf dem Boden in Griffweite neben dem Sofa.

Die Autos, die am Morgen des 2. Oktobers 1995 durch die Hauptstraße vor Brubecks Haus rollten, schienen Rinnen im zentimeterhoch auf der Fahrbahn stehenden Wasser zu hinterlassen, der städtische Kanal hatte die Grenze seines Fassungsvermögens erreicht, die meisten Gullys spuckten Wasser aus. Eine weitere Woche Regen, und man würde die Schlagbäume der Hochwasserumgehungsstraßen öffnen. Die Autobahn trennte den nördlichen Teil der Stadt vom südlichen – und der Fluß begleitete die Autobahn wie ein treuer Gefährte auf ihrem Weg, er floß an manchen Stellen nur knapp einen Meter tiefer parallel zum Autoverkehr und stieg stetig.

Mit einer Hand schob eine Frau, der man ihr Alter nicht mehr ansah, einen Einkaufswagen; eine nackte Kinderpuppe saß im Wagen, hatte die Arme von sich gestreckt und sah aus wie das Baby von Crash-Test-Dummies. Die Frau hielt der Puppe die freie Hand flach über den Kopf, um sie vor dem Regen zu schützen. Sie lächelten beide. Quer über den Treppenstufen des Hauses mit der Nummer vierunddreißig schlief ein Mann, er benutzte eine Ausgabe des BOTEN als Decke.

Zwei Hausfrauen quasselten unter einem Regenschirm. Acht Uhr dreißig.

Gunther Brubeck stand im Hauseingang, er trug noch die Kleider von Sonntagnacht, einen schwarzen Hut dazu, einen schwarzen Mantel, er betrachtete den Mann auf der Treppe, eine Zigarette im Mundwinkel. Der Mann schnarchte. Die nassen Zeitungsblätter schmiegten sich an seinen Körper, eine dunkelgraue Mumie, dachte Brubeck, verpackt mit den Nachrichten des Tages, an dem sie gestorben war. Brubeck stellte den Kragen hoch, machte einen großen Schritt über den Penner und ging zu seinem Auto.

»Da gibt's Sachen auf der Welt«, sagte eine der beiden Frauen, »die gibt's gar nicht – die haben heute nacht doch tatsächlich den Köter von der alten Gruber umgelegt, weißt du, der nie hat Ruhe geben wollen. Richtig abgeschlachtet, sagt die Gruber. Die Gruber sagt, das wären die Kanaken gewesen, bei denen, sagt die Gruber, weiß man nie, die fressen so was auch noch, und zum Glück, sagt sie, hat sie gerade noch die Leiche von dem Köter retten können, weil sie hat auch so ein paar Schatten gesehen, als sie ihn hat reinholen wollen« – die Frau hielt inne, sie hatte Brubeck bemerkt: »Ach, der Herr Brubeck, haben Sie schon gehört, was die Kanaken mit dem Hundchen von der alten Gruber angestellt haben?«

Brubeck öffnete die Autotür, stieg in den Wagen, der Lauf der Pistole im Gürtel bohrte sich in seine Leisten.

Die Hausfrau war still, sah ihm kopfschüttelnd hinterher und wendete sich wieder ihrer Gesprächspartnerin zu. »Jedenfalls sagt die Gruber, die Kanaken hätten dem Köter den Bauch ... «

Brubeck schloß die Tür und fuhr los.

Er wußte, daß er zu Fuß schneller gewesen wäre; Einbahnstraßen und Baustellen machten den Weg doppelt so lang, wenn die Stadt bald, wie fast jedes Jahr, überschwemmt war, brach, wie fast jedes Jahr, der Verkehr zusammen und man blieb besser zu Hause – vorausgesetzt man konnte. Brubeck konnte nicht zu Hause bleiben, er hatte sich schon verspätet, aber es war noch nicht zu spät. Er bog zu einem Parkplatz hinter einem Eckhaus ab, parkte, stieg aus und wunderte sich über ein Motorrad, eine alte BMW mit Boxermotor und Beiwagen, sie war mit einer durchsichtigen Plastikplane überzogen.

Er betrat das Gebäude durch den Hintereingang, trank einen Schluck aus der Taschenflasche und ging die Treppe hinauf. Er hörte Schritte weiter oben im Treppenhaus. Die Schritte näherten sich. Ein Polizist bog um die Ecke, eine Tür knarrte in den Angeln, eine zweite wurde ins Schloß geworfen, eine Schreibmaschine klapperte, eine rauhe Stimme schrie, es klang wie *Freiheitsberaubung*.

Der Polizist sah Brubeck direkt in die Augen. Er hob die

Hand und faßte kurz an die Mütze. »Guten Morgen, Herr Kommissar.«

Kriminalhauptkommissar Gunther Brubeck erwiderte den Gruß, indem er kurz nickte, bevor er hinter einer Glastür im vierten Stock des Polizeigebäudes verschwand.

3 Neben den obligatorischen Büromöbeln gab es zwei Sessel, sogar Teppichboden und ein Regal mit drei Vasen, Trockenblumen und einem Kerzenleuchter. Daneben das Schwarzweißfoto seiner Frau Margit. Eine Fotografie aus den sechziger Jahren, ihre dauergewellten Haare waren schwarz, ihre Haut bleich, obwohl es sich um eine der besseren Fotografien handelte und die Farbfotografien von ihr aus den achtziger Jahren noch blasser wirkten. Fotos, die man als wirklich neu bezeichnen konnte, gab es nicht.

Die Krulls waren eins der wenigen Ehepaare, bei denen er nicht nur den besseren Beruf hatte als sie, sondern auch besser aussah. Sie hatte damals Medizin studiert, das Studium während ihrer ersten Schwangerschaft unterbrochen, nach der zweiten Schwangerschaft hatte sie behauptet, es würde sie nicht besonders glücklich machen, sich mit zehn Jahre jüngeren Mädchen und Buben in einen Vorlesungssaal zu setzen und in den Pausen über die neuesten Discotheken der Stadt zu diskutieren. Dann war sie Haufrau geworden, was sie ebenfalls nicht besonders glücklich gemacht hatte.

»Du hast mich nur geheiratet, weil du keine andere gekriegt hast«, hatte sie früher manchmal zu ihm gesagt.

»Aus Mitleid, weil dich sonst keiner genommen hat«, hatte er darauf geantwortet und sich gefragt, wie ernst es Margit, wie ernst er selbst es meinte. In den letzten Jahren redeten sie nur noch selten miteinander. Er fragte sich inzwischen, ob Margit es vermeiden konnte, es überhaupt vermeiden wollte, eine verbitterte alte Frau zu werden, oder ob genau das ihr Ziel war, weil sie dann nichts mehr etwas anging.

Farbaufnahmen von zwei Kindern, sie waren auf den Fotos etwa so alt wie ihre Mutter, standen auf dem Regal. Beide lebten in Berlin, Krulls Sohn, der ihm selbst ähnlich sah, war Zahnarzt und Vater zweier Kinder, Krulls Tochter besetzte seit zehn Jahren Häuser. Sie ähnelte ihrer Mutter.

Einmal hatte Krull zu seiner Tochter gesagt: »Du bist auch nur bei den Linken gelandet, weil du anderswo keinen kriegst.«

Es war nicht ernst gemeint. Seine Tochter hatte ihn angesehen, als wolle sie ihn auf der Stelle umbringen, war in Tränen ausgebrochen, hatte heulend den Raum verlassen, die Tür zugeschlagen und sich an seinem darauffolgenden Geburtstag nicht gemeldet.

An diesem Geburtstag hatte ihm Margit das Aquarium geschenkt, das unter den Bildern auf dem Regal stand und mit dem Krull mittlerweile mehr Zeit verbrachte als mit seiner Familie. Fische verstanden keinen Spaß, sie waren nicht nachtragend, eifersüchtig oder hinterhältig, sie waren einfach, man wußte genau, woran man war. Kriminalrat Henning Krull kümmerte sich aufopfernd um sie, wenn es einem von ihnen schlecht ging, blieb er sogar über Nacht im Büro. Fast immer ging es einem von ihnen schlecht, oder zumindest nicht so gut, wie er es sich vorstellte. Im Augenblick ging es ihm selbst nicht besonders gut. Er saß hinter dem Schreibtisch, die Hände verschränkt wie zum Beten, die Ellbogen auf der Tischplatte, der Kopf in die Schultern versunken, er war an- und gleichzeitig abgespannt, er war müde.

Ganz im Gegensatz zu Werner Schröder, der voller Energie vor Krulls Schreibtisch auf und ab marschierte und gerade einen ausführlichen Vortrag zu Ende gebracht hatte.

»Er braucht noch etwas Zeit«, sagte Krull mit geschlossenen Augen.

»Wieviel denn noch? Wir alle haben das drei Jahre lang mitgemacht. Das reicht. Entweder unternehmen Sie etwas, oder ich unternehme etwas. Sie können es sich aussuchen.«

Krull dachte nach. »Betrachten Sie die Sache als erledigt«, sagte er schließlich und schlug mit der flachen Hand auf die Tischplatte.

»Das haben Sie mir schon einmal gesagt. Wann werden Sie die Sache erledigen?« hakte Schröder nach.

»Sie ist bereits erledigt.«

»Ja?«

»Ja!« betonte Krull, obwohl es immer noch nicht überzeugend klang.

»Erfreulich.« Schröder nickte und verließ das Büro.

Krull schaute aus dem Fenster, er glaubte, im Zimmer sei es plötzlich dunkler geworden, als sei eine Wolke an der Sonne vorbeigezogen, aber die Sonne hatte den ganzen Tag noch nicht geschienen. Krull dachte nach. Was er gesagt hatte, entsprach nicht ganz der Wahrheit – die Sache war fast erledigt, die Formalitäten waren erledigt, was ihm bevorstand, war ein letzter Gang, der ihm besonders schwer fiel. Er verstand Brubeck, vielleicht so gut wie kein anderer, und er verstand Schröder, obwohl er ihn nicht mochte. Schröder hatte recht. Er, Krull, hatte zu lange gewartet, so lange, daß es für alle unerträglich geworden war. Drei Jahre lang war es einfacher gewesen, großzügig zu sein als kleinlich. Drei Jahre lang hatte er an Brubeck festgehalten, das hieß im Grunde, nicht wahrzunehmen, daß er ihn nicht mehr halten konnte. Vielleicht hatte er gehofft, daß sich die Sache von selbst erledigen würde, aber sie hatte sich nicht von selbst erledigt, und sie würde sich nicht von selbst erledigen. Er hatte Brubeck Hilfe angeboten, Brubeck hatte ihn ausgelacht, Krull hatte es ertragen.

Er hatte versucht, den ganzen Dreck unter den Teppich zu kehren, Brubeck hatte nicht einmal danke gesagt. Nun waren die Brocken zu dick geworden und der Teppich bekam Beulen, so daß man zwangsläufig darüber stolperte. Irgendwann mußte Krull dieses fast erledigt zu einem erledigt machen, jetzt gleich. Oder bald, jedenfalls.

Er stand auf, ging zu seinem Aquarium und sah einem weißen, am Kragen und im Gesicht gelben Schleierschwanz in die Augen. Krull öffnete den Mund, um etwas zu sagen, aber dann sagte er doch nichts und begnügte sich mit einem vorwurfsvollen Blick. Der Schleierschwanz hieß Schröder. Das aber wußte außer Krull niemand.

4

In der Ecke des Büros brummte satt und behäbig ein Kühlschrank, als habe er seinen Inhalt selbst aufgegessen. Brubeck hatte beide Füße, ohne die Schuhe auszuziehen, auf seinen Schreibtisch gelegt und las den BOTEN. Die Neuigkeit des Tages aber stand für Brubeck nicht in der Zeitung, sondern mitten im Zimmer: ein fabrikneuer Schreibtisch, Rückseite an Rückseite zu seinem eigenen. Daneben ein Stuhl, die Lehne noch in Plastikfolie verpackt. Sieben Jahre lang hatte Brubeck alleine in diesem Büro gesessen, nun schienen andere Zeiten anzubrechen. Er trank einen Schluck Gin, im Aschenbecher brannte eine Zigarette, der Telefonhörer lag neben dem Apparat und tutete leise. Es klopfte. Brubeck reagierte nicht. Es klopfte ein zweites Mal. Dann wurde die Tür geöffnet.

»Darf ich?«

Brubeck blätterte um: »Warum nicht.«

»Interessant?« sagte Krull wie jemand, der nicht genau wußte, was er sagen sollte, aber trotzdem etwas sagte, damit es nicht so still war.

»Was?«

»Was du liest.«

»Interessant.« Brubeck faltete den BOTEN zusammen. »Es soll zwar vorkommen«, sagte er dann, »daß ich doppelt sehe, aber in diesem Fall weigere ich mich, an eine Halluzination zu glauben. Was ist das?«

»Was bitte?«

»Das.« Er schaute zum Schreibtisch.

»Das, ja, das ist ...«

»Was?«

»Also, man muß sagen, man kommt nicht drumherum, zu sagen – es liegt die eine oder andere Beschwerde über dich vor.«

»Von wem? Von diesem glatzköpfigen Affen, den du mir hergeschickt hast? Warum beschwert er sich? Er hatte es verdient.«

Krull riß den Mund auf, als wolle er sehr laut werden, dann sagte er leise: »Ob er es verdient hatte, und was er verdient hat, entscheidet in diesem Land immer noch ein Richter. Nicht du.«

»Leider. Eine solche Regelung führt zu eklatanten Mißverständnissen.«

»Schröder arbeitet drei Wochen an einer Geschichte – umsonst, weil du dich nicht im Griff hattest.«

»Ich hatte mich vollkommen im Griff. Ich wußte genau, was ich tat.«

»Dann bist du hier endgültig fehl am Platz.« Krull schwieg einen Moment, als hätten ihn sein eigener Satz und die forsche Art, wie er ihn gesagt hatte, selbst überrascht, er nickte, als müsse er sich noch einmal bestätigen. Dann fuhr er fort und schlug wieder einen gemäßigteren Ton an: »Ich halte es für das beste, wenn wir uns, na ja – sagen wir, wenn wir uns arrangieren würden, unter Freunden.«

»Arrangieren.«

»Du bist jetzt einundfünfzig, in ein paar Jahren würdest du ohnehin in Pension gehen. Ich habe mir gedacht, warum nicht etwas früher, also wenn möglich, so schnell wie möglich, sofort. Ohne großes Aufsehen. Der Amtsarzt ist ein guter Bekannter von mir, und wenn er ein psychiatrisches Gutachten heranzieht, wäre es kein unlösbares Problem, auch finanziell hättest du kaum Nachteile davon.«

»Du hältst mich für krank?«

»Nein, nicht für krank.«

»Für was sonst?«

»Ich weiß es nicht.«

»Also hältst du mich für krank«, sagte Brubeck. »Wann ist sofort?«

»Bitte?«

»Wie lange würde es dauern?«

»Die Pension?«

»Ja.«

»Vielleicht einen Monat.«

»Das reicht.«

»Wozu?«

Brubeck zögerte einen Augenblick. »Um mich langsam an die Vorstellung zu gewöhnen, daß man mich hier nicht mehr haben will.«

»Gunther! Das hat nichts mit dir zu tun.«

»Mit wem sonst?« Brubeck schaute erneut zum zweiten Schreibtisch: »Was ist das?«

»Um nicht viele Worte zu machen. Es ist eine, sagen wir, es ist der Schreibtisch des Mannes, der deinen Platz einnehmen wird.«

»Ach, du hast dir schon einen ausgesucht, bevor du so gnädig warst, mir davon auch nur ein Wort zu sagen – das nenne ich Teamwork. Wie in alten Zeiten.«

»So darfst du das nicht sehen. Ich würde gerne anders, wenn ich könnte, und wenn du nicht mit dieser Regelung einverstanden gewesen wärst, hätte ich sicher ... «

»Um es kurz zu machen«, unterbrach Brubeck, »wie es ja deine Art ist. Warum nimmt er nicht meinen?«

»Was denn?«

»Schreibtisch.«

»Ich dachte, ihr könntet eine Weile gemeinsam arbeiten.«

»Arbeiten! Das ist eine wirklich gute Idee!«

»Solange du noch hier bist. Er heißt Jan Piel, ein junger Mann, er hat einen ordentlichen Eindruck hinterlassen – er war, war vorhin hier, um sich vorzustellen, als du noch nicht da warst.«

»Und wo ist er jetzt?«

»Er wollte sich die Stadt anschauen, und nachher wollte er wiederkommen. Ich bin davon überzeugt, daß ihr euch gut verstehen werdet, er erinnert mich sogar etwas an, ja, an dich.«

»Ich bin davon überzeugt, daß wir uns nicht gut verstehen werden.«

»Gunther, es ist das beste für uns alle.«

»Das beste für dich, meinst du.«

»Wir waren immer Freunde.«

»Waren. Das hast du schön gesagt. Und nun wäre es nett, wenn du mich alleine lassen würdest, mein Freund.«

»Ja, mein Freund, das wäre nett«, sagte Krull, ohne daß es jemand hören konnte, strich in Gedanken das *fast* aus *fast erledigt* und verließ das Büro.

Brubeck sah auf die Seiten, aber er las nicht, was dort stand. Er wußte, daß Krull schon längst hätte tun müssen, was er gerade getan hatte. Wenn man es genau nahm, konnte er ihm dankbar sein. Aber er wollte es nicht zeigen, wollte niemandem mehr dankbar sein. Das ging ihn nichts mehr an, Dankbarkeit. Nun ging ihn etwas ganz anderes an. Drei Jahre war er sich nicht im klaren darüber gewesen, ob er diesen Moment herbeisehnen oder fürchten sollte. Jetzt war er da, und sein Gefühl – er hatte kein Gefühl. Jedenfalls kein anderes als das, mit dem er heute morgen aufgestanden war. Jetzt ging es los. Er hatte Zeit. Einen ganzen Monat hatte er Zeit.

Am Waschbecken schaute er auf die Stelle, an der einmal der Spiegel gehangen hatte. Der Mann, den er in diesem Spiegel gesehen hätte, würde ihm nicht mehr sehr ähneln. »Als hätte man sein Gesicht verloren«, murmelte Brubeck. Er wußte auch ohne Spiegel, daß dieses Gesicht blaß war, fast weiß, die Haut war schlecht. Obwohl es mager war, wirkte es über den hohen Wangenknochen aufgedunsen – und unter den Wangenknochen eingefallen, als hätte er schon die ersten Zähne verloren. Rote Äderchen zeichneten sich auf der Nase ab, wenn er so weitertrank, würden sie bald violett sein. Vielleicht waren sie es schon, vielleicht sollte er wirklich einmal wieder in einen Spiegel schauen.

Er sah zur Wanduhr, es war, was ihm fast komisch vorkam, fünf Minuten vor zwölf. Sein Magen knurrte. Auf die Polizeikantine hatte er keine Lust, schon der Gedanke an die Gesichter und Geschichten der Kollegen verdarb ihm den Appetit. Gewöhnlich saß er ohnehin alleine an einem Tisch in der hintersten Ecke; aber er konnte sich nicht in Luft auflösen, Fetzen der Unterhaltung hörte man immer mit – wenn sie von zu Hause sprachen, daß der Kleine Zähne bekam, schon Auto und Vogel sagte, *Auo* und *Ogel*, wenn sie das Plappern der Gören nachzuahmen versuchten, als wären sie gerade einem Irrenhaus entsprungen, wenn ihre Polizeiuniformen zu Zwangsjacken wurden. Wenn sie voller Stolz die ersten Schulfotos kreisen ließen. Oder die Fotos ihrer schwangeren Frauen, Polizistenfrauen im Profil mit Bäuchen, auf denen man Bierkrüge abstellen konnte. Auch das ging ihn nichts mehr an. Er war sicher, daß sich die Nachricht von seiner Pensionierung, von der jeder wußte, daß sie keine war, bereits bis zum Koch herumgesprochen hatte – und auf ein idiotisches Gespräch hatte er erst recht keine Lust. Außerdem war heute vegetarischer Tag, und der Koch, ein ehemaliger Metzgergeselle, konnte mit Koteletts und Hackfleisch eindeutig besser umgehen als mit Grünkernfrikadellen.

Da war Gertrud ganz anders.

5

Die Pächterin und einzige Angestellte von *Gertrud's Schnitzeleck* schneuzte ihre Nase, warf einen kurzen Blick auf das, was das blaugraue Taschentuch eingefangen hatte, dann fing sie an zu schimpfen: »Ich sag dir, mit dieser Welt ist irgend etwas nicht mehr in Ordnung. Früher, früher hatten wir Sommer und Winter, im Herbst war Herbst und im Frühling Frühling, und jetzt? Jetzt mußt du auf den Kalender gucken, um zu sehen, was für eine Jahreszeit ist, weil's zwölf Monate am Stück regnet, und wenn du wissen willst, wie's kommt, ich kann dir's sagen: nichts vonwegen Ozonloch und so ein Kram, die verarschen uns doch – in den Fünfzigern, in den Fünfzigern hab ich mir jeden Tag die Frisur gesprüht mit einem Eimer voll Haarspray, und da war auch noch ein sauberes Wetter, soll ich dir sagen, woher's kommt, soll ich dir's sagen?«

»Sag mir's, Gertrud.«

»Das hat nämlich in der REVUE gestanden, da kannst du drauf gehen, daß das stimmt, weil die haben nämlich auch über den Prinz Charles schon lang gewußt, was mit dem los ist.«

»Gertrud! Woher kommt's?«

»Immer halblang, Brubeck: Das kommt von den Amis und den Russen, seit die zum Mond fliegen, ist da ein Raketenloch im Himmel, da tut's dann immer so durchregnen, und jetzt wollen die da oben uns wieder weismachen, daß wir dran schuld sind, wir da unten, mit dem Haarspray und so, jetzt ziehen die da oben wieder den Schwanz ein, sag, ich hab dir's gesagt, wenn dich jemand danach fragt. Außerdem hat's in der REVUE gestanden, die sagen, das hat zu tun mit der Struktur im Himmel, mit den Teilchen, die wegen den Raketen und den Satelliten durcheinander kommen und so, so genau weiß ich das ja auch nicht, bin ja kein Professor. Wie immer, Brubeck?«

»Wie immer, Gertrud.«

Gertrud nahm eine Dose Pils aus dem Kühlschrank, stellte sie vor Brubeck auf den Tresen, legte für ihn eine frische weiße Bratwurst auf den Rost und ein Stück Alufolie unter zwei schon etwas zu gare rote Würste, damit sie nicht vollkommen schwarz wurden. Fetttropfen verdampften zischend.

Vor dem Imbißwagen nagelte Gertrud, wenn der Sommer zu Ende ging, Jahr für Jahr mit ein paar Dachlatten und Plastikfolie eine kleine Remise zusammen, die den baupolizeilichen Vorschriften kaum standhielt, aber dem Regen draußen, und nicht größer als zwei auf vier Meter war – zwanzig Kubikmeter Luft aus Zigarettenqualm, verbranntem Fett, dem süßen Parfum Gertruds und den Alkoholfahnen der Gäste. Wenn man die Remise nach nur kurzem Aufenthalt verließ, stanken die Kleider danach und die Haare, als wäre man Tage und Nächte in einer Räucherkammer gewesen, als genüge es, diese Luft einzuatmen, damit sogar der eigene Atem danach stank. Einmal, im Herbst 1992, erinnerte sich Brubeck, hatte ihn Karen aus dem Schlafzimmer geworfen, weil ihr schlecht geworden war von diesem Gestank. Danach hatte er die erste Nacht seines Lebens auf dem Sofa im Wohnzimmer verbracht. Einen Tag später durfte er wieder im Schlafzimmer schlafen, er hatte sich Mentholbonbons besorgt, das half ein bißchen.

Der Mann, der an einem der beiden weißen, mit Ketchup verschmierten Gartentische saß, verbrachte einen Großteil seiner Tage im Schnitzeleck. Er hörte auf den Namen Supa, weil er manchmal in gewaltigeren Superlativen sprach als die Gastgeberin einer Tupperware-Party – und weil er das wußte und das nicht einmal peinlich fand, hatte er sich am Anfang seiner Karriere den Künstlernamen Supa Tupperware gegeben. Er war siebenundzwanzig und sah aus, als habe er doppelt so schnell gelebt. Brubeck kannte Supas Alter, weil er nicht nur Gertruds, sondern auch sein Stammgast war.

Supas Haare waren lang und schon eine Weile nicht mehr gewaschen, seine Kleider schmierig. Unter *Besondere Kennzeichen* stand in seinem Personalausweis: »Tätowierte Gitarre auf linkem Unterarm.« Es war die Gitarre von Jimi Hendrix, eine schwarze Linkshänder-Stratocaster. »Ey, Brubbi, mit dem Ding«, hatte Supa einmal zu Brubeck gesagt, »mit dem Ding hat Jimi Sachen gespielt, die kann man mit dem Ding gar nicht spielen, weißt du, das ist, wie wenn du einen Schrank aufmachst, und nimmst was raus, was kein Mensch je reingetan hat in den Schrank.« Supa verstand sich selbst als Künstler, als Musiker, als ehemaliges Mitglied einer großartigen Band mit einer ebensolchen Zukunft – zu der es aber nie gekommen war.

In der Gegenwart hatte Supa die Augen geschlossen, er wippte mit dem Kopf zur Radiomusik aus dem Transistorgerät neben der Friteuse, trommelte auf die Tischplatte und sang – »You sexy motherfucker, sexy motherfucker« – den Refrain des Liedes mit, während sich die Tür von außen öffnete und ein Mann, etwa in Supas Alter, aber wesentlich besser erhalten, das Schnitzeleck betrat und den Regen aus den kurzen, offensichtlich gewollt wirren, aschblond gefärbten Haaren schüttelte. Er trug eine Wildlederhose, Motorradstiefel, Kinnbart, Koteletten, goldenen Ring im linken Ohr, Lederjacke, nichts, was billig, wenig, was echt an ihm aussah. Er trug hip, wie Supa gesagt hätte, hätte er in diesem Moment und Zustand noch etwas Vernünftiges sagen können.

Brubeck riß die Bierdose auf. Diese Konsorten kannte er,

einer dieser modernen, weltoffenen Schwiegersöhne, die es im Fernsehen schon von der Parfumwerbung in die Werbung für Einbauküchen geschafft hatten und ansonsten als Moderatoren bei einem dieser albernen Musiksender arbeiteten.

»Schmeckt das hier auch so, wie es riecht?« Der Schwiegersohn war unfreundlicher als vermutet, schaute zu Gertrud und verzog das Gesicht.

Gertrud stemmte die Fäuste in die Hüften: »Wenn Sie patzig werden wollen« – sie wies mit einer Kopfbewegung zur Tür – »dort hat der Zimmermann das Loch gelassen. Hier verkehren nur anständige Leute, die wissen, wie man sich benimmt.«

»Und wie benimmt man sich hier?«

»Man bestellt, bezahlt und ißt mit geschlossenem Mund«, brummte Brubeck, fast ohne den Mund zu öffnen, trank einen Schluck Bier, sah herablassend zu Boden und ärgerte sich, daß er überhaupt ein Wort gesagt hatte.

Der junge Mann schaute kurz herüber, schaute zu Gertrud, bestellte zwei Curry-Würste und bezahlte gleich.

Gertrud gab vierzig Pfennig Wechselgeld zurück, nahm die beiden nicht mehr sehr lebendig aussehenden Roten von der Alufolie und steckte sie in eine Maschine, die sie in kleine Scheiben schnitt.

Vermutlich durch das Rattern des Apparates aufgeschreckt, sprang Supa vom Stuhl, fegte eine leere Bierflasche vom Tisch und legte eine wilde Tanzeinlage aufs nicht vorhandene Parkett. »Sexy motherfucker, sexy motherfucker«, krähte er und drehte sich mehrmals um die eigene Achse. »Weißt du Gertrud, fast wär ich das, was du da hörst, fast wär ich die ganz große Nummer geworden, und dann, verstehst du, dann hat man Supa abgelinkt, auf die ganz miese Tour, und jetzt hörst du diesen Amizwerg da aus der Röhre, hat nicht viel gefehlt, hättest du Supa gehört.« Haare klebten vor seinen Augen, er drehte die

Arme wie Windmühlenflügel und berührte mit der Zigarette zwischen Mittel- und Zeigefingerspitzen seine Cowboystiefel. Dabei rutschte ihm ein durchsichtiges Plastiktütchen aus der Brusttasche der Jeansjacke.

Alle hatten es bemerkt – von Supa selbst abgesehen. Ohne seinen Tanz zu unterbrechen, griff er die leere Bierflasche und stellte sie auf den Tresen. »Gertrud, laß mal die Luft aus der Flasche und schreib's an, und übernächste Woche zahlt dir Supa alles zurück, samt Zinseszinseszins, und nächste Woche hört Supa auf zu saufen und mit dem anderen Zeug auch, dann komm ich ganz groß raus, Supa in allen Hitparaden, dann schenk ich dir ein Haus auf Los Barbados, Gertrud, mit Swimmingpool und Sauna, you sexy motherfucker, shakin' an ass.«

Der junge Mann bückte sich, hob das Päckchen auf und betrachtete es zwischen Daumen und Zeigefinger. Er schaute zu Gertrud. »Kann man das hier auch kaufen?«

Supa drehte Achter mit dem Kopf – der junge Mann hielt ihn an der Schulter fest, damit er einen Moment ruhig stehenblieb, lächelte und steckte ihm das Tütchen zurück in die Jacke. »Passen Sie in Zukunft besser darauf auf, Herr Super. Und wenn Sie Hilfe brauchen, um das wieder loszuwerden, kommen Sie rüber ins Kommissariat. Das kriegen wir schon wieder hin.«

Supa schaute ihn bewegungslos an, in seinen Augen eine Mischung aus Wachheit und Unverständnis, dann verzog sich sein Gesicht zu einem schrägen Grinsen, er prustete los: »Loswerden, was meint unser Ziegenbärtchen denn, wie oft man so was kriegt, das ist Einsaqualitätsschnee, das will Supa nicht loswerden, wenn du willst, helf ich dir, diese Fresse loszuwerden, da lachen ja die Hühner, Ziegenbärtchen«, brabbelte er, drehte sich und brabbelte nur noch.

Gertruds Blick war weich, als sie mit einem bierdosengroßen Streuer aus mattem Metall Curry über die Wurstscheiben gab und die beiden Schälchen auf die Theke stellte: »Machen Sie sich nichts daraus, junger Mann, der ist halt so, wie er ist.«

Der junge Mann bedankte sich und ging mit seinem Mittagessen zurück in den Regen. Supa Tupperware lag mit einer Wange in einer Ketchup-Pfütze auf dem Tisch.

»Anständiger Junge«, seufzte Gertrud.

»Abwarten«, sagte Brubeck, als sie ihm das Brötchen mit einer vielleicht schon etwas zu garen weißen Bratwurst in die Hand drückte. *Kommen Sie rüber ins Kommissariat* – Brubeck ahnte, welcher anständige Junge ihm gerade begegnet war, zahlte, aß schnell und trank den letzten Schluck Pils aus der Dose. »Schüttel mal einen Arsch, Gertrud«, sagte er mit der Türklinke in der Hand.

»Brubeck, dir werden sie auch nicht mehr den Preis für den freundlichsten Bullen des Jahres verleihen.« Gertrud sah an sich herunter, fühlte sich anscheinend geschmeichelt, ging mit einem gewagten, nicht ganz professionellen Hüftschwung zur Kasse und malte ein weiteres Kreuz auf Supas Dauerrechnung.

Brubeck verschwand, und kaum war er verschwunden, öffnete sich die Tür erneut: »Bei dem Regen jagt man keinen Hund auf die Straße.«

»Wie immer?« fragte Gertrud.

»Wie immer«, antwortete Brubeck, nahm neben Supa am Gartentisch Platz und zündete sich eine Roth-Händle an.

6 Bea sammelte Büstenhalter und Messer auf, knickste und verließ mit einem Hüftschwung ihren Arbeitsplatz. An kleinen, schwach beleuchteten Tischen saßen etwa dreißig vorwiegend männliche Gäste, ein paar applaudierten, als Assia im schwarzweißen Kimono auf der Bühne erschien. Während Bea sich in der Garderobe ab-

schminkte, eine blonde oder rote Perücke aufsetzte, ein anderes Make-up anlegte und sich für ihren Auftritt als Pamela oder Diana vorbereitete, servierten sieben ihrer Kolleginnen Getränke oder Zärtlichkeiten, falls jemand danach verlangte und bereit war, einen angemessenen Preis dafür zu zahlen. Vier Chambres séparées standen im zweiten Stock zur Verfügung. Der besondere Service wurde niemandem aufgedrängt, die Besucher der Bar konnten in aller Ruhe etwas trinken und auf die Tanzfläche schauen. Sie konnten etwas trinken und nur ins Glas schauen wie Gunther Brubeck, der seit Stunden an der Theke saß und sich von Wodka ohne Eis ausreichend Zuwendung versprach. Eis verdarb den Geschmack, und dieser Wodka schmeckte schon lausig genug.

Wer sich den Verhältnissen entsprechend anständig benahm, wurde auch anständig behandelt. Marianne Escher, die Wirtin und Bardame des *Blauen Hasen*, behandelte auch ihre Angestellten anständig. Jede hatte einen festen Vertrag, eine Steuerkarte, Kranken- und Rentenversicherung, gesetzliche Kündigungsfrist, Anrecht auf besondere Feiertagsvergütung und fünfundzwanzig Tage Urlaub im Jahr. Zwei der neun Mädchen, Bea, die Beatrix, und Assia, die Ute hieß, strippten abwechselnd, sie wurden prozentual am Umsatz beteiligt und sahen nach mehr aus.

Brubecks schwarzer Anzug, der einzige, der ihm noch halbwegs paßte, sah abgetragen aus. Er trug ihn mittlerweile fast jeden Tag – damals hatte er ihn nur getragen, wenn er mit Karen ins Theater gegangen war. Theaterbesuche, die Karen genossen hatte, weil sie tagsüber nur wenig zu genießen hatte. Sie war Grafikerin gewesen, und die Werbeagentur, in der sie gearbeitet hatte, ein einziges Chaos. »Konsequent«, hatte Brubeck immer zu ihr gesagt, »ist bei euch nur, daß von deinen beiden Chefinnen die eine nie weiß, was die andere gerade vorhat.« Die Agentur hieß Schmidt & Schmidt & Schmidt. Die beiden Chefinnen, es waren Schwestern, hießen Müller. Das war eine Art Werbegag, aber im Grunde bedeutete es nur noch mehr Chaos, weil fast alle neuen Kunden mit einem Herrn oder einer Frau Schmidt sprechen wollten und es eine Ewigkeit dauerte, um zu erklären, daß es im Büro keinen Menschen namens Schmidt gebe. Darin stimmte ihm Karen manchmal sogar zu, trotzdem arbeitete sie fast täglich weit über den Feierabend hinaus, manchmal stundenlang, manchmal bis spätnachts.

Was das Theater betraf, stimmte ihm Karen nie zu. Sie hatten sich gemeinsam etliche Aufführungen angesehen und sich danach gewöhnlich gestritten – oder angeschwiegen, was das gleiche war, weil beide genau wußten, was man gesagt hätte, wenn man etwas gesagt hätte. Die Inszenierungen im ERSTEN HAUS, dem größten Theater der Stadt, waren für ihn alle identisch, für Karen waren sie unterhaltsam, originell. Für ihn war es Effekthascherei, schneller, höher, weiter, ständig explodierte etwas, schrie jemand oder lief nackt oder mit einem Riesendildo auf der Stirn durch das mächtige, bunte Bühnenbild. Brubeck nannte es dumpf und respektlos, Karen war beleidigt, und nachdem man sich auf diese Weise immer mehr Abende verdorben hatte, war sie ohne ihn ins Theater gegangen – mit Bekannten, Freunden, Kollegen aus dem Büro, Brubeck kannte sie nicht und wollte sie nicht kennenlernen, sie saßen neben ihr, sie klopften sich gemeinsam auf die Oberschenkel, mit ihnen konnte sie den Abend wieder genießen, kräftig applaudieren und Tränen heulen vor Lachen. Nun ging niemand mehr mit ihr ins Theater. Brubeck schloß die Augen. Als er sie öffnete, stand Marianne Escher vor ihm, eine Wodka-Flasche in der Hand. Sie trug passend zur Haarfarbe ein schwarzes Stretchkleid und schwarze Nylons, sie war eine dieser Frauen, bei denen man beim ersten Blick nicht genau wußte, ob sie äußerst attraktiv oder häßlich waren, ob sie komisch aussahen oder interessant. Beim zweiten Blick stellte man fest, daß sie alles andere war als häßlich. Brubeck nickte ihr freundlich zu und wußte nicht genau, warum, vielleicht, weil man bei ihrem Anblick nicht anders konnte, als freundlich zu nicken.

»Wie immer?« fragte sie.

»Nein«, antwortete Brubeck und drückte seine Zigarette im Aschenbecher aus.

»Nein?«

»Doch, aber nicht wie immer.«

»Sondern?«

»Was würden Sie vorschlagen?«

Sie grinste: »Champagner. Daran verdiene ich am meisten.«

»Ganz wie Sie meinen, Frau –?« Brubeck wußte, wie sie hieß.

»Marianne Escher, nennen Sie mich Marianne, wir kennen uns vom Sehen. Sie waren gestern hier, vorgestern, vorvorgestern ...«

»Ich bin seit vierzehn Tagen jeden Abend hier«, unterbrach er. »Gunther Brubeck.«

»Brubeck«, wiederholte sie, während sie die Kühlschranktür öffnete. »Veuve Clicquot oder Laurent-Perrier?«

»An welchem verdienen Sie mehr?«

»Am ersten.«

»Dann den anderen.«

Brubeck grinste, als sich eins der Mädchen neben ihn an die Theke lehnte, ihr Tablett abstellte und eine Zigarette anzündete. Sie zog nicht, sie sog den Rauch ein und gab ihre Bestellung auf: »Fünf Tequila für Tisch sieben.«

Marianne nahm die Flasche aus dem Regal, goß fünf taillierte Schnapsgläser voll, schnitt eine Zitrone in Scheiben, schaute kurz ins Lokal und runzelte die Stirn: »Sieben?«

»Sieben«, wiederholte die Bedienung.

»Da sitzt nur einer«, meinte Marianne.

»Er hat heute Geburtstag, sagt er, und will feiern.«

»Fünf Tequila«, sagte Marianne Escher, schnitt die fünfte Scheibe ab, legte sie auf das fünfte Glas und stellte einen Salzstreuer aufs Tablett.

Die Bedienung klemmte nach einem letzten hastigen Saugen die Zigarette in den Aschenbecher, nahm das Tablett und ging zu Tisch sieben. Brubeck nahm eine Roth-Händle aus der Packung, zündete sie an, beobachtete, wie Marianne die Champagnerflasche entkorkte und mit einer kleinen Schaufel gecrushtes Eis in einen Kübel schüttete. »Kommt gut an, Ihr Lokal«, bemerkte er.

»Für den Anfang nicht schlecht. Wenn es so bleibt, bin ich zufrieden. Und wenn es noch besser wird, um so besser. Bitte schön, zum Wohl.«

Der silberne Champagnerkübel schwitzte, Brubeck goß Laurent-Perrier in ein Glas: »Darf ich Sie einladen?«

»Danke, nein. Wenn ich mich von jemandem einladen lasse, dann von mir selbst. Damit kann man viele Mißverständnisse bereits im voraus vermeiden.«

»Ich verstehe«, sagte er, »der Meister macht sich die Finger nicht mehr selbst schmutzig.«

Sie sah ihn hart an, ihre Nasenflügel blähten sich: »Halten Sie das für einen guten Scherz?«

Brubeck sah verlegen zurück: »Ich habe schon bessere gemacht.« Er war unsicher, ob er sich schämen sollte. Das hatte er schon seit Jahren nicht mehr getan, er wußte nicht einmal mehr genau, wie man sich schämte, was man tun mußte, um sich zu schämen.

»Dann geben Sie sich ein bißchen mehr Mühe.«

»Werde ich«, sagte er und war nicht ganz unglücklich, daß die Bedienung schon wieder an der Theke lehnte, die Zigarette aus dem Aschenbecher nahm, zwei Züge Rauch einsog und bestellte: »Fünf Tequila für Tisch sieben. Der

Herr sagt, seine ganzen Freunde hätten ihn versetzt – und jetzt hat er sich vorgenommen, sein Alter in Tequila zu trinken.«

»Wie alt ist er?« fragte Marianne.

»Wie achtzehn sieht er nicht aus«, sagte das Mädchen mit Rauch in der Lunge.

»Dreiundvierzig«, warf Brubeck leise ein.

Die Bedienung bediente, Assia alias Ute war dicker als gewöhnlich, sie tanzte als Miriam, ließ ihre Zunge über die Lippen gleiten und zog ihren Body aus, um zu zeigen, daß sie darunter noch einen zweiten trug. Brubeck goß sich das dritte Glas ein, er fuhr mit dem Finger durch eine kleine Pfütze, die sich auf der Theke neben dem Champagnerkübel gebildet hatte.

»Was haben Sie heute zu feiern?« fragte Marianne, ihre Züge hatten sich entspannt, sie schraubte einen kleinen roten Sombrero auf die Tequilaflasche und stellte sie ins Regal zurück.

Brubecks Blick folgte der Flasche, er schaute noch zum Regal, als Marianne ihm schon wieder gegenüberstand. »Einen Entschluß«, sagte er mit der Miene eines Mannes, der das eine sagt und an etwas ganz anderes denkt, »ich habe einen Entschluß zu feiern.« Dann: »Passen Sie auf. Hinter mir.«

»Was?« fragte sie.

»Hinter mir«, wiederholte Brubeck, es hörte sich an, als betone er jeden Buchstaben einzeln.

»Dieser Vollidiot! Verzeihung.« Sie stellte die Flasche Laurent-Perrier auf die Theke, griff sich den Kübel und ging los.

Der Vollidiot war der Mann an Tisch sieben, er hatte schräge Augen und einen Überbiß mit fast keinem Kinn mehr, was er mit einem Vollbart zu kaschieren versuchte. Alle zehn Gläser waren leer, der Vollidiot war beim Aufstehen über Tisch acht gestürzt. Nun lag er dort auf dem

Rücken, hilflos wie eine Schildkröte ruderte er mit Armen und Beinen.

»Verzeihung«, sagte Marianne und schob die beiden Männer, die am Tisch gesessen hatten und mittlerweile aufgestanden waren, zur Seite. »Raus«, sagte sie zu dem Betrunkenen, dann wurde sie noch deutlicher, und da es ihn wenig zu beeindrucken schien, goß sie ihm den Kübel mit Eis und Wasser ins Gesicht.

Er prustete, aber seine einzige Bewegung blieb seine Ruderbewegung, er brabbelte mit geschlossenen Augen: »Pissen, ich muß pissen, ich habe Geburtstag, ich will feiern, happy birthday to me.«

Alle sahen zu, nur Brubeck hatte dem Geschehen den Rücken zugekehrt, wandte nicht einmal den Kopf zur Seite und trank den Rest des Laurent-Perriers, der Champagner schmeckte fast zu gut, man mußte ihn schnell trinken, bevor er warm wurde. Marianne entschuldigte sich mit einem Blick bei ihren Gästen, dann hob sie den Tisch an einer Seite hoch, der Betrunkene rutschte über die Platte, drehte sich halb während des Falls und knallte mit dem Gesicht auf den Boden.

»Wenn ihr so freundlich wärt und mir helfen könntet, das hier zu entsorgen«, sagte sie nüchtern zu zwei ihrer Mädchen, der Betrunkene blutete an der Stirn. Sie schleiften ihn zur Tür, die beiden Männer von Tisch acht folgten ihnen.

»Wir nehmen ihn mit nach oben«, sagte einer der Männer, es klang nach einer Mischung aus Zustimmung und Mißbilligung, wie *gut gemacht, aber das will ich trotzdem nicht haben.* Dann bat er um die Rechnung.

»Die Rechnung übernimmt das Haus«, erwiderte Marianne. Und zu den anderen Gästen sagte Sie: »Wird nicht wieder vorkommen.«

Zehn Minuten später ging alles wieder seinen gewohnten Gang, zwei weitere Tische waren frei geworden, vier

Männer gegangen, der Boden war aufgewischt, die Scherben aufgekehrt, Miriam zog ihren zweiten Body aus und trug einen dritten darunter, als sei sie eine dieser russischen Holzpuppen, eine dieser Babuschkas, die sich, jeweils eine Nummer kleiner, in sich selbst versteckten.

Brubeck nippte an einem Wodka und fuhr sich gegen den Strich über die Bartstoppeln. „Vielleicht sollten Sie es in Zukunft mit einem Türsteher versuchen«, sagte er zu Marianne.

»Damit werde ich alleine fertig«, entgegnete sie unbeeindruckt.

»Vielleicht auch nicht«, murmelte Brubeck und zündete eine neue Zigarette mit der Glut der alten an. Der Betrunkene war nicht betrunken gewesen, er hatte, wenn er sich unbeobachtet glaubte, einen Tequila nach dem anderen in den großen Blumentopf gekippt, der nicht weit weg von seinem Tisch stand. Brubeck hatte über den Spiegel hinter dem Flaschenregal einen Blick auf das gesamte Lokal – ohne sich selbst sehen zu müssen. Den Mann mit dem grauen Bart ohne Kinn hatte er schon vor einer Viertelstunde beim Betreten des Blauen Hasen bemerkt, er kannte ihn. *Bart Simpson* stand in seiner Karteikarte als Szene-Name, manchmal hatten sie im Drogenmilieu furchtbar witzige Einfälle. Noch vor ein paar Jahren hatte Bart Simpson Heroin von Frankreich nach Deutschland geschmuggelt, Brubeck vermutete, daß im Zuge offener Grenzen das Geschäft eher schleppend lief und er sich mit Nebenjobs über Wasser halten mußte. Brubeck trank aus, zahlte neun Wodka und eine Flasche Champagner, zog den Mantel über und setzte den Hut auf.

»Sie gehen früh. Früher als gewöhnlich«, bemerkte Marianne, als sie ihm das Wechselgeld zurückgab. »Nicht wegen diesem Idioten?«

»Ich habe morgen mehr zu tun als gewöhnlich«, sagte Brubeck. »Bis bald.«

»Bis bald.«

Draußen vor dem Blauen Hasen warb eine blaue Leuchtanzeige für die Bar. Brubeck mochte keine roten Laternen. Davon träumte er schlecht. Er zog eine Packung Zigaretten am Automaten, stieg in den Wagen, drehte den Schlüssel im Zündschloß, dachte an den kommenden Tag, schlief mit dem Gedanken daran eine Viertelstunde später auf dem schwarzen Ledersofa ein und fing an zu schnarchen. Er hörte auf zu schnarchen, wälzte sich unruhig hin und her und träumte auch ohne rote Laterne schlecht. Er sah einen roten Weg, eine rote Straße unter einem roten Himmel. Er sah eine Gestalt, sie sah aus wie ein Feuerwehrmann, die Gestalt schüttelte den Kopf und schaute entsetzt zu Boden. Er sah eine Staatsanwältin, sie sah aus wie die Staatsanwältin, die er am besten kannte, sie riß den Mund auf und lachte, lachte lauthals, dröhnend rot, wenig später war ihr Gesicht nicht mehr als lauthals lachende rote Lippen. Brubeck sah drei rote Männer. Was sie sagten, klang wie Motorengeräusche, quietschende Bremsen. Brubeck wollte die Hand nach ihnen ausstrecken, fürchtete, daß es wie immer war, daß er wollte, aber nicht konnte. Seine Hand bewegte sich. Ein winziges Stück.

7

Brubeck ließ die Roth-Händle fallen, er hustete. Das Knattern eines Motors klang wie Brubecks Raucherhusten, er sah zur Einfahrt, sah die Silhouette eines Motorrads im Morgennebel, die Maschine rollte langsam in seine Richtung, kam neben dem Passat zum Stillstand und stellte ihr Husten ein. Der Fahrer trug einen Regenanzug, stieg vom Sattel und zog den Helm ab.

Brubeck räusperte sich, zog Speichel zusammen und spuckte auf den Boden knapp neben die Zigarette.

Der junge Mann streifte die dicken Handschuhe von den Händen, legte den Helm in den Beiwagen und nahm die

Plastikplane heraus. »Schön, Sie wiederzusehen«, sagte er zu Brubeck.

»Wieso wiedersehen?« fragte Brubeck.

»Kennen wir uns nicht?«

»Nicht daß ich wüßte.« Brubeck schloß die Wagentür ab.

»Von diesem Laden, Schnitzeleck oder so ähnlich – na ja. Sie arbeiten auch hier bei dieser Firma?« Der Motorradfahrer grinste und kraulte seinen blonden Kinnbart.

»Nein, ich arbeite nicht bei dieser Firma«, sagte Brubeck und drehte sich auf dem Absatz um. »Früher habe ich mal bei dieser Firma gearbeitet«, erklärte er und ging, ohne den Pfützen auszuweichen, zum Hintereingang des Polizeigebäudes.

Der Motorradfahrer schüttelte den Kopf, zog die Plane über die BMW, folgte dem Mann im schwarzen Anzug und Mantel und Hut und stieg hinter ihm im Abstand von etwa einer Etage die Treppe zum vierten Stock hoch, deutlich hörte er das Klacken der Schuhe auf den steinernen Stufen. Dann verschwand das Klacken, und mit dem Klacken der Mensch, der es verursacht hatte. Er schüttelte erneut den Kopf und klopfte an der braunen Holztür am Ende des Korridors.

»Es ist offen«, sagte eine Stimme von innen.

Er trat ein, Wasser tropfte von seinem Regenanzug auf den hellen Teppich des Büros.

»Herr Piel, Sie sind schon da«, sagte Henning Krull und wirkte zufrieden. »Dann will ich Sie auch gleich mit ihrem künftigen Arbeitsplatz bekannt machen. Dem lebenden und toten Inventar.«

»Sie verraten mir, was wozu gehört?«

Krull blinzelte über den oberen Rand seiner randlosen Lesebrille, legte ihm fast väterlich den Arm um die Schulter, führte ihn zu seinem Aquarium, wischte sich die nasse

Hand an der Hose ab und wies auf sieben schwerfällig wirkende Fische, sie standen in der Nähe des Filterauslaufes gegen die Strömung: »Was halten Sie davon?«

»Sehen aus wie Biertrinker.«

»Sie heißen sogar, wie sie aussehen: Marmorierter Beilbauch. Andererseits handelt es sich dabei um den einzigen Flugfisch im gesamten Bassin. Die Brustflossen, wie kleine Flügel. Der einzige Insasse dieses Unterwassergefängnisses, der etwas anderes kann, als von einem Eck zum anderen zu schwimmen. Höchst lebendig, wenn man ihn ließe. Aber auch höchst empfindlich, was die Wasserwerte betrifft. Eine Nachlässigkeit, und der gesamte Schwarm wird direkt unter der Oberfläche im Becken treiben. Fast genau so wie im Augenblick. Als totes Inventar. Gehen wir.«

Sie gingen, machten einen Abstecher in die städtische Polizeizentrale und die Kantine, beides erstreckte sich über die unteren drei Etagen, im Parterre war das Labor untergebracht, dort roch es nach Farbe und ausdünstendem Kunststoff, man hatte frisch renoviert. Sie schauten kurz im Büro Schröders vorbei, wo neben Schröder Kriminalhauptmeister Jörg Hettig saß, dann standen sie wieder auf dem Flur in der vierten Etage, ein wenig ratlos fuhr sich Krull mit der Hand über die Wangen.

»Und jetzt?« fragte Piel.

»Jetzt, ja, jetzt werde ich Sie wohl zu Gunther, zu Hauptkommissar Brubeck führen. Ich glaube, es wäre das beste, wenn ich – nicht dabei bin. Sein Büro ist da drüben«, er zeigte mit dem Finger darauf, »aber das wissen Sie ja schon.«

»Sie wollen mich nicht vorstellen?«

»Ehrlich gesagt: Nein. Aber mit etwas Feingefühl kriegen Sie das schon alleine hin – alles Gute.« Krull drehte ihm den Rücken zu und ging, langsam, federnd, wie einer, der sich davonschlich.

Großes Vergnügen empfand Piel nicht, als er an die Tür

klopfte, höchstens eine Art von Spannung, sie war weder angenehm noch unangenehm. Er malte sich aus, wie es wäre, wenn er da drin säße, auf einem Stuhl, der mit den Jahren schon eine Mulde hatte, ausgesessen vom eigenen Hintern, maßgesessen. Und wenn dann einer käme wie er, Jan Piel, und sich mit seinem zwanzig Jahre jüngeren Hintern auf diesen Stuhl setzen wollte – er hatte es sich nicht ausgesucht, man hatte ihm diesen Stuhl angeboten, und er hatte Ja gesagt, ohne die genaueren Umstände zu kennen. Er klopfte ein zweites Mal, nichts tat sich. Er klopfte ein drittes Mal, dann drückte er die Messingklinke.

Vermutlich war Brubeck nicht dort, wo er zu sein hatte, wie gestern, bevor er, Piel, bei Gertrud gelandet war. Während er den ersten Schritt in das Zimmer setzte, hoffte Piel sogar, daß Brubeck nicht dort war, wo er zu sein hatte.

Eine mit beiden Händen gehaltene Zeitung verbarg wie ein riesiger Schmetterling den Mann auf dem Stuhl, eine filterlose Zigarette brannte im Aschenbecher, der Telefonhörer lag neben der Gabel, neben dem Hörer waren zwei schwarze nasse Schuhe mit Füßen darin zu erkennen. Piel wußte, wer der Mann war, der es sich dort gemütlich machte: »Ich dachte, Sie arbeiten nicht hier.«

Brubeck nahm die Zeitung herunter: »Ich lese Zeitung. Wenn Sie das Arbeit nennen.«

»Manchmal ist es in unserem Beruf ganz nützlich, wenn man sich auskennt.«

»Es ist Zeitunglesen. Sonst nichts.«

»Soll ich mich vorstellen, oder wissen Sie bereits über alles Bescheid?«

»Gewisse Informationen sind in der Tat zu mir vorgedrungen. Es hat mich gefreut, daß Sie hier waren.«

Piel blieb unerschrocken freundlich: »Immerhin müssen wir eine Zeitlang miteinander auskommen.«

»Ich muß mit niemandem auskommen. In einem Monat

bin ich weg. So lange müssen Sie mit mir auskommen. Sollten Sie es sich nicht noch anders überlegen.«

»Sie können mich auch, Brubeck.«

»Ach ja«, sagte Brubeck und beendete die Unterhaltung, indem er sich wieder der Zeitung zuwandte.

Piel entfernte wortlos die Folie von der Rückenlehne seines Schreibtischstuhls, in dem noch lange keine Mulde ausgesessen war, saß Probe, drehte eine Zigarette, rauchte nur ein paar Züge und drückte sie im Aschenbecher aus.

Brubeck sah auf: »Wenn Sie so freundlich wären, Ihre Zigaretten ganz zu rauchen. Dann würde es mehr als doppelt so lang dauern, bis man den Aschenbecher ausleeren muß.«

»Und wenn Sie so freundlich wären, mir zu sagen, was ich sonst noch tun soll.«

»Wenn Sie lesen können, bringen Sie sich morgen etwas mit.«

»Ich habe Sie etwas gefragt.«

»Hier gibt es nichts zu tun.«

»Wollen Sie damit sagen, daß Sie hier den ganzen Tag Zeitung lesen!?«

»Nein. Das will ich damit nicht sagen. Manchmal schlafe ich auch. Geht ganz gut auf diesen Stühlen, man muß nur die richtige Position finden. Und manchmal bringt sogar jemand ein paar Unterlagen vorbei. Liegen dort.« Brubeck zeigte auf den blechgrauen Aktenschrank zwischen den beiden Fenstern.

Kriminalkommissar Jan Piel stand auf, öffnete die Schranktür – wie ein Schneebrett von einem Dach rutschte ihm ein meterhoher Aktenberg gegen die Schienbeine.

»Es bleibt Ihnen überlassen, ob Sie oben oder unten anfangen. Entschuldigen Sie mich.« Brubeck hatte auf die Wanduhr geschaut, stopfte die Zeitung in den Papierkorb und verließ, als habe er sich schon verspätet, das Büro.

Piel zog Speichel im Mund zusammen, schluckte ihn

runter und bewegte sich nicht. An solche Helden würde er sich gewöhnen müssen. Man konnte sich an alles gewöhnen. Aber er wollte sich nicht an alles gewöhnen. Also würde er sich auch nicht an Brubeck gewöhnen – ein ganz besonderer Held, von dem er noch nicht wußte, ob er zum lebenden oder toten Inventar des Hauses gehörte. Piel griff die zuoberst liegende Mappe und schlug sie auf. Er würde darüber nachdenken. Er hatte Zeit. Einen ganzen Monat hatte er Zeit.

8 Auf der Rückbank des Passats ein schlichter weißer Holzstuhl. Brubeck parkte den Wagen auf einem der beiden Behindertenplätze direkt vor dem Schaufenster von Blumen Winter. Ein Blumenladen in der Rosenstraße, den er schon seit Kindheitstagen kannte. Er plazierte seinen Polizeiausweis auf der Ablage unter der Windschutzscheibe und ging die Eingangstreppe hoch. Auf der rechten Seite war ein Automat in die Wand eingelassen, ein Blumenautomat mit Blumensträußen, man konnte sie ziehen wie Zigaretten. Brubeck hatte früher oft Blumensträuße für Karen gezogen, wenn nach Dienstschluß alle Läden geschlossen waren. Dann hatte er Blumen für Karen und Daniel gezogen, als er tagsüber keinen Menschen sehen wollte und oft erst bei Anbruch der Dunkelheit das Haus verließ, vor allem, wenn es tagsüber nicht regnete, wenn das Wetter freundlich war. Er hatte sich zwar besser gefühlt, wenn die Sonne schien, aber noch lange nicht gut, und er hatte es nicht ertragen, auf der Straße Leuten zu begegnen, die sich bei Sonnenschein richtig gut fühlten, die lachten und fröhlich waren. Dann war er lieber zu Hause geblieben, unter die Bettdecke gekrochen, oder war zur Arbeit gegangen, wo man ihn in Ruhe ließ, hatte alle Rolläden heruntergelassen, um von aller Freundlichkeit des Wetters und der Menschen verschont zu bleiben.

Brubeck öffnete die Ladentür, die Türglocke klang, weil sie schon etwas Rost angesetzt hatte, dumpfer als vor vierzig Jahren, die Farben im Geschäft waren blasser geworden.

»Gunther mein Junge, schön, dich zu sehen«, grüßte der alte Mann, seine schwarzen Haare waren inzwischen weiß, er steckte am Verkaufstisch Trockenblumen in grüne Knetmasse.

»Gut sehen Sie aus«, grüßte Brubeck zurück. Er siezte Winter und wurde von Winter geduzt, obwohl sie beide vermutlich gleichzeitig in Rente gehen würden. Aber als Gunther Brubeck Edgar Winter kennengelernt hatte, war Winter siebenundzwanzig, ein gestandener Mann, kriegsüber in Frankreich gewesen – und Brubeck ein zehnjähriger Knirps mit kurzen Hosen, blutigen Knien und Zuckerwasser in den Haaren, damit der Scheitel hielt. Die Jahre, dachte Brubeck, vergingen, die Rituale und Formeln blieben die gleichen.

»Mußt dir bald einen neuen Laden suchen, mein Junge.«

»Sie wollen doch nicht etwa?«

»Ich habe schon. Alles verkauft. Wird alles abgerissen. Sie haben mir einen guten Preis dafür gezahlt. Meine Tochter und ihr Mann, sie haben das für mich geregelt. Guter Preis, Gunther, guter Preis. Jetzt bauen sie ein großes Haus hier, ein Stadthaus, wie sie es nennen. Zwölf Wohnungen, schöne helle Wohnungen mit vielen Fenstern. Ein Monat noch, dann sind mehr als fünfzig Jahre vorüber. Wie immer, Gunther?«

»Wie immer, Herr Winter. Solange es noch geht.«

Der Blumenhändler verschwand in einem Hinterzimmer, es war nur durch einen Vorhang aus langen blauen und roten Plastikstreifen vom Verkaufsraum abgetrennt. Ein paar Sekunden später kam er mit einem wasserkastengroßen Karton zurück und stellte ihn auf die Theke. Brubeck prüfte nicht nach, ob alles seine Ordnung hatte. Alles würde seine Ordnung haben. Auf Winter konnte er sich verlassen.

Der weiße Holzstuhl stand auf dem braunen Weg zwischen den Gräbern des Städtischen Friedhofs. Auf dem Stuhl saß vor einem der Gräber Gunther Brubeck, die Ellbogen auf die Knie gestützt, das Gesicht in den Handflächen verborgen.

Auf dem Grabstein war zu lesen:

Karen und Daniel Brubeck
14. 10. 1992

Auf dem Grab standen in grünen, spitz in die Erde gebohrten Vasen hundert Blumen aus Winters Karton, seit drei Jahren kaufte Brubeck Woche für Woche einen solchen. Er schaute hoch, schaute zum grauen, fast schwarzen Himmel, der im Süden aufriß; ein Regenbogen spannte sich und schoß Sonnenstrahlen wie Pfeile zur Erde. »Hoffnungsstrahlen«, lachte Brubeck bitter und strich die nassen Haarsträhnen aus dem Gesicht. Der alte Winter gewährte ihm einen Rabatt von zwanzig Prozent. Gunther Brubeck würde niemandem mehr einen Rabatt gewähren.

Ganz im Gegenteil.

Er beendete seine Andacht, saß fünf Minuten später im Wagen und fuhr los. Auf der Rückbank lag ein schlichter weißer Holzstuhl, in seine Einzelteile zerlegt. Er war höchstens noch als Kaminholz zu gebrauchen.

Als Brubeck den Motor abstellte, stand der Wagen auf dem Parkplatz eines Sportzentrums in einem Viertel, das Franzosenviertel genannt wurde. Obwohl es nieselte, drehte Brubeck, um besser zu sehen, das Seitenfenster herunter, er rauchte. Ein paar Kinder schlenderten mit Schultaschen zur Halle, sie waren etwa in Daniels Alter, einer der Jungen sah seinem Sohn sogar ähnlich. Brubeck schaute nicht zu genau hin. Immer wieder, dachte er, erinnerte einen die Gegenwart an die Vergangenheit – und manchmal noch bedeutend scheinheiliger: Jeder Eisenbahnzug mit den Initialen Daniels erinnerte ihn an die Vergangenheit, oder wenn er auf eine Uhr sah, eine Digitaluhr, und es war vierzehn Uhr zehn. Irgend etwas erinnerte einen immer an die Vergangenheit, und wenn man es selbst war, oder ein paar Buchstaben oder Zahlen, oder ein Haar Karens, das er in einem ihrer Bücher fand, Bücher, die er dann manchmal wütend in den Mülleimer warf, oder, wenn er in anderer Stimmung war, beim Schlafen gegen die Brust drückte.

Nun aber wollte Brubeck an die Vergangenheit erinnert werden. Sein Blick galt dem dreistöckigen Haus auf der gegenüberliegenden Straßenseite, den Fenstern mit blauem Rahmen, der blauen Tür, der Wohnung in der zweiten Etage, dem dunkelgrünen Rover Cabriolet mit schwarzem Verdeck. Beides war auf den Namen Ralf-Peter Dohr angemeldet. Brubeck kannte die Zimmeranordnung der Wohnung, die PS-Zahl des Rover. Brubeck kannte den Supermarkt, in dem Dohr einkaufte, kannte Dohrs Freunde, seine Angehörigen, seine Art, sich am Telefon zu melden, und den Ärger, wenn kein Mensch in der Leitung war. Er kannte den Spruch auf seinem Anrufbeantworter. Brubeck kannte Ralf-Peter Dohr.

Kannte seine Vergangenheit wahrscheinlich besser als Dohr selbst, seine geschiedene Frau, seine Wochenendbeziehungen. Und vor allem, dachte Brubeck, kannte er Dohrs Zukunft. Brubeck erwartete, daß Dohr wie fast jeden Tag gegen elf Uhr das Haus verließ. Vielleicht schon heute, um auf Geschäftsreise zu gehen – das war im Prinzip bereits überfällig. Brubeck kannte Dohrs Geschäfte.

Elf Uhr fünf, die blaue Tür öffnete sich, Brubeck drückte die Zigarette aus und duckte sich vorsichtshalber; Dohr kannte auch ihn, aber nur das Zweiundneunziger-Modell des Kommissars, vermutlich würde er ihn nun nicht einmal mehr wiedererkennen. Er hatte keine Koffer dabei, aber ein Lederetui am linken Handgelenk, wie Pfeifenraucher es benutzen, fuhr sich mit der Hand über seine Halbglatze, als würde er Haare zurückstreichen, stieg in das Cabriolet und fuhr stadtauswärts.

Brubeck folgte ihm gelassen, über die Autobahn, über Land. Brubeck kannte sein Ziel: Zwischen hellbraunen Äckern, Feldern und Wiesen gruppierten sich ein paar Hangars, einige wenig beeindruckende Gebäude aus rotem Ziegelstein oder Beton und plattgewalzter Asphalt zu einem Flughafen, man hatte ihm den Namen *Luftport* verpaßt. Der runde Tower war ein Türmchen, die Flüge des Kleinflughafens führten selten in die große Welt, sondern meistens zu den deutschen Großflughäfen oder direkt nach Teneriffa oder Mallorca, für alles andere, für die richtigen Jumbos zum Beispiel, war die Landebahn ein paar Meter zu kurz geraten.

Ralf-Peter Dohr parkte in der Nähe des Hauptteingangs, Brubeck in sicherem Abstand auf einem der Behindertenplätze. Die Planen eines zeltartigen Gebildes, das sich für Terminal B hielt, schlugen einen harten Rhythmus im Wind, während Brubeck in der Nähe des Gate Gourmet das Flughafengebäude durch den Hintereingang betrat. Er machte sich so klein wie möglich, tauchte hinter der Zeitschriftensäule eines Kiosks unter, Dohr plauderte bereits mit einer jungen Ticket-Verkäuferin am Schalter eines Reiseveranstalters. Brubeck wartete, bis Dohr sein Gespräch beendet hatte, eine Kreditkarte und verschiedene Papiere in sein Lederetui steckte, die Flughafenhalle verließ und zu seinem Wagen ging.

Brubeck trat an den Schalter, legte die Handflächen mit gespreizten Fingern auf den Tresen und schaute die Frau an, sie bearbeitete hartnäckig eine Computer-Tastatur.

»Was kann ich für Sie tun?« fragte sie zuvorkommend, unterbrach ihre Tätigkeit und zeigte kurzzeitig das Lächeln aus einem Reiseprospekt ins Paradies.

»Wann fliegt der Herr, der gerade gegangen ist, wohin?« fragte Brubeck und zeigte seinen Polizeiausweis, der ihm noch einen Monat zur Verfügung stand.

Die Frau schluckte ihr Lächeln hinunter: »Meinen Sie, ich kann Ihnen das so einfach sagen, ohne meinen Chef um ...«

»Sie können nicht nur. Sie müssen.«

Sie überlegte. Dann drückte sie zwei Tasten und drehte den Computer-Bildschirm um neunzig Grad in Brubecks Richtung.

Brubeck sah genau hin und sah, was er sehen wollte.

9

Bea betrat die Bühne in der Uniform eines österreichischen k.u.k. Offiziers, ihr Make-up bestand aus zwei schwarzen Strichen zwischen Oberlippe und Nase; wenn man nicht genau hinsah, sah es aus wie ein Damenbart.

Brubeck saß an der Bar und beobachtete die Nummer über den Spiegel hinter dem Flaschenregal, sie interessierte ihn nicht. Seit drei Jahren verbrachte er einen Großteil seiner Freizeit in Striplokalen, weil er dort mit Sicherheit einer Familien- und Kinder-Idylle entging. Aus dem gleichen Grund hatte er heute mittag in einem Schwulencafé gegessen und sich danach in einem Programmkino einen deutschen Gangsterfilm angesehen, er war sogar hier in der Stadt gedreht worden und erst ab achtzehn freigegeben. Brubeck und der Vorführer waren die einzigen Besucher der Vorstellung gewesen. Der Vorführer hatte den Film sehr gemocht und seine Lieblingssätze meistens ein paar Sekunden früher als die Schauspieler aufgesagt: *Ich bin nicht immer der Mann gewesen, der ich heute bin, Baby.* Der Held hatte Rache geschworen, aber die Tode, die gestorben wurden, wurden nicht ernsthaft gestorben. Der Vorführer hatte immer sehr laut gelacht, wenn der Held abtrat und die Überlebenden die Leichen stapelten wie Briketts im Keller. Außerdem hatte der Vorführer die Rauchmelder abgeschaltet, Aschenbecher aufgestellt und Flaschenbier spendiert. Brubeck hatte geraucht, getrunken, aber nicht gelacht.

Gegen zwanzig Uhr war er im Blauen Hasen eingetroffen, der erste Besucher des Abends, er beabsichtigte nicht, der letzte zu sein. Morgen würde er früh aufstehen, sehr früh. Er hatte einen Job zu erledigen. Dieser Satz, dachte Brubeck, war in dem Gangsterfilm sicher auch vorgekommen. Alle klassischen Sätze aus Gangsterfilmen waren in diesem Gangsterfilm vorgekommen. Aber er, Brubeck, meinte diesen Satz ernst.

Brubeck schaute in den Spiegel, schaute an seinem eigenen Gesicht vorbei ins Lokal. An allen Tischen saßen Gäste, und an einem Tisch saßen zwei, die für ihre schiefen Nasen eine Idee zu elegant gekleidet waren, einen sehr dunklen Teint, fast schwarze Augen hatten. Der ältere der beiden, ein Kerl von fast zwei Metern, sah ständig auf seine Uhr, als warte er auf etwas, auf jemanden. Brubeck dachte an die Geburtstagsfeier von Bart Simpson – wenn er sich nicht vollkommen irrte, würde demnächst etwas geschehen. Er ahnte auch schon was.

»Wodka?« fragte Marianne mit einem Glas in der Hand.

»Hm.«

»Champagner?«

»Stroh-Rum.«

»Das Zeug hat über fünfzig Prozent.«

»Sechzig. Zwei Doppelte – und Pfeffer.«

Sie schüttelte den Kopf: »Pfeffer?«

»Ein bißchen Abwechslung.«

Marianne verzog das Gesicht, als habe sie gerade in Gedanken einen Schluck der Mixtur probiert, sie goß ein: »Zum Wohlsein. Auf die Abwechslung.«

»Und einen Wodka, wenn's recht ist.«

»Solange Sie bezahlen, ist mir alles recht.«

Brubeck kippte etwas Pfeffer in den Stroh-Rum, nippte am Wodka, der immer noch nicht besser schmeckte, und sah im Spiegel die beiden Männer: Der ältere nickte seinem Tischpartner zu, stand auf, präsentierte sich in voller Größe und schrie eine italienische Zote, irgendeinen Satz, in dem viel Mamamia und Diabolo vorkam. Mit einem einzigen Faustschlag zertrümmerte er den Tisch wie ein Sperrholz-Requisit aus einem Bud-Spencer-Film, packte seinen schmächtigeren Begleiter in den Schwitzkasten und schob ihn durch das Lokal. Männer sprangen verschüchtert von ihren Stühlen, Frauen kreischten auf, Bea ließ einen Manschettenknopf fallen und hielt sich die Hand vor den Mund.

Marianne Escher handelte, während alle anderen zusahen. Sie packte die Ringer an den Oberarmen, schrie »Aufhören« – wurde beiläufig aus dem Weg geräumt und schrie gar nichts mehr.

Brubeck stand langsam auf, nahm die Gläser und ging auf die beiden Männer zu, sie prügelten aufeinander ein, ohne sich zu verletzen. Brubeck sah, daß sie wie Stuntmen ihre Schläge nicht richtig durchzogen, sondern vorher abbrachen – zu Bruch gingen keine Knochen, sondern vorwiegend Glas und Mobiliar.

Brubeck wartete eine Kampfpause ab. »Verzeihung, meine Herren«, sagte er zu dem Älteren. »Das hat jemand für Sie bestellt. Davon abgesehen, finde ich Sie häßlich.«

Die beiden zögerten, bewegungslos schauten sie sich an. Dann wurden die Augen des Älteren groß, sie glänzten, als habe er Brubeck erkannt, als wäre es ihm sehr viel lieber, ihn nicht erkannt zu haben.

Lange durfte Brubeck nicht mehr warten. Er zeigte die

Gläser, schüttete den beiden mit einer schnellen Bewegung aus dem Handgelenk die Pfeffer-Rum-Mischung ins Gesicht, packte sie, stieß sie mit den Köpfen zusammen, zog seine Waffe und drückte dem Älteren die Walther in den Magen. In Unterzahl, wußte er, blieb einem keine andere Wahl, als den Anführer einzuschüchtern. Wenn das gelang, hielten sich gewöhnlich auch die Mitläufer zurück. Gelang es nicht – Brubeck wollte nicht weiter darüber nachdenken. »Raus jetzt«, sagte er leise, aber eindringlich. »Ich zähle bis drei – ihr könnt doch bis drei zählen?«

»Gehört der, gehört der zu uns?« fragte der jüngere zaghaft und wischte sich mit dem Dreck aus den Augen auch das Make-up von der Stirn.

Der Koffer hielt die Hände abwehrend über den Kopf und fauchte: »Das ist Brubeck, weg hier, der gehört zu niemandem mehr.« Er faßte seinen Sparringspartner am Arm, zog ihn zum Ausgang, sie waren verschwunden, als Brubeck gerade bis zwei gezählt hatte.

Ein paar Männer ließen sich nicht davon abhalten, ebenfalls zu verschwinden und sich einen ruhigeren Aufenthaltsort für den Rest des Abends zu suchen. Anderen schien die Darbietung gefallen zu haben, sie applaudierten. Brubeck war es fast peinlich, er nahm auf seinem Barhocker Platz und beobachtete die provisorischen Instandsetzungsarbeiten. Nun fiel ihm auch wieder ein, woher er die beiden kannte: Er hatte sie heute schon einmal gesehen, als Komparsen in dem Gangsterfilm. Sie hatten zwei Leichen gespielt. Von solchen Engagements konnten sie vermutlich nicht einmal die Getränke im Blauen Hasen zahlen.

Marianne Escher blutete an der Schläfe, tupfte die kleine Rißwunde mit einem Papiertaschentuch ab, die Bedienungen boten den Gästen zwei Gläser Champagner zum Preis von einem an, was immer noch mehr als hundert Prozent Gewinn brachte, Bea streifte ihren rechten Reitstiefel vom

Fuß, Ute bereitete sich für ihren Auftritt als Ute vor, Brubeck rauchte.

»Ihre Rechnung geht auf mich«, sagte Marianne, während sie eine Schaufel Scherben in den Mülleimer schüttete.

»Tut mir leid, aber ich zahle selbst«, sagte er nüchtern und trank sein Glas aus: »Damit lassen sich viele Mißverständnisse bereits im voraus vermeiden.«

»Sie haben für die Einladung gearbeitet«, erwiderte Marianne genauso nüchtern.

»Ich fürchte, das wäre nicht einmal nötig gewesen.«

»Wie meinen Sie das?«

»Ich meine, die beiden hätten nicht mehr lange weitergemacht.«

»Und wieso meinen Sie das?«

»Ich habe da so ein Gefühl, daß man Sie nur einschüchtern wollte.«

»Ein Gefühl haben Sie da. Hm. Ich habe da etwas gesehen. Das reicht mir.«

10

Als Brubeck am nächsten Morgen von der Stimme des WELLEN-Moderators geweckt wurde, fühlte er sich viel zu nüchtern, um die Welt zu betreten, ohne über ihre Unebenheiten zu stolpern. Mit den Gedanken war er noch im Halbschlaf, der Körper war wach, die Knie zitterten; als er aufstand, glaubte er keine Sekunde daran, auf diesen Beinen auch nur einen einzigen Schritt gehen zu können. Er zitterte in die Küche, griff zum Gin, der Verschluß fiel ihm aus der Hand. Es gab Augenblicke, dachte er, während er trank und das Glas der Flasche an seinen Schneidezähnen klapperte, in denen man sich kaum noch vorstellen konnte, das, was man war, zu sein. In Zukunft würde er eine Flasche unter das Sofa legen, für Notfälle.

Knapp eine halbe Stunde später, um sechs Uhr dreiundzwanzig, warf Brubeck die Taschenflasche ins Handschuhfach, setzte den Blinker, nahm gelassen die Roth-Händle von der Ablage des Aschenbechers und bog im Franzosenviertel auf die Autobahn ab, es war noch fast dunkel. Dohr hatte seine Wohnung mit zwei modisch gelben Samsonites verlassen, trug eine Kombination aus blauem Zweireiher und lachsfarbenem Trenchcoat und steuerte den Luftport an.

Brubeck kannte Dohrs Pläne: Ralf-Peter Dohr würde in etwa einer Stunde auf dem Sessel einer Boeing 737 Platz nehmen, einer Maschine, die aus Luxemburg kam, ein paar Passagiere am Luftport einlud und dann bis Frankfurt weiter flog. Dort würde Dohr in eine 747 steigen und gegen siebzehn Uhr in Kuala-Lumpur eintreffen. Bis zu diesem Zeitpunkt waren die Vorstellungen, die Dohr von seiner eigenen und Brubeck von Dohrs Zukunft hatte, identisch.

In Kuala-Lumpur wollte sich Dohr mit einem malayischen Mittelsmann treffen, um über Frauen zu sprechen, Frauen für den Heiratsmarkt in Deutschland. Dohr hatte von den deutschen Männern bereits eine Art Subskriptionsvertrag unterschreiben und sich standesgemäß bezahlen lassen. Auch die malayischen Mädchen zahlten für seine Tätigkeit als Fluchthelfer, in deutscher Währung, darauf bestand er. Sein Mittelsmann erhielt eine angemessene Provision dafür, daß er alle Vorbereitungen getroffen hatte, wenn Dohr eintraf, außerdem kümmerte er sich um die Formalitäten, um Ausreise- und Ausweispapiere. Gegebenenfalls kümmerte er sich auch um falsche Ausweispapiere, wenn die Frauen zu jung oder schon einmal verheiratet waren, ohne geschieden worden zu sein. In Scharen warteten sie gewöhnlich vor dem kleinen Zimmer des Gilbert Hotel, um sich begutachten zu lassen, aber der Wettbewerb war hart, und nur wenige warteten nicht umsonst.

Dohr besaß seit etwa zehn Jahren einschlägige Erfahrung, galt in der Szene als zuverlässige Größe und konnte eine Erfolgsquote von über neunzig Prozent vorweisen. Als Brubeck Dohrs Vergangenheit erforscht hatte, war selbst er erstaunt gewesen, mit welcher Professionalität Dohr vorging. Die Anzeigen, die er in verschiedenen Zeitungen schaltete, zeigten meistens ein attraktives, aber nicht zu attraktives deutsches Mädchen, es hieß gewöhnlich Claudia, Sabine oder Michaela, war nett, offen, zärtlich und, vor allem nachts, sehr einsam. Wenn ein Kunde dann bei der *Agentur D'Or* anrief und sich nach Claudia, Sabine oder Michaela erkundigte, drückte Dohr sein Bedauern aus, aber das Mädchen sei direkt nach Erscheinen der Anzeige vermittelt worden. Nichtsdestotrotz sei der Anruf nicht umsonst gewesen – man habe da noch ganz andere, genauso tolle Angebote, die hießen zwar Susan, Pam und Holly, wie fast alle malayischen Mädchen, deren Eltern etwas auf ihre Kinder hielten, seien aber nicht minder attraktiv, nett, offen, zärtlich und hoffentlich bald, vor allem nachts, nicht mehr so einsam.

Wie ein Gebrauchtwagenhändler gewährte Dohr eine einjährige Garantie; war ein Kunde nicht zufrieden, bekam Dohr die Frau und der Kunde die Hälfte der Vermittlungsgebühr zurück. Das schaffte Vertrauen. Dohr konnte seine unzufriedenen Kunden an den Fingern einer Hand abzählen, weil auch die Frauen diese Klausel kannten und mindestens ein Jahr lang die besten Frauen der Welt waren. Vor knapp zwei Jahren hatte Brubeck mit einer der von Dohr vermittelten Malaiinnen ein längeres Gespräch geführt. Sie hatte erzählt, Dohr habe ihr gleich im Gilbert Hotel eine Broschüre gegeben, und Dohrs Kompagnon habe ihr geraten, diese Broschüre gut durchzulesen. In malaiischer Sprache sei darin von malaiischen Frauen die Rede gewesen, die von ihren deutschen Männern verstoßen worden, danach in drittklassigen Clubs gelandet seien, auf der Straße, im Gefängnis, wieder in Kuala Lumpur – abgeschoben, ohne Mann, ohne Geld, ohne Würde, mit einer Vergangenheit ohne Zukunft in einem Land, in dem das staatliche Fernsehen die jungen Mädchen dazu aufrief, uneheliche Kinder nicht in Abwasserkanäle zu werfen oder im Busch- oder Brachland auszusetzen.

Dohrs Transaktionen waren, von kleinen Schönheitsfehlern abgesehen, legal. Noch nie war er mit den Behörden oder der Polizei in Konflikt geraten. Es gab keinerlei Anzeichen dafür, daß sich daran etwas ändern sollte.

Brubeck trat auf das Bremspedal. Obwohl seine Ampel noch fast gelb war, drängelte sich an einer Kreuzung kurz hinter der Autobahnabfahrt ein Reisebus vor, Brubeck respektierte das Recht des Stärkeren. Was er nicht respektierte, war, daß der Bus nun mit knapp vierzig Stundenkilometern vor ihm her trödelte. Überholen war unmöglich, von Dohr nichts mehr zu sehen und der Bus, wie Brubeck den hüpfenden Buchstaben am Heck entnahm, der *Spaß-Bus* eines Reiseunternehmens namens Grenzland-Expreß. Im Spaß-Bus herrschte, so das Kleingedruckte, *gute Laune und Halli-Galli rund um die Uhr*. Brubeck schaute auf die Uhr im Passat und biß die Zähne zusammen. Der Spaß-Bus fuhr inzwischen dreißig – und Brubeck fürchtete, daß er mittlerweile auch wußte, wo der Spaß-Bus hinfuhr.

Eine Viertelstunde später trafen sie gemeinsam am Flughafen ein. Der Spaß-Bus ließ sich noch immer viel Zeit, Brubeck gab Gas. Er jagte über einen Bordstein, daß die Karosserie krachte, warf einen Blick nach rechts und sah im Halbdunkel schemenhaft durch die angelaufenen Fensterscheiben des Busses, daß alle Fahrgäste riesige Nasen hatten und kegelförmige Köpfe, als handele es sich um eine Gruppe Außerirdischer bei einem Kurzurlaub auf der Erde. Um herauszufinden, von welchem Planeten sie kamen, war es zu spät. Brubeck raste über das Areal auf den Hintereingang zu, hielt mit quietschenden Reifen, sprang aus dem

Wagen, warf die Tür ins Schloß, auf Anhieb konnte er Dohrs Rover unter den Fahrzeugen auf dem Flughafen-Parkplatz nicht entdecken.

Atemlos traf er in der Halle ein und trat die Roth-Händle aus, kein Dohr in Sichtweite. Dafür aber bald ein Singsang, wie er ihn von den Pfadfindern oder der Heilsarmee kannte, in Hörweite.

Die Nasen kamen.

Angeführt von einem Animateur, einem jungen, braungebrannten Mann in Discothekenoutfit, pilgerte ein Troß von etwa vierzig Menschen in die Halle und sang den *Jäger aus Kurpfalz*. Keiner der Gesellschaft schien unter siebzig, die Hälfte über achtzig zu sein, und sie alle trugen bunte Hütchen auf den Köpfen und Pappnasen auf den Nasen. Ihre Mundwinkel zeigten nach unten, ihre Augen waren fahl, ihre Haare grau oder ausgefallen, manche hatten sich mit Lippenstift lachende Münder um die Münder gemalt; soviel Trübsinn sah Brubeck nicht einmal, wenn er in einen Spiegel sah, was er selten tat.

Trotzdem sangen sie, sangen und sangen, sangen, was ihre Stimmen noch hergaben – *juja, juja, gar lustig ist die Jägerei* sangen sie und wollten gar nicht mehr aufhören damit, bis sie alle drei Strophen des Liedes heruntergesungen hatten, *bis daß der Kuckuck kuckuck schreit, er schreit die ganze Nacht, allhier auf grüner Heid.*

Brubeck mußte mit ansehen, daß die Gruppe im Zentrum der Halle einen Kreis bildete, der ihm fast komplett die Sicht nahm.

»Wir haben noch etwas Zeit, bevor unser Flugzeug fliegt.« Der Animateur hatte sich inmitten des Kreises in Position gebracht. »Genaugenommen haben wir noch eine ganze Menge Zeit, weil die Maschine eine Stunde Verspätung hat und wir ohnehin zwei Stunden zu früh hier sind. Da wir aber zusammengekommen sind, um zwei Wochen fröhlich zu sein, schlage ich vor, daß wir diese Zeit nicht ungenutzt verstreichen lassen.«

Brubeck drängte sich durch den Aufmarsch und schaute sich nach allen Seiten um – nichts, Dohr war samt seiner Koffer verschwunden.

»Wollen wir nicht«, fuhr der Animateur fort, »*Ich-seh-etwas-was-du-nicht-siehst* spielen? Frau Görner, wie wäre es denn, wenn Sie anfangen würden?«

Frau Görner, blauer Mantel, die Haare hinten zu einem Dutt zusammengesteckt, zögerte: »Ich? Nein, nein, ich kann das nicht.«

»Nur keine Hemmungen, Frau Görner, wir wollen doch alle nur unseren Spaß. Also, los geht's, Frau Görner sieht etwas, was sonst keiner sieht.«

»Verzeihung«, Brubeck schob sich an einem Herrn vorbei.

Der Alte stützte sich auf einen Gehstock, hatte die Pappnase abgenommen, hielt sie, wie Weitsichtige es tun, so weit von sich weg, wie sein Arm lang war, und betrachtete sie mit doppelt soviel Falten auf der Stirn wie gewöhnlich – er schien zwar nicht mehr die besten Augen zu haben, aber er hatte wache Augen.

»Ich seh etwas, was du nicht siehst, und das ist gelb«, sagte Frau Görner mutig.

»Ist es ein Briefkasten?«

»Ist es die Sonne?«

»Nein!« Sagte Frau Görner.

»Was ist es dann!« Sagte irgendwer.

Der Alte mit den wachen Augen zertrampelte, wie ein alter Mann mit einem Gehstock trampelt, die Pappnase.

Der Animateur sagte: »Frau Görner, Sie müssen uns schon noch mehr sagen.«

Frau Görner sagte: »Ich seh etwas, was du nicht siehst, und das ist gelb – und ...«

»Laut?« Sagte eine Frau.

»Heiß?« Sagte ein Mann.

»Viereckig«, sagte Frau Görner.

»Viereckig!« Sagte irgendwer.

»Strengen Sie sich an!« Sagte der Animateur.

»Verzeihung«, sagte Brubeck zu einer sehr alten Frau, an der er sich vorbeidrängelte. Er zögerte, obwohl er es sehr eilig hatte, weil er etwas sah, was es nicht geben konnte: Der Alte hatte auch sein buntes Hütchen zertrampelt, nun tippelte er auf den Animateur zu, blieb mit rundem Rücken und breiten Beinen vor ihm stehen, grinste einmal in die Runde, holte weit mit dem Stock aus, traf den Animateur am Hals, holte noch mal aus und hätte den Animateur an der Stirn getroffen, wenn dieser nicht die Arme vor das Gesicht gehalten hätte. Der Alte drehte sich um, grinste wieder in die Runde, die Runde war erstarrt, teils vor Empörung, teils vor Begeisterung, niemand griff ein, nur Frau Görner sagte: »Es sind zwei Koffer, zwei gelbe Koffer auf dem Förderband!« – was aber niemand mehr hören wollte. Dann wendete sich der Alte wieder dem Animateur zu, der den Alten nur an den Armen hätte packen, sagen müssen: »Alter, komm, laß es gut sein«, der es aber weder tat noch sagte, der einen Schlag des Alten nach dem anderen einsteckte, als wüßte er selbst, daß er all diese Schläge und noch mehr verdient hatte, glücklich sein konnte, daß ihn nur dieser alte Mann schlug, dessen Arme nicht viel dicker waren als der Stock, mit dem er schlug.

»Es sind zwei Koffer, zwei gelbe Koffer auf dem Förderband« – wie ein Echo klang Brubeck der Satz von Frau Görner in den Ohren und holte ihn wieder zurück in die wirkliche Wirklichkeit. Die zwei gelben Koffer konnten keine anderen als Dohrs gelbe Koffer sein, die von dem Band ein Stockwerk tiefer in eine Kammer ebenerdig zur Landebahn befördert wurden – befördert worden waren, auf dem Band war nichts mehr davon zu sehen. Wenn das Gepäck in der Kammer eintraf, hatte es die Kontrollen bereits hinter sich, wurde auf einem Elektrowagen zwischengelagert und wartete auf den Abtransport zur Maschine. Wie lange es warten würde, war nicht genau vorauszusagen, zumal im Luftport die Dinge nicht immer in Übereinstimmung mit den Vorschriften, sondern entsprechend der Laune des Personals erledigt wurden.

Brubeck durfte keine Sekunde verlieren, er setzte sich in Bewegung.

Der Weg in den Keller war mit einer eher symbolischen, mattsilbernen Schranke versperrt: *Dienstraum. Kein Eintritt für Unbefugte.* Brubeck kroch darunter durch, faßte sich von außen an die Innentasche seines Jacketts. Den Schlüssel hatte er sich schon vor einem Jahr besorgt. Er öffnete die Tür zur Kammer. Dort stand das Gepäck. Vorsichtig sah Brubeck sich um. Kein Mensch weit und breit. Der Elektrowagen war nur halb beladen. Dohrs gelbe Samsonites lagen obenauf.

Kriminalhauptkommissar Gunther Brubeck nippte in der Air-Snack-Bar an einem unverschämt schlechten Milchkaffee und sah, wie in der Flughafenhalle der Alte mit dem Stock auf einer Bahre von zwei Sanitätern weggetragen wurde. Als die Sanitäter gekommen waren, hatte Brubeck mehrmals das Wort *Herzinfarkt* gehört. Jetzt schaute er durch die breite Fensterfront auf die Startbahn. Die Boeing 737 hob pünktlich in Richtung Frankfurt ab. Gunther Brubeck wünschte Ralf-Peter Dohr einen angenehmen Flug.

11

I can't stand it, I know you planned it – Piel lag auf dem Bett und frühstückte. Es war der Morgen des 4. Oktobers 1995, und Piels Frühstück bestand aus einer Tasse Kaffee, einem zwei Tage alten Brötchen mit Marmelade, seine Mutter hatte sie selbst eingekocht, und dem Video zu *Sabotage*, ein Best of aller Krimis und Gauner-Serien der siebziger Jahre, in denen man viel Zeit damit verbrachte, über Müllcontainer und Hinterhofmauern zu klettern, und Chevys reihenweise schrottreif fuhr, in denen die Schauspieler immer eine ordentliche Wumme im Schulterhalfter oder Gürtel stecken hatten und mit Schnauzer, Koteletten und Sonnenbrille aussahen, als wären sie eigentlich für einen Pornofilm engagiert worden. Krimis, die sich Mama immer angeschaut hatte, wenn sein Vater außer Haus gewesen und Piel in sein Zimmer geschickt worden war, zum Lesen oder Schlafen.

Die Musik war nicht leise, er drehte sie mit der Fernbedienung lauter, es würde niemanden stören. Das Vermieter-Ehepaar im Erdgeschoß war steinalt und fast taub, um diese Zeit schliefen sie noch, ihre Hörgeräte lagen auf dem Nachttischschränkchen. Seit einer Woche wohnte Piel in der ausgebauten Dachwohnung eines Einfamilienhauses am westlichen Rand der Stadt. Auf dem schwarzen Regal im einzigen Zimmer standen die Fotos seiner Eltern. Daneben das Foto einer Frau, die gut aussah, aber schon viel zu alt für Piel, sie schaute Piel aus dem Rahmen an, als wolle sie in diesem Leben nichts anderes mehr anschauen.

Sie hieß Elisabeth Hake und war Piels – das war ein Problem. Freundin klang ihm zu jung, Geliebte zu pathetisch, Affäre zu herzlos, Beziehung zu vernünftig, Partnerin zu sehr nach Starsky & Hutch. Aber sie war es, selbst wenn es kein passendes Wort für sie gab. Sie war knapp zwanzig Jahre älter als er, genaugenommen war sie ein Jahr älter als seine Mutter, die mit achtzehn Mutter geworden war, Elisabeth war Ärztin, geschieden. Piels Vater lebte noch, aber er hatte ihn seit zehn Jahren aus den Augen verloren, manchmal telefonierten sie, manchmal träumte er von ihm. Er träumte, daß seine Mutter auf einem Sofa saß, er links daneben, sein Vater rechts daneben, beide wollten sie auf ihre Seite ziehen – immer, wenn Piel sich gerade einen Vorteil erkämpft hatte, wachte er auf. Es war ein Traum, den er manchmal als sehr bedrückend empfand. Eines Tages erzählte er ihn einer Polizeipsychologin. Sie erzählte ihm, ohne einen Hehl aus ihrer Langeweile zu machen, daß jeder zweite Polizist, der zu ihr kam, ihr eine Variation dieses Traumes erzählte. Das fand Piel beleidigend, er hörte auf zu erzählen und ging, ohne sich zu verabschieden. Selbst wenn er nicht glücklich war, diesen Traum zu träumen, so war es doch sein Traum, und am liebsten hätte er der ganzen Welt verboten, den gleichen Traum zu träumen, den er träumte.

Piel dachte an seinen Vater. Er verbot nichts. Er wußte für alles eine Lösung. Eine einvernehmliche Lösung. Nie war ein böser Satz gefallen, von Schlägen ganz zu schweigen. Immer hatte es geheißen: »Komm, mein Junge, darüber sollten wir einmal reden.«

Piel dachte an seinen Vater in der Küche mit der Pfeife im Mund, zurückgelehnt im Schaukelstuhl, mit weitoffenem Blick, mit weichen Wangen. Dann ging es los, hörte nicht mehr auf, und als es dann irgendwann doch aufhörte, waren alle guten Ratschläge gegeben, war alles entschuldigt und erklärt, und sein Vater hatte den Teufel getan, einen Standpunkt zu beziehen, gegen den er sich hätte zur Wehr setzen können – wie oft hatte er sich nichts sehnlicher gewünscht, als daß der Alte den Ledergürtel aus der Hose gezogen, ihn verprügelt und die Sache auf diese Weise geklärt hätte, unter Männern, zack, zack, dann hätte Piel sagen können: *Ja, das habe ich verdient*, oder zurückschlagen können, eines Tages. Zumindest hätte er etwas Respekt haben können vor seinem Vater, das war das mindeste, was man von einem Vater verlangen konnte.

I can't stand it, I know you planned it – Piel fürchtete, eines Tages die gleichen weichen, weinerlichen Züge zu haben wie der Alte, sie waren noch weicher und weinerlicher, wenn die Lider schwer waren vom Cognac, wenn ihm die letzte Spannung im Gesicht abhanden kam und die Wangen hingen wie bei einem Bernhardiner die Lefzen, Cognac, den der Alte in sich hineinschüttete, weil er vielleicht doch nicht so recht daran glaubte, irgend etwas geklärt zu haben. Fast hatte Piel Angst davor, an seinen Vater zu denken und *der Alte* zu denken, weil das Wort zu hart war für diesen weichen Mann, weil dieser Mann zu hart angefaßt war mit einem harten Wort, weil man selten ein hartes Wort in seiner Gegenwart äußerte, sondern es vorzog, sich hinter seinem Rücken über ihn lustig zu machen; manchmal, wenn sein Vater mit einem anderen Mann einen Händedruck gewechselt hatte, hatte Piel auf die Zähne gebissen und gehofft, der Alte empfinde keine zu großen Schmerzen dabei, jedenfalls betrachtete auch sein Vater nach einem festen Händedruck fassungslos seine Hand, fassungslos, daß nicht alle Knochen gebrochen waren. »Kommen Sie, darüber können wir doch reden«, sagte Piel manchmal. Er sagte manchmal auch Sätze wie »dafür wird sich schon eine Lösung finden«. Selbst den Satz »Das kriegen wir schon wieder hin, wird nicht so schlimm sein« hatte er schon gesagt. Er haßte diese Sätze. Aber er sagte sie. Das war ein Problem.

Elisabeth war – auch das war ein Problem. Genaugenommen wußte er nicht, was oder wie sie war. Aber er wußte, daß sie gestern abend auf den Anrufbeantworter gesprochen hatte: »Bist du zu Hause? Jan? Nein? Ich bin's, Elisabeth. Ruf mich bitte zurück. Wiederhören.« Sie hatte unsicher geklungen. Gewöhnlich klang sie souverän. Zumindest souveräner als auf dem Band.

Nach dem fünften Cognac klang die Stimme seines Vaters wie ein Säuseln, und wenn sich Piel an etwas aus seiner Kindheit besonders gut erinnerte, war es Cognac, waren es die vom Cognac feuchten Lippen seines Vaters, war es Weinbrand, den man Cognac nannte. Sein Vater auf dem Schaukelstuhl am Küchentisch, die Pfeife im Mund, *kriegen wir hin* im Mund, Cognac im Mund, feuchte Lippen. Immer gab es Cognac, mittags gab es Cognac, wenn Gäste kamen, gab es schon morgens Cognac, und neben den Cognac wurde der Aschenbecher gestellt, der gute Aschenbecher, der mit grünem Stoff überzogene Aschenbecher, er fühlte sich an wie Fell, HB rauchte man damals und Ernte 23 und Reval und Roth-Händle, wie Brubeck heute noch, Chantré gab es, und wenn die besseren Gäste kamen, gab es Asbach, für manche auch mit Cola, zum Beispiel für seinen Onkel, der Arzt hatte ihm den Schnaps verboten. Einmal hatte Jan seine Mutter dabei beobachtet, wie sie den Chantré in eine leere Asbachflasche füllte, bevor sein Onkel kam, und zu seinem Vater hatte sie gesagt: »Der alte Trottel schmeckt das sowieso nicht mehr.« Sein Vater hatte zweimal geschluckt, noch ohne Cognac im Mund, dann hatte er gesagt, sie wisse, was sie tue, sie tue bestimmt das Richtige, dann hatte er wohlwollend genickt und hastig am Gläschen genippt, immer standen irgendwo diese Cognacgläschen herum, so klein waren sie, daß man sie fast übersah, so klein, daß man sich daraus gar nicht betrinken konnte, ein Diminutiv von Glas, ein Gläschen eben, und ein Gläschen hat noch keinem geschadet, *komm, mein Junge, reden wir darüber*, und prost, nicht wie diese Biertrinker, diese Trinker, mit ihren Humpen von Gläsern.

Einmal, vor zehn Jahren, war seinem Vater das Gläschen aus der Hand gefallen. Es war der Augenblick gewesen, in dem Piel seinen Eltern mitteilte, daß er Polizist werden würde. Sein Vater hatte geglaubt, daß sein Sohn Jurist oder Ingenieur, Historiker oder was auch immer, aber zumindest studieren würde, Polizist, hm. Piel hatte den Ansatz von Schrecken im Gesicht seines Vaters beobachtet, *zur Polizei, ja, das ist* – dann hatte ein mildes Lächeln den Schrecken abgelöst: »Du weißt, was du tust, wir haben dich zu einem mündigen Bürger erzogen.« Dann hatte der Alte zwei Gläschen aus dem Schrank geholt und mit seinem Sohn angestoßen: »Du hast eine Entscheidung getroffen, mein Sohn, ich bin stolz auf dich.« Darauf hatte er ihm tatsächlich die Hand geschüttelt, Piel hatte nicht zu fest zugedrückt, prost Asbach, trinken wir darauf.

»Polizisten tragen schöne Uniformen«, hatte Mama gesagt, die Scherben aufgekehrt und ihn auf die Stirn geküßt. Sie wußte nicht, daß er zu den Nichtuniformierten ging, und fand es, als sie es erfuhr, sehr schade.

Piel war zu Hause ausgezogen, aber in Köln geblieben, dort hatte er den ersten siebenmonatigen Teil der Ausbildung absolviert, als Kommissarsanwärter, als Mädchen für alles. Dann war er von Köln nach Kiel und dort drei Jahre auf die Polizeihochschule gegangen, man hatte ihm in Kiel eine Stelle angeboten, aber er wollte nach Berlin, weil er dort früher Kommissar werden konnte, einen Monat früher. Immer hatte er die Möglichkeit wahrgenommen, den Ort zu wechseln, der Karriere wegen, dachte er, und manchmal glaubte er, weil er weg wollte, weil ihm die Dinge zu eng wurden, Räume und Beziehungen und Räume in Beziehungen. Schließlich war er von Berlin nach Enkenbach-Alsenborn gegangen, seine letzte Station, bevor er hierherkam. Als er Mama am Telefon gesagt hatte, er würde eine Zeitlang in Enkenbach-Alsenborn arbeiten, hatte sie ihn gefragt, was er denn statt dessen tun wolle.

Er hatte ihre Frage nicht verstanden, *was er statt dessen tun wolle, he?*

Schließlich stellte sich heraus, daß sie *in Enkenbach-Alsenborn arbeiten* für eine Metapher hielt, die Den-Job-an-den-Nagel-Hängen bedeutete, wie man etwa über den Jordan ging oder nach Sing-Sing, Eulen nach Athen trug oder Polen verloren war.

Aber man konnte tatsächlich in Enkenbach-Alsenborn arbeiten.

Dort, in diesem Nest im finsteren Wald, wie die einheimische Bevölkerung sagte, die mindestens zur Hälfte aus

Polizisten bestand und zur anderen Hälfte aus deren Ehefrauen, dort, in der engstmöglichen Provinz, hatte er Elisabeth kennengelernt. Es beunruhigte ihn etwas, daß er sie für die bisher engste Beziehung seines Lebens hielt und nicht einmal sagen konnte, wie sie war. Im Grunde war sie eine reife Frau, die ihren Stil hatte und nicht selten an ihm herummäkelte, wenn sie glaubte, er hätte keinen, wenn er das falsche Hemd zur richtigen Hose trug oder Dinge sagte, die man nicht sagte. Wenn er sie beim nächsten Mal traf, trug er das richtige Hemd und bemühte sich, die richtigen Dinge zu sagen. Andererseits war sie kindisch. Altmodisch zumindest, eine lächerlich kindisch altmodische Frau, die nicht wollte, die sich sogar davor fürchtete, daß man sie mit ihm zusammen in der Öffentlichkeit sah. Die fürchtete, daß ihr Ruf bei einer solchen generationsübergreifenden Liebe in die Brüche ging, und damit der Ruf ihrer Praxis, ihre Zukunft und ihre Vergangenheit. Ihre Vergangenheit war ihre einzige Tochter, sie arbeitete mittlerweile in der Praxis ihrer Mutter, gemeinsam mit zwei weiteren Ärzten.

I can't stand it, I know you planned it, Standbild, Ton aus – es läutete knapp hundert Kilometer von Piels Bett entfernt in Enkenbach-Alsenborn. Es läutete immer noch. Elisabeth schien nicht mehr zu Hause zu sein. Piel legte auf. Er wollte nicht mit ihr reden, er mußte mit ihr reden. Sie hatte schon gestern nachmittag angerufen, und er gestern abend vergessen, das Band abzuhören, das kein Band war, sondern ein Chip. Piel dachte nach; sie hatten vereinbart, daß er sie nicht in der Praxis anrief. Er kannte die Nummer der Praxis auswendig, obwohl er sie gerade zum ersten Mal wählte.

»Ärztegemeinschaft Hake-Hake-Jörgensen-Schmitt, guten Tag, was wünschen Sie bitte?« fragte eine junge Frauenstimme, die Stimme klang piepsig, wie das Klischee der Stimme einer Sprechstundenhelferin.

»Frau Hake«, antwortete Piel.

»Welche Frau Hake, bitte?« fragte die Sprechstundenhelferin nach.

»Elisabeth Hake.«

»Wen bitte darf ich melden?«

»Einen Freund«, sagte Piel nach einer kurzen Pause.

»Tut mir leid, aber ich brauche schon Ihren Namen. Wie Sie sicher wissen, müssen wir auch telefonische Beratungen in Rechnung stellen.«

»Es handelt sich nicht um ein Beratungsgespräch.«

»Wer ist dran?« sagte eine Stimme im Hintergrund mit dem Hall des Rezeptionszimmers, Füße in Schuhen mit harten Absätzen näherten sich dem Telefonhörer, die dazugehörige Frau übernahm das Gespräch.

»Doktor Evelyn Hake, kann ich Ihnen weiterhelfen?« fragte Doktor Evelyn Hake, ihre Stimme klang selbstbewußt.

»Nein. Ihre Mutter kann.«

»Ihr Name?«

»Kann ich jetzt bitte mit ihr sprechen, oder kann ich nicht!«

Statt einer Antwort hörte er einen Satz, der keine Drohung war, aber so klang, als wäre er eine: »Elisabeth weiß nicht, was sie tut!« Dann war die Unterhaltung vorbei, und das Video lief weiter.

I can't stand it, I know you planned it – Sabotage! Piel atmete langsam ein und langsam aus. Was ihm sein Vater trotz allem mitgegeben hatte, war der Glaube an das Funktionieren der Dinge, wenn man sich nur ausreichend Mühe mit ihnen gab. An das Funktionieren der abstrakten Dingen wie Gerechtigkeit und Zuneigung. An das Funktionieren der konkreten Dinge wie Telefonverbindungen und sein Motorrad. Piel glaubte eigentlich nicht wirklich daran. Aber die Wirklichkeit glaubte daran, vielleicht, weil er anders war als sein Vater, härter. Bisher hatte alles funktioniert, einigermaßen. Zumindest hatte es sich regeln lassen, irgendwie. Seine Maschine lief, wenn er eine Nacht mit ihr in der Garage verbracht hatte. Auch die Geschichte mit Elisabeth würde sich regeln lassen, wenn er am Ball blieb. Die Geschichte würde laufen wie seine Maschine.

Acht Uhr vierunddreißig, er hatte sich schon verspätet, trank einen letzten Schluck kalten Kaffee, schaute aus dem Fenster, es regnete nicht. Er schaltete den Videorecorder aus, spülte die Tasse, füllte sie mit Wasser und goß seine beiden Pflanzen, er duschte, die Kakteen mußten in dieser Jahreszeit nicht gegossen werden. Er trocknete sich ab, schmierte sich Wachs in die Haare und fönte sie so, daß es aussah, als hätte er die Haare schon eine Woche nicht mehr gewaschen oder gefönt. Er zog sich an, verließ die Wohnung, rutschte über das Treppengeländer zur Haustür und landete mit sauberem Telemark auf den Steinplatten. Das Publikum tobte, Piel verbeugte sich.

Piel fuhr die Maschine aus der Garage, es war kalt, die Maschine war kalt, kaltes Metall, er gab Gas, zu viel Gas, die Maschine war laut. Das eiserne Ehepaar lag, was Piel wunderte, trotz der frühen Stunde wie ein Stilleben auf zwei Kissen im offenen Fenster und sah, wenn es noch etwas sah, wie eine mächtige Abgaswolke in die Herbstluft aufstieg. Piel gab noch mehr Gas – Cognac! Cognac hatte sein Vater getrunken, ein Cognäcchen, manchmal schon morgens, um diese Zeit, wenn es sehr kalt war in den Herzen der Menschen, Cognac, immer wieder Cognac, Chantré, und für die besseren Gäste Asbach, aber die kamen erst später, am Nachmittag, Cognac – und was ist das schönste Jäckchen? Das Cognäcchen, haha! immer mal wieder ein kleines – *kriegen wir schon hin, gar keine Frage, mein Junge, das schaffst du* und Gläschen, Gläschen, Gläschen, *Doktor Evelyn Hake* – die Fotze!

12

Er stand vor der Tür seines eigenen Büros und klopfte an.

»Ist offen.«

Brubeck trat ein, starrte auf seinen Schreibtisch, starrte Piel an, Piel schaute kurz hoch und gleich wieder weg, Brubeck starrte auf seine Fingerknöchel, mit denen er geklopft hatte und brachte kaum die Lippen auseinander: »Verzeihung, ich wollte nicht höflich sein.«

»Nicht schlimm«, sagte Piel, ohne ein zweites Mal aufzuschauen. »Kann jedem mal passieren.«

Brubeck war verwirrter, als er gedacht hätte, er hatte schon fast eine ganze Flasche Gin gegen die Verwirrung getrunken und war müde geworden. Er setzte sich und gähnte. Erst jetzt bemerkte er, daß dieser Clown von Kommissar die Füße hochgelegt und eine Zeitschrift, eine Motorradzeitschrift, mitgebracht hatte.

»Was starren Sie so. Ich lese. Das ist alles.« Piel schaute ihn nicht an.

»Das sehe ich. Blättern Sie bitte leise um«, sagte Brubeck, verschränkte die Arme vor der Brust und schlief auf der Stelle ein.

Irgend etwas ging da draußen vor sich, Tür auf, Tür zu, Tür auf, Tür zu. Und das, was da draußen vor sich ging, ging schon seit Stunden vor sich. Ständig war Schröders Stimme zu hören, eine asiatische Frauenstimme, im Hintergrund Hettigs Brummen. Piel hatte mit Schröder zu Mittag gegessen. Schröder hatte es eilig gehabt und auf das Dessert verzichtet, er hatte sehr wortkarg gewirkt.

Brubeck schlief.

Piel hatte geglaubt, Brubeck tue nur so, als schlafe er, weil man nicht – jetzt war es gleich halb sechs – sieben Stunden am Stück auf einem Bürostuhl schlafen konnte.

Brubeck konnte. Er bewegte sich fast nicht, von Zeit zu Zeit schnarchte er und fuhr hoch, als würde er aufwachen, sank wieder zurück und schlief weiter, wie ein Toter schlief; sein Brustkorb hob sich kaum, wenn er einatmete – bei fünfzig oder sechzig filterlosen Zigaretten am Tag, vermutete Piel, war das Wort Lungenvolumen nicht mehr als ein Wort.

Es klopfte.

Brubeck wachte auf, nahm, noch nicht ganz wach, in der Bewegung des Aufwachens die Zigaretten aus dem Jackett und riß gerade ein Streichholz an, als Hettig eintrat.

»Herr Piel, hätten Sie vielleicht einen Moment Zeit. Herr Schröder möchte mit Ihnen sprechen.«

»Hier wartet zwar ein Berg Arbeit«, Piel blies die Backen auf, »aber wenn es sein muß.«

Brubeck schnippte Asche, die es noch nicht gab, von der Zigarette in den Aschenbecher, während Piel Hettig folgte. Kurze Zeit später saß er vor Schröders Schreibtisch.

»Sie wollten mich sprechen?«

»Wir hatten vorhin beim Mittagessen wenig Zeit, uns zu unterhalten«, begann Schröder. »Wie haben Sie sich hier eingelebt?«

»Gut.«

»Und mit Brubeck?«

»Bestens.«

»Das freut mich. Ich kann ihn nicht ausstehen. Es beruht auf Gegenseitigkeit.«

»Offene Worte.«

»Das weiß hier jeder. Wir haben uns nie besonders gemocht. Und es wäre lächerlich, zu behaupten, daß ich traurig bin, weil er gehen muß. Ohne seinen besten Freund Krull wäre er schon längst gegangen. Wäre besser für alle gewesen.«

»Warum erzählen Sie mir das?«

»Weil Sie es wissen sollten. Immerhin arbeiten Sie mit ihm zusammen.«

»Von Arbeit konnte bisher nicht die Rede sein.«

»Das täuscht. Wenn Sie sich alte Statistiken ansehen, werden Sie merken, daß er, nun ja, auch ein paar Fälle aufgeklärt hat, zwar nicht so viele wie ich, aber immerhin. Es hat bei ihm noch nie so ausgesehen, als würde er arbeiten. Daß er nichts tut, heißt nicht, daß nichts passiert.«

»Was sollte passieren?«

»Ich weiß es nicht. – Fragen Sie die Leute unten in der Kantine nach ihm. Man wird Ihnen sagen, daß Brubeck hart, aber gerecht ist und ein Herz für den kleinen Mann hat. Wenn Sie mich fragen: Er verkauft sich nur ganz gut. Wenn er persönlich etwas gegen den kleinen Mann hatte, hatte auch der kleine Mann nichts mehr zu lachen. Das hielt sich vor dem Unglück noch in Grenzen, aber mittlerweile –«

»Vor welchem Unglück?«

»Das wissen Sie nicht?«

»Nein.«

»Vor drei Jahren kamen seine Frau und sein Sohn bei einem Autounfall ums Leben.«

»Deshalb ist er, wie er ist.«

»Nein. Deshalb nicht. Er ist, wie er ist, weil er glaubt, daß es Mord war.«

»Mord?«

»Fahrlässige Tötung, aber für ihn ist es das gleiche. Er bildet sich ein, daß ein zweites Fahrzeug an dem Unfall beteiligt gewesen ist. Aber Brubecks Anschuldigungen haben es nie bis zu einem – ja?«

Jemand hatte angeklopft. Jemand war Hettig und kam herein. »Herr, äh, Schröder.« Er schaute verstohlen zu Piel.

»Reden Sie«, sagte Schröder, er schien die Frage in Hettigs Blick verstanden zu haben.

»Sie sagen, sie haben ihn.«

»Den Kurier?«

»Ja, ja. Er hat sich als Heiratsvermittler ausgegeben. Sie haben, haben Heroin gefunden, in einem Koffer mit so komischen Broschüren, so Horrorbroschüren mit entehrten Frauen drin, sagt die Übersetzerin, sagen die da unten. Ein Kilo haben sie gefunden, Schwarzmarktwert dreihunderttausend, sagen sie, die Malaysier.«

»Hat er gestanden?«

»Sie kriegen ihn schon weich, sagen die da unten. Sie bedanken sich bei uns hier oben und sagen, daß man es so machen wird, wie Sie vorgeschlagen haben.«

»Gut, Hettig, gehen Sie nach Hause, Feierabend.«

»Was war das?« fragte Piel, nachdem Hettig gegangen war.

»Einer meiner Informanten hat mir heute morgen ein Fax geschickt, er hat gehört, daß ein Mann aus der Stadt mit Heroin nach Malaysia unterwegs sei. Vom hiesigen Flughafen aus über Frankfurt – das ist nicht ganz dumm, weil es einfacher ist, hier durch die Kontrollen zu kommen als in Frankfurt oder an einem anderen deutschen Großflughafen. Wir haben uns mit den Malayen in Verbindung gesetzt, die Malayen haben die Aktion gerade erfolgreich abgeschlossen und den Mann verhaftet.«

»Zwischen Malaysia und der Bundesrepublik gibt es kein Auslieferungsabkommen. Der Mann muß mit der Todesstrafe rechnen, das wissen Sie doch.«

»Selbstverständlich.«

»Er hätte niemals die Maschine verlassen dürfen.«

»Wirklich nicht? Und dann? Dann hätte er behauptet, der Koffer würde ihm gar nicht gehören, oder irgend jemand hätte ihm das Päckchen reingeschmuggelt. Dafür hätte er weniger zahlen müssen als Sie, wenn Sie falsch parken – nichts, wenn man es genau nimmt.«

»Nun zahlt er mit seinem Leben.«

»Das ist angemessen.«

»Und das halten Sie für einen Erfolg?«

»Für einen großen Erfolg. Wer gegen das Gesetz verstößt, wird bestraft. Wenn man sich öfter an dieses einfache Prinzip halten würde, wäre die Welt besser. Das werden Sie auch noch lernen, wenn Sie ein paar Jahre älter sind.«

»Bestimmt«, sagte Piel, stand auf und ging zurück in sein Büro.

Brubeck war verschwunden. Ein Zigarettenstummel glomm noch im Aschenbecher. Ein Rauchfaden klebte an der Decke. Brubeck hatte so lange bewegungslos auf dem Stuhl gesessen, daß Piel glaubte, er habe einen Abdruck in der Luft hinterlassen.

Elisabeth. Er wählte ihre Nummer und wartete.

Gunther Brubeck war vom vielen Schlafen zu müde geworden, um noch auf einen Wodka oder zwei im Blauen Hasen vorbeizuschauen. Er hatte kurz vor Ladenschluß ein Dutzend Dosen Fertiggerichte und ein paar Flaschen Gin besorgt, eine der Flaschen stand halb leer neben Otto Lotto am Fuß des Sofas. Auf dem Sofa lag Brubeck, er schlief ruhig und atmete gleichmäßig. Erst als die Sonne aufging, kam mit ihr der rote Traum zurück, träumte Brubeck, daß die Nacht brannte, obwohl sie schon vorüber war: Drei Männer machten sich aus dem Staub, sie lachten schallend rot. Aber Brubeck wußte, wo sie hinliefen, er war schon dort und streckte die Hand nach einem von ihnen aus. Brubeck bekam den Mann am Kragen zu fassen. Brubeck sah das Entsetzen in seinem Gesicht.

13

Der Nachrichtensprecher beendete die NEUN-UHR-WELLE mit der Wettervorhersage – Piel hatte das Polizeigebäude durch den Haupteingang betreten, war an der Rezeption stehengeblieben, hörte zu und vermutete, daß man beim Sender die Wettervorhersage am Wochenanfang aufgezeichnet hatte; am heutigen Donnerstag klang sie wie die vom Mittwoch, und am Mittwoch hatte sie geklungen wie die vom Dienstag – man mußte kein Hellseher sein, um das Wetter vorherzusagen, man mußte nicht einmal Meteorologe sein. Piel ging Richtung Treppenhaus, schaute dabei aus dem Fenster und prallte an der hinteren Glastür mit einer ihm bekannten Person zusammen.

Supa war in Hochform und gestikulierte wild, obwohl sein linkes Handgelenk mittels Handschellen mit dem rechten einer jungen Polizistin verbunden war: »Hey, dich kenn ich, Ziegenbärtchen, alter Gauner, haben dich die Brüder und Schwestern hier auch geschnappt, ungemütliche Gesellschaft hier, kannst mir aber glauben, mit dem Ding hat Supa Tupperware nichts am Hut, ganz mies abgelinkt hat man Supa, Supa ist nämlich ein astreiner Justizirrtum – aber Supa hat ganz andere Sachen drauf, Ziegenbärtchen, Bäng, Bängbängbäng, Foxy Lady, Supi hat nämlich das ganz große Ding am Laufen, weißt du, Ziegenbärtchen, wenn Supa morgen wieder raus ist, versteht er keinen Spaß mehr, ehrlich, dann geht er noch mal ganz hart ran, mit voller Besegelung ganz hart in den Wind, Supa in allen Hitparaden, da wett ich die Milka-Kuh drauf, Supa von morgens bis abends im Radio, rauf und runter, rauf und runter.«

Die Polizistin verlor die Geduld und zog Supa Tupperware auf einen der Stühle, wo er offenbar bis zum Abtransport *zur vorübergehenden Unterbringung in der Justizvollzugsanstalt* warten sollte.

»Nun mach mal halblang, Mädchen, Supa Tupperware ist kein Ochse, den man mal so am Nasenring durch die Gegend schleifen kann, hast du mir überhaupt schon meine Rechte vorgelesen, wenn du willst, kriegst du ein

Autogramm von Supa, damit können dann deine dämlichen Gören prahlen, daß ihre Mama mal die Lichtgestalt des deutschen Rock'n'Roll am Nasenring durch die Gegend geschleift hat, Supa ist nämlich ...«

Piel war verschwunden.

Bald darauf traf Brubeck ein und landete ohne Vorwarnung mitten in der Supa-Falle.

»Hey, dich kenn ich, Brubbi«, legte Supa los, sprang auf und riß die Beamtin mit, »Brubbi, alter Gauner, haben dich die Brüder und Schwestern hier auch geschnappt?«

Brubeck zuckte kurz zusammen, die Beamtin versuchte mit aller Kraft, Supa wieder zurück auf den Stuhl zu ziehen, vergeblich.

»Ungemütliche Gesellschaft hier, kannst mir aber glauben, mit dem Ding hat Supa Tupperware nichts am Hut, ganz mies abgelinkt hat man Supa, Supa ist nämlich ein astreiner Justizirrtum – aber Supa hat ganz andere Sachen drauf, Brubbi, Bäng, Bängbängbäng, Foxy Lady, Supi hat nämlich das ganz große Ding ...« Er sagte auch den Rest seines Textes fehlerfrei auf, ohne sich von der Polizistin davon abbringen zu lassen – *Supa in allen Hitparaden.*

Wenn er nicht einmal mehr wußte, dachte Brubeck, daß Brubbi Polizist war, hatte die Mischung aus Kokain und Alkohol ihre volle Wirkung entfaltet, und da man ihn festgenommen hatte, war er vermutlich wieder bei einem Einbruch erwischt worden. Supa war ein anständiger Einbrecher, er nahm immer nur soviel mit, wie er brauchte, um seine ältesten Kredite zurückzuzahlen, und noch eine Kleinigkeit mehr, um nicht gleich wieder neue aufnehmen zu müssen.

Bei ihrer ersten Begegnung hatte ihn Brubeck selbst festgenommen, nachdem ihn seine Freundin verpfiffen, abgelinkt hatte, weil Supa sie mit einer anderen abgelinkt hatte. Damals, Ende der Achtziger, galt Supa wirklich als Talent, er war der Kopf der *Waiting Waiters*, und eine große deutsche Plattenfirma interessierte sich sehr für zwei Stücke der Band. Mit etwas Glück hätten Supa Tupperware und The Waiting Waiters es schaffen können. Da aber, was Brubeck seltsam vorkam, selbst eine kleine Band schnell über eine große Zahl von Groupies verfügte, die meinten, daß man es nicht nur mit etwas Glück, sondern mit Sicherheit schaffen würde, benahmen sich die wartenden Kellner wie Oberkellner, so, als hätten sie es bereits geschafft.

Brubeck hatte Supa in einer Szene-Bar verhaftet, wo er Stammgast war und die meisten Bedienungen ihn umsonst trinken und manchmal auch mit sich nach Hause gehen ließen. Supa hatte mit seinem Bassisten an einem kleinen schwarzen Bartisch gesessen. Auf der Tischplatte war für jeden der beiden dreimal das Haus vom Nikolaus aufgezeichnet – mit weißen Linien aus Koks. Während andere gewöhnlich versuchten, das Haus vom Nikolaus auf ein Blatt Papier zu malen, ohne den Stift abzusetzen, hatten die beiden versucht, das Haus vom Nikolaus mit einem zusammengerollten Hundertmarkschein zu schnupfen, ohne abzusetzen. Die ersten Versuche waren offenbar erfolgreich verlaufen, und ihre Verhaftung kümmerte sie nicht besonders.

Der Bassist wurde drei Tage später freigelassen. Supa saß ein halbes Jahr. In diesem halben Jahr sagte die Plattenfirma ab, weil die Waiting Waiters nicht zum Aufnahmetermin erscheinen konnten. Supa machte weiter.

Brubeck bewunderte ihn, irgendwie, genauso, wie er Dr. Drenz irgendwie bewunderte, seinen Hausarzt. Obwohl es mittlerweile nicht nur unwahrscheinlich, sondern vollkommen aussichtslos war, glaubte Supa Tupperware immer noch daran, es eines Tages zu schaffen, eines Tages vor einer Horde kreischender Mädchen kreischende Gitarren zu zerschlagen. Brubeck zündete sich noch auf dem

Flur eine Roth-Händle an, trank einen Schluck Gin, öffnete die Tür zu seinem Büro, stellte fest, daß sein Aufpasser noch nicht da war, streckte sich, rauchte und ließ den Tag auf sich zukommen. Auch er, Brubeck, würde es schaffen.

14

Krull stützte die Ellbogen auf die Lehnen des schwarzen Ledersessels und tätschelte mit beiden Mittelfingerspitzen seine Nasenflügel. »Vermutlich hatten Sie es sich hier etwas anders vorgestellt. Aber nun ist es, wie es ist – und so wird es noch etwa einen Monat bleiben, wenn alles gutgeht. Ihr Fall heißt Gunther Brubeck. Diesen Fall schließen wir ab, bevor wir mit einem anderen beginnen.«

»Das kostet Geld«, sagte Piel auf dem Besuchersessel vor dem Schreibtisch. »Zwei Männer ohne Arbeit mit Einkommen.«

Krull lächelte selbstbewußt: »Sie werden das später nachholen müssen. Und Brubeck – ich denke, daß er in dreißig Dienstjahren mehr gearbeitet hat als andere ihr ganzes Leben lang.«

»Bis zum Tod seiner Familie.«

»So ist es. Seither ist er dienstunfähig, das, was ich darunter verstehe. Deshalb wird er gehen«, sagte Krull sicher. »Und er wird so gehen, wie er es verdient hat. Mehr kann ich nicht für ihn tun.«

»Und warum tun Sie es überhaupt?«

»Weil ich noch immer glaube, sein bester Freund zu sein, selbst wenn er meint, seit diesem Unfall keine Freunde mehr zu haben.«

»Erzählen Sie mir etwas darüber.«

»War das eine Frage?«

»Nein.«

»Was wissen Sie?«

»Wenig. Daß seine Frau und sein Sohn tot sind und Brubeck glaubt, daß andere daran schuld sind. Daß Brubeck wenig Anhänger für diese Ansicht gefunden hat.«

»Er selbst ist sein einziger Anhänger. Wo soll ich anfangen?«

»Am Anfang.«

»Also in Neustadt, an der Ostsee, ein hübscher, kleiner Ort – Karen hatte dort im Oktober 1992 eine Woche mit Daniel verbracht. Bei ihrer Mutter, sie wohnt da oben. Auf der Rückfahrt ist es dann passiert. Fünf Kilometer vor der Stadt. Nach fast achthundert Kilometern Fahrt.«

»Sie ist die Strecke an einem Tag gefahren?«

»Sie ist nachmittags weggefahren. Als sie hier ankam, war es drei Uhr nachts. Das Wetter war miserabel, nur wenig über Null, Regen, Nebel, in etwa so, wie man sich die Zeit unmittelbar vor dem Weltuntergang vorstellt. In der offiziellen Version heißt es, Karen sei aufgrund von Übermüdung von der Fahrbahn abgekommen. Karen war eine«, Krull schaute aus dem Fenster, »eine sehr – sagen wir, sie hat sich nicht geschont. Man könnte sagen, daß sie bisweilen die Grenzen ihrer Leistungsfähigkeit überschritten hat.«

»Sie haben sie gekannt?«

»Wir – haben uns gekannt«, sagte Krull etwas unkonzentriert, als hätte ihn Piel für einen Moment aus dem Konzept gebracht. »Unsere Familien waren miteinander befreundet. Sie war sofort tot. Daniel wurde aus dem Wagen geschleudert und starb auf dem Weg ins Krankenhaus. Er wurde von einem Autofahrer entdeckt, als es schon zu spät war.«

»Und dann?«

»Genau eine Woche später hat die Zeitung im Polizeibericht Karens Unfall gemeldet – die Todesanzeige war längst erschienen«, erklärte Krull. »Und es gab eine zweite Meldung unter derselben Rubrik. In derselben Nacht wurde etwa zur gleichen Zeit ein Wagen von einer Radarfalle erfaßt, mit über hundert Stundenkilometern. Mehr als fünfzig Kilometer zu schnell. Die Radarfalle war nicht weit von dem Ort entfernt, an dem Karen und Daniel ums Leben kamen.«

»Und jetzt glaubt Brubeck, daß beides miteinander zu tun hat.«

»Er ist davon überzeugt, daß der andere Wagen in Karens Unfall verwickelt war. Er hat alles getan, um das zu beweisen. Es ist ihm nicht gelungen.«

»Sie wissen nicht zufällig, was er außerdem noch hatte?«

»Welche Indizien?«

Piel nickte.

»Darum habe ich mich nicht gekümmert. Ich habe versucht, mich um Gunther Brubeck zu kümmern. Ich dachte, er hätte dringend Beistand nötig.«

»Die Staatsanwaltschaft?«

»Die offiziellen Ermittlungen waren nicht sehr ergiebig. Genaugenommen so dürftig, daß sich nie ein Richter mit dem Fall beschäftigt hat. Nichtsdestotrotz glaubt Brubeck immer noch an seine Wahrheit. Weder ich noch sonst jemand hat es geschafft, ihn von einer anderen Wahrheit zu überzeugen. Ich dachte, das gibt sich wieder, aber es gab sich nicht. Deshalb sind Sie hier, wird Gunther Brubeck bald nicht mehr hier sein. So leid es mir tut. Aber ich habe ihm wie mir damals ein Limit gesetzt. Und jetzt hat er dieses Limit überschritten. Deshalb habe ich eine Entscheidung getroffen und, ohne zu zögern, gehandelt, deshalb bin ich da« – er warf einen Blick zum Aquarium, als erwarte er Widerspruch, aber die Fische schwiegen, Krull fuhr fort: »Ich mache mir große Sorgen um ihn. Das, was er mittlerweile trinkt, hält auf Dauer kein Mensch aus.«

»Meistens wirkt er sehr nüchtern«, stellte Piel fest.

»Vielleicht deshalb, weil er bei Minus einer Promille anfängt, quasi bei einem negativen Rausch. Er muß erst etwas trinken, um nüchtern zu werden. Erst dann fängt er wirklich an zu trinken.«

»Frauen? Andere Frauen?«

Krull schüttelte den Kopf: »Er hat keinen Menschen mehr, weil er keinen mehr haben will, es ist nicht meine Schuld. Wenn er sich nicht in irgendwelchen fragwürdigen Lokalen rumtreibt, sitzt er auf dem Friedhof vor dem Grab und heult. Er nimmt gewöhnlich einen Stuhl mit. Darauf hat er schon ganze Nächte gesessen, Rotz und Wasser geheult. Ich habe es selbst gesehen. Kein schöner Anblick.«

»Sie waren am Grab seiner Frau?«

»Selbstverständlich war ich dort. Wir waren Freunde, ich dachte, das hätte ich schon einmal erwähnt. Sagen Sie, Herr Piel, ist das hier ein Verhör?«

»Wie kommen Sie darauf?«

»Die meisten Ihrer Sätze enden mit Fragezeichen.«

»Das bringt der Beruf so mit sich. Wie wäre es, wenn man sich die Sache noch einmal anschaut, jetzt, nach drei Jahren. Vielleicht würde einem etwas Neues dabei einfallen. Was halten Sie davon?«

»Von Ihrer oder von Brubecks Idee?« fragte Krull, es klang, als sei er von beiden nicht sehr begeistert.

»Von seiner Idee.«

»Möglich ist das schon. Wahrscheinlich ist es nicht. – Aber ich möchte Ihre Frage noch in anderer Weise beantworten«, Krull stand auf und ging zu seinem Aquarium. »Kommen Sie, kommen Sie her.«

Piel zögerte: »Wenn Sie vor Ihren Fischen stehen, wollen Sie mir etwas über das Leben erzählen, habe ich recht?«

»Sie müssen wissen, daß man von diesen Fischen einiges über das Leben lernen kann. Also, man kann sie prinzipiell in zwei Kategorien unterteilen. In Schwarmfische und Revierfische. Schwarmfische leben, nun ja, wie der Name schon sagt, in einer Form von Familie. Es handelt sich dabei um äußerst soziale, umgängliche Wesen. Revierfische dagegen beanspruchen einen festen Raum, wie zum Beispiel dieser herrlich gefärbte Gebänderte Prachtkärpfling dort in der rechten unteren Ecke, ein Westafrikaner. Sollte ein anderer Fisch auf die Idee kommen, sich längere Zeit in seinem Revier aufzuhalten, wird er höchst ungemütlich. Er ist sich selbst genug. Bei diesem Tüpfelbärbling hier oben links handelt es sich um einen typischen Vertreter der Schwarmfische. Dennoch ist er der einzige seiner Art im Bassin. Noch vor einem Jahr gab es sechs weitere, die aber allesamt an einer geheimnisvollen Krankheit verendet sind. Man sagt nun, daß vereinsamte Schwarmfische zur Aggression neigen, sogar regelrechte Jagden veranstalten. Wenn sie nicht neurotisch werden oder lethargisch, verfetten oder frühzeitig zugrunde gehen. Zuerst dachte ich, es sei das beste, ihn zu verschenken, an einen Bekannten, der ebenfalls Tüpfelbärblinge hält. Dann habe ich mich aber dazu entschlossen, ihn nicht wegzugeben und mich statt dessen um ihn zu kümmern.«

»Er sieht nicht sonderlich krank aus.«

»Er ist zu einem der friedfertigsten und gleichzeitig lebendigsten Bewohner dieses Aquariums geworden, ich denke, er hat sogar neue Freunde gefunden.« Krull lächelte. »Und das nicht deshalb, weil ich versucht habe, herauszubekommen, woran die anderen verendet sind, sondern weil ich zum Teil Nächte im Büro verbracht und mich mit ihm beschäftigt habe. Wir haben wirklich äußerst nette Unterhaltungen geführt.«

»Und für welche Sorte Fisch halten Sie Brubeck?« Piel grinste.

»Ich nehme an, das wissen Sie bereits. Für einen Schwarmfisch. Und ich bin keineswegs davon überzeugt, daß es sinnvoll wäre, die ganze Geschichte von damals noch einmal an die Oberfläche zu befördern. Das wäre nicht gut für ihn. Man kann das Leben nicht wiederholen, oder den Tod. Die Vergangenheit ist vergangen, deshalb heißt sie so, und wenn Sie dazu beitragen könnten, Gunther wieder für die Gegenwart zu gewinnen, wäre ich Ihnen sehr dankbar.«

»Wären Sie?«

»Wäre ich.«

Piel stand schon an der Tür, die Klinke in der Hand: »Sie glauben an solche Vergleiche, zwischen Fisch und Mensch?«

Krull lächelte: »Natürlich glaube ich daran. Was glauben Sie denn?«

Nachdem Piel weg war, klopfte Krull vorsichtig mit den Fingerknöcheln an das Glas des Aquariums, lächelte weise und milde und winkte dem Tüpfelbärbling zu. Er war davon überzeugt, daß der Fisch den Gruß erwiderte, indem er mit dem Schwanz wedelte. Der Tüpfelbärbling hieß Brubeck. Das aber wußte außer Krull niemand.

15

Als sich kurz nach zehn Uhr die Bürotür öffnete, spielte die WELLE die Hörercharts, die Moderatorin kündigte den WELLENREITER DER WOCHE an. Brubeck war auf der Sportseite und Piel bei den Kleinanzeigen seiner Motorradzeitschrift angelangt, manchmal stieß man dort auf günstige Ersatzteile.

Ein junger Mann von vielleicht zwanzig Jahren betrat ohne anzuklopfen den Raum, in den Händen einen Werkzeugkoffer und einen Karton. Er sah Piel ein bißchen ähnlich mit seinen blond gefärbten Haaren, mit buschigen Kotletten und Kinnbart – statt eines Ohrrings trug er gleich fünf im linken Ohr.

»Morgen, Meister«, grüßte er. »Förster Ralf, Telekom. Soll hier ein zweites Telefon anschließen. Für Sie, nehm ich an.« Er schaute zu Piel.

Piel nickte.

»Dauert nicht lang, wenn die Telekom kommt, lassen Sie sich nicht stören.« Der Bursche setzte sein ernstestes Gesicht auf, stellte den Koffer ab und entnahm dem Karton einen neuen Telefonapparat. Dann schraubte er die Dose von der Wand und besah sich die dahinter liegenden Leitungen. »Einwandfreier Zustand. Neue Dose drauf und fertig. War 91 im Osten, da sieht's aus! Telefonleitungen, da lach ich nur, die reinsten Buschtrommeln.« Er machte sich an die Arbeit. »Hab's ja selbst erlebt, war ja selbst vier Wochen dort, Entwicklungshilfe, wenn Sie verstehen. Aber lassen Sie sich nicht stören, bin gleich fertig.«

Piel und Brubeck hörten zu und schwiegen.

»Jahrelang haben die nichts zu beißen, und jetzt wollen die sich auf unsere Kosten einen anfressen. Kommunisten und Landstreicher, das ganze Pack. Und Telefonleitungen! Telekommunisten! Uuhhh ...!« Er verschluckte sich an seiner eigenen Stimme und hustete heftig. »Und uns, den kleinen Mann, uns holen sie wieder am Arsch.«

Brubeck legte die Stirn in Falten – bitter genug, daß es solche Karikaturen gab, noch bitterer, daß sie sogar das Wahlrecht besaßen.

»Am besten ab, zack, zack, zurrick zu Midderchen Rußland, können sie mit den Eisbären Wodka saufen. Einen Monatslohn würde ich freiwillig geben, wenn einer die Mauer wieder hochzieht. Na ja, lassen Sie sich nicht stören, bin gleich soweit.«

Das Radio dudelte. Gunther Brubeck faltete die Zeitung zusammen, nahm die Füße vom Tisch, faßte die Walther am Griff. Solche Leute, dachte er, zeugten sogar Kinder, die dann gewöhnlich Jennifer oder Kevin hießen, die dann ihrerseits wieder Kinder zeugten, die dann zwanzig Jahre später wieder Kinder zeugten, wenn sie überhaupt so lange warteten, als hätten sie nichts anderes zu tun – Brubeck schaute Ralf Förster in die Augen und grinste.

Piel schaute Brubeck in die Augen und wartete.

Ralf Förster machte noch einen Scherz: »Kennen Sie den schon? Nach dem Zweiten Weltkrieg, das Deutsche Reich ist ziemlich im Arsch, fließt die Elbe an Dresden vorbei, sagt sie, na ja, Dresden, sieht nicht so gut aus, aber du und ich, wir zwei haben's irgendwie überstanden. Fließt sie an Magdeburg vorbei, sagt sie, hast dich aber gut gehalten, alter Junge, fließt sie an Hamburg vorbei, sagt sie, du riechst ja immer noch nach Fisch, kann so schlimm nicht gewesen sein. Na ja, 61, als sie gerade die Mauer hochziehen, fließt die Elbe an Dresden vorbei, sagt sie, na ja, wenn ich du wäre, würde ich gucken, daß ich noch abhauen kann, fließt sie an Magdeburg vorbei, sagt sie, wenn du dich beeilst, schaffst du es noch, fließt sie an Hamburg vorbei, sagt sie, keine Panik, wenn die zwei kommen, sag ich vorher Bescheid, so dreißig Jahre später –«

Piel und Brubeck hörten zu und schwiegen immer noch. Brubeck wog den Knauf der Walther in der Hand, schaute Piel an – der, wie es schien, noch hoffte, Förster Ralf würde irgendwann zu einem Ende gelangen, und das Ende wäre eine Pointe, die diesen endlosen Witz irgendwie noch rechtfertigte.

» – gerade haben sie die Mauer niedergemacht, fließt die Elbe an Dresden vorbei, sagt die Elbe, wenn du laufen kannst, lauf, fließt sie an Magdeburg vorbei, sagt sie, alle weg hier, bevor die im Westen sich das noch mal anders überlegen, fließt sie an Hamburg vorbei, und jetzt, passen Sie auf, jetzt kommt's, fließt die Elbe an Hamburg vorbei, sagt die Elbe doch tatsächlich ...«

»Nu, nu, lieber Rolf«, sagte Brubeck, »damals hatten 'se bei uns drieben in Dresden den Witz och so erzählt, aber umgekehrt, haste do' nie gewußt, ob de ni irschendwo 'ne Wanze in de Dasche hatst; nur e falsches Wort« – Brubeck zielte mit seiner Pistole direkt auf die rot angelaufene Stirn des kinnbärtigen Telekom-Angestellten – »Beng, kom haste 'n Mund ofgemacht, hamse dich schon erschossen.«

Förster Ralf schraubte schleunigst die Doppeldose an die Wand, steckte das zweite Telefonkabel ein, stellte den Apparat auf Piels Schreibtisch und verließ hastig das Büro: »Nichts für ungut. Meister. Genosse.«

»Sie haben mir die Pointe geklaut«, beschwerte sich Piel, als die Tür ins Schloß fiel.

Brubeck faltete die Zeitung auseinander: »Ich kannte den Witz schon.«

»Das freut mich für Sie.« Und nach einer Weile sagte er: »Sie waren auch nicht ganz schlecht.«

»Ich bin ein Naturtalent. Davon habe ich früher öfter Gebrauch gemacht, als die Zeiten noch besser waren.«

»Als Ihre Frau und Ihr Sohn noch lebten.«

Brubeck faltete die Zeitung zusammen, ohne auf die ursprünglichen Falten zu achten: »Was haben Sie gesagt?«

»Ich habe gesagt, sinngemäß, daß Ihnen mehr nach Witzchen zumute war, als ihre Frau und ihr Sohn noch lebten.«

»Ach so«, sagte Brubeck und schaute zur Zimmerdecke, »das haben Sie gesagt.« Dann schnellte er hoch, stützte sich mit beiden Händen auf den Schreibtisch und brüllte, seine Aussprache war feucht: »Hören Sie gut zu, junger Freund. Mein Leben, meine Vergangenheit, Gegenwart und Zukunft, das alles geht Sie einen großen Scheißdreck an. In einem Monat wird es so aussehen, als wären wir beide uns nie begegnet! Haben Sie das verstanden?«

»Es war kaum zu überhören«, antwortete Piel und wischte sich mit dem Ärmel übers Gesicht.

»Dann ist es ja gut«, sagte Brubeck, setzte sich, lehnte sich in seinem Stuhl zurück und schlug den Wirtschaftsteil auf, er war zerknittert.

Piel fragte sich, ob Brubeck den Witz wirklich gekannt hatte. *Kommt die Elbe in Hamburg vorbei, sagt sie, sagt sie* – was verdammt sagte diese verdammte Elbe in Hamburg! Der Hörer von Brubecks Telefon lag neben dem Apparat und tutete, Piel schaute sich den neuen Telefonapparat an, dachte an Elisabeth und wählte ihre Nummer. Er wollte nicht mit ihr reden, er wollte nur wissen, ob sie zu Hause war. Vielleicht hörte man etwas im Hintergrund. Vielleicht hörte man jemanden im Hintergrund. Die Leitung war besetzt. Sie telefonierte mit diesem Typen, ganz bestimmt tat sie das.

16

Brubeck trank tagsüber diesen lausigen Gin und nachts diesen mindestens genauso lausigen, im Abgang krank schmeckenden Wodka, damit er nicht auf die Idee kam, ihm würde das Trinken Spaß machen. Damit er bei der Wahrheit blieb, die lautete, daß er trank, um betrunken zu sein. Damit er, wenn er wollte, sehen konnte, was er wollte, und nicht sehen mußte, was er sah.

Was er im Augenblick sah, war sein dreizehnter Wodka, er stand vor ihm auf der Theke. Ein Billigwodka kostete zehn Mark. Das war keine Preisfrage – seit er alleine lebte, konnte er das Geld, das er verdiente, gar nicht ausgeben, sondern eine Frage der Erinnerung. Er entschied, daß der dreizehnte Wodka sein letzter Wodka war. Vierzehn Wodka für zehn Mark erinnerten ihn an den 14. Oktober, an den Tag des Unfalls, an seinen Unglückstag. Aber die Vergangenheit war geschickt und erinnerte ihn schon mit dem dreizehnten Wodka für zehn Mark an den vierzehnten Wodka für zehn Mark, und es machte nicht einmal Sinn, einen teureren Wodka zu trinken, weil er sich dann daran erinnern würde, daß er den teureren Wodka trank, um nicht den für zehn Mark zu trinken – wie man es auch drehte und wendete, es war aussichtslos. Außerdem trank er nicht umsonst diesen lausigen Wodka. Brubeck schätzte, daß er noch etwa drei davon brauchte, um sich an gar nichts mehr zu erinnern. Er kniff die Augen zusammen, trank an und gleich aus, öffnete die Augen und sah doppelt.

»Ruhiger Abend, heute abend«, sagte Marianne und stützte sich mit den Handflächen auf die Theke. »Noch einen?«

»Nein«, sagte er.

»Zahlen?«

»Auch nicht.«

»Auch gut.«

»Darauf kommt es jetzt auch nicht mehr an«, sagte er plötzlich.

»Wie?«

»Noch einen.«

»Warum nicht gleich so«, sagte Marianne, grinste und goß ihm noch einen ein.

»Haben Sie inzwischen über einen Türsteher nachgedacht?« brachte Brubeck heraus, davon überzeugt, daß es nicht betrunken klang.

»Ja. Indem ich nicht darüber nachgedacht habe. Entweder regelt man eine Sache selbst, oder sie läßt sich nicht regeln. Dann läßt man es sein.«

»Sie leben alleine?«

»Auch das.«

Brubeck wußte nicht genau, warum er sie das gefragt hatte. Wenn man ihn gefragt hätte, ob er seit Karens Tod alleine lebte, hätte er geantwortet, indem er nicht geantwortet hätte. Was sollte diese Frage? Mit wem sollte er zusammenleben, wenn Karen nicht mehr da war, andere Frauen gab es nicht. Brubeck fuhr sich mit den Fingerspitzen über die sorgfältig rasierten Wangen und beobachtete über den Spiegel hinter dem Flaschenregal, daß drei junge Männer, zwei davon mit slawischen Gesichtszügen, das Lokal betraten. Sie trugen weite Hosen, weite Jacken und Kappen mit einem Emblem, einer Art wild gewordenem Stier, schauten sich nur kurz um und gingen gleich in die

Ecke des Blauen Hasen, die am schlechtesten ausgeleuchtet war. Brubeck sah sechs Männer, aber er glaubte nicht recht daran, daß drei Zwillingsbrüderpärchen auf einmal gekommen sein sollten.

»Wenn diese Kinder wenigstens die Mützen abnehmen würden, bevor ich sie rauswerfe«, sagte Marianne zu niemandem und ging mit einem ähnlichen Gesichtsausdruck wie der Stier auf den Kappen zu dem Tisch, an dem die drei Platz genommen hatten. Sie stützte die Arme in die Hüften, sagte etwas – und setzte sich. Dann sagte der ältere der beiden jungen Osteuropäer etwas, es wirkte aus der Entfernung ruhig und überlegt. Marianne schwieg, es wurden drei Gläser Multivitaminsaft serviert.

Dann schaute Brubeck, weil am Tisch nichts Dramatisches passierte, über den Spiegel wieder zur Bühne, auf der gerade Assia an der Reihe war. Assia war schon den ganzen Abend an der Reihe. Bea, also Sabrina oder Leutnant Gustl oder wie auch immer, tanzte heute abend nicht. Assia, also eigentlich Ute, tanzte alleine und gab ihr Bestes. Auftritt für Auftritt gelang ihr eine neue Variante, sich auszuziehen, so daß Brubeck manchmal daran zweifelte, ob sie sich auch tatsächlich ausziehen würde. Natürlich zog sie sich aus, jedes Mal. Auftritt für Auftritt stand sie am Ende nackt auf der Bühne, aber Auftritt für Auftritt war es eine andere Art, nackt zu sein, als handele es sich in der Tat um eine andere Frau, die sich gerade ausgezogen hatte. Manche nannten so etwas Verrücktsein. Etwas genau zu wissen, aber nicht daran zu glauben, daß es so war. Andere nannten es Phantasie. Brubeck wußte nicht, wie er es nennen sollte.

»Nein!« sagte Marianne im Spiegel.

Brubeck konnte zwar nicht hören, aber er konnte sehen, was sie gesagt hatte. Sie stand auf und räumte die noch halbvollen Gläser ab. Wieder hinter der Theke, goß sie den Saft in den Abfluß und warf die leeren Gläser in den Mülleimer. »Das wäre erledigt«, sagte sie zu sich selbst, aber so laut, daß auch Brubeck es verstand.

Die beiden Slawen gingen zur Tür, während der andere einen Umweg über die Theke machte. »Wir können auch anders«, sagte er emotionslos, bevor er die Bar verließ.

»Sie haben sie rausgeworfen?« sagte Brubeck.

»Sie waren zu jung«, sagte Marianne.

»Für was?« fragte Brubeck.

»Für alles.«

Brubeck trank und beschloß, daß ein Wodka, den man doppelt sah, zwei Wodka waren, daß er damit den vierzehnten Wodka übersprungen und gleich den fünfzehnten getrunken hatte. Er schaute sie an: »Wo ist Bea?«

»Weg.«

»Das sehe ich. Sie haben sie auch – rausgeworfen?«

»Ich habe sie vorläufig beurlaubt, wie man beim Fußball sagt«, sagte Marianne Escher. »Sie hatte drei Monate Kündigungsfrist.«

»Im Fußball heißt das, daß man ziemlich viele Spiele verloren hat.«

»Kennen Sie das Manhattan-Casino?«

»Von früher.«

»Sie hat dort Siebzehnundvier gespielt. Ich weiß, daß sie mittlerweile etwa zwanzigtausend Mark Schulden hat.«

»Ist das ein Grund, sie zu entlassen?«

»Nein. Das geht mich nichts an. Aber sie hat – das geht Sie nichts an.«

»Ich werde es für mich behalten«, versprach Brubeck.

»Ich habe sie bei Dingen beobachtet, die ich hier nicht haben will. Jeder muß selbst sehen, wo er bleibt, hat sie gesagt, ihren Kram gepackt und ist abgehauen.«

»Wohin?«

»Keine Ahnung.«

»Haben Sie schon Ersatz?«

»Nein, es ist gar nicht so leicht, jemanden zu finden, der

sich nicht einfach nur auszieht«, sagte sie, sie hatte sich wieder einigermaßen beruhigt.

»Sie sind, na ja, wie soll man das sagen, an der Kunst des Entkleidens interessiert?«

»Ich denke, wenn sich Frauen schon bereit finden, sich vor Männern auszuziehen, sollen sie es wenigstens so gut machen, daß ihnen die Männer möglichst viel Geld dafür geben. Daran bin ich interessiert. Und ich bin daran interessiert, daß meine Angestellten dieses Interesse teilen. Wer das nicht tut, braucht hier erst gar nicht anzutreten.«

»Das klingt hart.«

»Diese Frauen haben den besten Vertrag in der Stadt. Also haben sie sich auch zu benehmen wie jemand mit dem besten Vertrag in der Stadt.«

»Das klingt – überzeugend«, sagte Brubeck und legte sein Portemonnaie auf die Theke.

»Das ist überzeugend. Hundertvierzig Mark macht das.«

»Hundertsechzig«, sagte Brubeck bestimmt und zahlte. »Die zehn Mark Trinkgeld sind für Ihre Mädchen.«

17

Wie jeden Morgen stand Gert Kramer auch am Morgen des 6. Oktobers eine Weile auf dem Trottoir und musterte die Gitter vor Ladentür und Schaufenster, er bebte. Er bebte fast immer, aber in einem Moment wie diesem bebte er besonders, wenn er einen Blick auf die große, rote, vielleicht einen halben Meter über der Tür an der Außenwand befestigte Lampe warf, deren Licht sich drehte, wenn jemand versuchte, in den Laden einzubrechen. Niemand hatte das bisher versucht, von Kramer abgesehen, probehalber. Kramer ging zwei Schritte zurück – auf dem gegenüberliegenden Trottoir stand dieser Irre! Kramer ging zwei Schritte vor, seine Augen glänzten. Er holte aus. Mit der rechten Faust schlug er dreimal schnell hintereinander auf die Klinke, die rote Lampe drehte sich, eine Sirene gellte durch das Viertel, Fenster in den Nachbarhäusern wurden aufgerissen, Männer und Frauen, zum Teil noch in Schlafanzügen und Nachthemden, schauten heraus und wußten, wem sie die Überraschung zu verdanken hatten – daß Kramer ein Verbrecher sei, schrie ein junger Mann, und einer der schlimmsten Sorte, schrie eine Frau, ein Geisteskranker, schrie der junge Mann wieder, der hinter Schloß und Riegel gehöre, und am besten für immer, fügte die Frau hinzu.

Diese Affen! sollten sie doch schreien, schreien, was sie wollten, diese Affen! sollten sie doch die Polizei verständigen, wie sie es immer taten, damit er, wie immer, wenn die Polizisten da waren, sagen konnte, es sei keine Absicht gewesen, das mit der Sirene und dem roten Licht, das sich drehte, wo doch jeder wußte, daß es Absicht gewesen war, aber keiner ihm nachweisen konnte, was es gewesen war; sollten sie doch – Gert Kramer zuckte nicht einmal mit den Achseln. Das mußte sein, ab und zu, das mit der Sirene und dem roten Licht, das sich drehte, das gönnte er sich, das tat niemandem wirklich weh, das funktionierte gut, dann fühlte er sich leicht, zwar nur einen Moment lang, aber das war besser als nichts. Und dieser Irre, sollte er doch hüpfen wie ein Irrer, sollte er jubeln und triumphieren, dieser Irre!

Der Irre war das Männchen auf dem gegenüberliegenden Trottoir, roter Jogginganzug und rote Baseball-Mütze mit nach hinten weisendem Schirm auf dem Kopf, das wie Rumpelstilzchen auf einem Bein hüpfte und stotterte: »F-f-f-f-f-f-f-feu-feu-fff-fff-f-f-f-Feu – F-Feuer!« Jeden Morgen wartete der Irre darauf, daß die Sirene losging und das Licht sich drehte, heute morgen hatte er Glück gehabt.

Kramer sperrte die Tür mit zwei Schlüsseln auf, sperrte im Laden hinter sich zu. Erst dann schaltete er die Alarmanlage ab – seine Hand zögerte eine Sekunde, und Kramer hörte noch einmal genau hin, bevor er den Knopf drückte, wie ein richtiger Raucher noch einmal schnell an der Zigarette zieht, bevor er sie im Aschenbecher ausdrückt; dann war es still, und das rote Blinken vor dem Schaufenster war verschwunden.

Gert Kramer griff sich an den Hosenlatz, um zu prüfen, ob er geschlossen war. Kramer griff sich im Abstand von zehn Minuten an den Hosenlatz, immer war er geschlossen. Dann fuhr er durch sein hellbraunes, an manchen Stellen schon dünner gewordenes, nach hinten gekämmtes Haar und bürstete mit seinen langen Fingernägeln den Schnauzer, der über die Mundwinkel schräg nach unten zeigte. Erneut steckte er einen Schlüssel in ein Schloß. Das Schloß zu einem überdimensionalen Briefkasten, eine Sonderanfertigung für *Papier & Tabak Kramer*. Nur die Zeitungspacken in diesem Briefkasten wurden von Kramer akzeptiert, was die Boten einfach vor die Tür warfen, ließ er am nächsten Tag zurückgehen – meistens war die Plastikhülle beschädigt, die Hälfte der Zeitungen naß und die andere Hälfte gestohlen. In der Regel von Kramer selbst, aber egal, es hätte auch jeder andere sein können, jeder x-beliebige kam an die Zeitungen, die vor der Tür lagen, und es war kein besonderer Umstand, die Packen in den Riesenbriefkasten einzulegen. Kramer nahm neun Packen heraus und ordnete sie auf der Verkaufstheke an. Dann füllte er die Zigarettenfächer hinter der Verkaufstheke auf, wartete, bis der kleine Zeiger der Wanduhr auf acht sprang, drehte im gleichen Augenblick die beiden Schlüssel um, sie steckten nun von innen in der Ladentür; keine halbe Minute später erschien sein erster Kunde. Dieser erste Kunde war immer sein erster Kunde. Jeden Tag. Seit fast drei Jahren. Seit Kramers erstem Tag bei *Papier & Tabak Kramer*.

Der Mann mit der roten Mütze hieß im Viertel Tatütata, weil er begeistert jedem Feuerwehrauto hinterherrannte und dabei versuchte, den Klang der Sirenen nachzumachen. Er hatte einmal in einer Chemiefabrik als Feuerwehrmann gearbeitet, bei einem Großbrand das Bewußtsein verloren und nur einen kleinen Teil davon wieder zurückerlangt. Dieser Irre! dachte Kramer jeden Morgen. Wenn er diesem Irren in die Augen schaute, in diese blauen Augen, in denen nach dem Brand selbst das Weiße blau war, fürchtete Kramer, selbst irr zu werden, verrückt zu werden, auch noch den Rest von Beherrschung zu verlieren, fürchtete er, nicht mehr zu wissen, wer er war, oder genau das Gegenteil, so zu sein, wie er war.

»T-T-Ta-Tab-Tab-Tab-T-T-Ta-T-T-t-t-t-t-t-P-p-p-p-pap-pap-pa-pa-p-p-p-Jg-Jä-Jg-bt-bt«, stotterte Tatütata.

Kramer wußte, daß es eine Packung Tabak, Zigarettenpapier und drei Jägermeister bitte bedeutete.

Während Kramer sich bückte, weil der Karton mit dem Jägermeister unter der Verkaufstheke stand, kramte Tatütata in seinen Jogginghosentaschen nach Kleingeld und förderte zuallererst ein leeres Fläschchen zutage, es glitt ihm aus der Hand und ging auf dem Kachelboden mit einem feinen hellen Klirren zu Bruch.

Kramer zuckte zusammen und schlug sich den Kopf an der Theke an. Vorwurfsvoll musterte er Tatütata. Du verdammter Irrer! wollte er schon sagen. Aber Tatütata senkte den Blick und hatte in diesem Moment fast etwas wie Charme, Kramer schwieg. Tatütata zahlte mit einer Handvoll Kleingeld, verließ den Laden, blieb noch eine Weile auf dem gegenüberliegenden Trottoir stehen, trank eins der Fläschchen leer, wartete, bis die Sirene wieder anfing, oder das rote Licht sich drehte, aber nichts davon geschah, also trank er auch noch die beiden anderen Fläschchen aus und ging weiter.

Wieder bückte sich Kramer, diesmal mit Schaufel und Handbesen, um die süßlich und nach Kräutern riechenden Glassplitter aufzukehren. Als er hochsah, fuhr sein Blick an zwei Beinen in schwarzen Strumpfhosen entlang, sie endeten am Saum eines schwarzen Minirocks und gehörten einem jungen Mädchen, das Kaugummi kaute wie Anna Rosa in *Zornige Zungen*. Sie kaufte einen Energy-Drink, und als sie gegangen war, drückte sich Kramer eng an das vergitterte Schaufenster, schaute ihr hinterher, schaute ihren wogenden Hüften hinterher, schaute, als könne er ihr durch den Rock schauen, er biß sich auf die Lippen. Diese Schlampe! Diese verdammte Schlampe bewegte sich nur deshalb so, um ihn, Kramer, herauszufordern, um ihn in die Offensive zu zwingen, aber da hatte sie sich getäuscht, vollkommen getäuscht, er hatte alles für sich geregelt, er hatte alles im Griff, es waren die Gene. Er hatte es in dieser Zeitschrift gelesen, in diesem Fachmagazin, nachdem er sich in Hamburg endlich dazu durchgerungen hatte, einen Psychiater aufzusuchen. Im Wartezimmer des Psychiaters hatte er gelesen, die Forschung gehe nun davon aus, daß ein Großteil aller psychischen Krankheiten vererbt würde, wie Diabetes, daß ein Großteil der psychisch Kranken sich jahrelang quälten, etwas vormachten, ohne Aussicht, je geheilt zu werden. Dieser Artikel und die Schlüsse, die der Autor gezogen hatte, hatten ihm sofort eingeleuchtet, er konnte nicht davonlaufen, er mußte damit leben, so lange es ging, so gut es ging, oder so schlecht, es war wie Diabetes, eine unheilbare Krankheit, und er hatte sich damit abzufinden. Er würde den Teufel tun, bei irgendwelchen Wunderheilern herumzulungern, die sich Therapeuten nannten, die zum Teil sogar ein ernsthaftes Studium betrieben hatten, die ein Vermögen einstrichen von jedem, dem sie das Geld aus der Tasche zogen, obwohl sie wußten, daß es sinnlos war; wenn es schon war, wie es war, wollte er das nicht auch noch, jammern, mit anderen Jammerlappen, die nicht in der Lage waren, sich mit der Realität auseinanderzusetzen – als ihn die Sprechstundenhelferin aufrief, schloß Kramer erleichtert die Tür der Praxis von außen. Er war noch einmal davongekommen. Er behielt die Ladentür im Blick und wählte auf der Tastatur des roten Telefons eine fünfstellige Nummer.

»Gert, ja, ich bin's«, meldete er sich. »Du liegst noch im Bett? – Ich bin, ich kann es, kann es kaum erwarten. Ich muß nur an – heute mittag? – Nein, natürlich, wie immer.« Kramer legte grußlos auf. »Guten Morgen, Liebling, wie geht es dir?«

Petra Kramer hatte mit einem roten Regenschirm den Laden betreten und küßte ihren Mann auf beide Wangen. »Schatz, ich fahre einkaufen«, erklärte sie und war fast schon wieder verschwunden. »Und dann ins Studio. Weiß nicht genau, wann ich zurück bin.«

»Laß dir Zeit, Liebling, viel Vergnügen.«

Mit dem Ärmel seiner grobgestrickten, beigen Weste wischte sich Gert Kramer über die Stirn, faßte sich an den Hosenlatz und griff abwesend in ein Töpfchen mit grünen Rubbellosen. Eher zur Beruhigung legte er die Felder von sechs Losen frei, zahlte zwölf Mark und registrierte nur am Rande, daß er nichts gewonnen hatte. Es war egal, ob er gewann oder nicht. Er, als Lizenzinhaber der Lotteriegesellschaft, und seine Frau hätten ohnehin nicht gewinnen dürfen. Er wußte auch nicht, wem er die Lose hätte überlassen können, wenn er gewonnen hätte, weil er niemanden kannte, dem er den Gewinn gegönnt hätte. Einmal, vor einem Jahr etwa, hatte er tausend Mark gewonnen. Er hatte das Los zerrissen und in den Mülleimer geworfen. Es hatte ihn nicht einmal besonders geärgert.

Ein Polizeiauto fuhr vor.

Kramer atmete ruhig und gleichmäßig ein und aus, er wußte, daß sie wegen des roten Lichts und der Sirene kamen. Beim ersten Mal waren die Polizisten mit Blaulicht und Sirene angebraust. Da waren die Nachbarn in Schlafanzügen und Nachthemden auf der Straße zusammengelaufen, noch empörter als heute, weil nichts passiert war und sie dastanden wie dumme, neugierige Waschweiber. Das hatte ihn, Kramer, wirklich gefreut.

18 Piel wischte sich mit dem Handschuh das Wasser vom Visier, kuppelte mit der linken Hand aus, nahm die rechte Hand vom Lenker und schaltete an der Handschaltung in den dritten Gang, kuppelte ein und dachte nach. Wenn man ihm schon keine Beschäftigung gab, mußte er sie sich selbst verschaffen. Und wenn Brubeck nichts sagte, mußten andere vorab etwas sagen, damit Brubeck daraufhin etwas sagen mußte. So in etwa lautete Piels Plan.

Sein zweiter Plan lautete, nachdem er elf Jahre lang seinen guten Willen gezeigt hatte, endlich dieses dämliche Motorrad loszuwerden. Es ging ihm auf die Nerven, nicht nur bei diesem Dreckswetter. Die Maschine war zu langsam, zu teuer, zu unzuverlässig. Wenn die Dichtungen hinüber waren, brauchte sie mehr Öl als Benzin, und die Dichtungen waren ständig hinüber. Ersatzteile bekam man, wenn man welche bekam, für ein Vermögen, weil nicht nur das Motorrad, sondern jedes Teil für sich alleine ein Liebhaberstück war. Zum Glück gab es mittlerweile ab und zu verhältnismäßig günstige Neuanfertigungen, damit man nicht irgendeinem Halsabschneider für einen halbverrosteten, fünfzig Jahre alten Auspuff einen Tausender in den Hintern schieben mußte.

Schieben – schieben war für Piel das zentrale Wort in Zusammenhang mit diesem Motorrad. Es fing schon an, bevor man losfuhr, die Maschine mußte vorgeflutet und dann angetreten werden, und wenn sie sich nicht antreten ließ, was nicht selten vorkam, mußte man sie anschieben. Der Tank war ständig leer, weil es keine Tankanzeige gab und nur einen Reservetank, aber auch der war ständig leer, weil Piel immer zu tanken vergaß. Eine Zeitlang hatte er noch zusätzlich einen kleinen Kanister mitgenommen, aber auch der war ständig leer. Wenn dieses Liebhaberstück ohne Sprit stehenblieb, mußte er es zur Tankstelle schieben, weil er es nicht gerne irgendwo einfach stehenließ, es war immerhin fast dreißigtausend Mark wert und leichter zu klauen als jedes Auto. Hatte man dann getankt, mußte man die Maschine meistens anschieben.

Sein Vater hatte schon seine Mutter mit diesem Liebhaberstück von der Kirche zur Hochzeitsfeier gefahren. Es gab Bilder davon. Sie saß mit ihrem Hochzeitskleid im Beiwagen. Sein Vater saß auf dem Sattel, mit einem Originalledermantel aus den dreißiger Jahren, einer Originalstoffmütze, einer Originalbrille, die Pfeife im Mund, die ebenfalls eine Originalpfeife zu sein schien, mit einem wohlwollenden Lächeln. Es gab Bilder vom ersten Urlaub der jungen Familie in Süditalien, seine Mutter saß im roten Badeanzug im Beiwagen. Sein Vater saß auf dem Sattel, Halbschalenhelm, Pfeife im Mund, lächelnd. Als ihm sein Vater die BMW zu seinem achtzehnten Geburtstag geschenkt hatte, hatte auch Piel gelächelt, vermutlich aus Verzweiflung. Es gab Bilder davon.

Wenn er sich in Köln meldete, was selten vorkam, oder wenn sein Vater sich bei ihm meldete, was noch seltener vorkam, klang die Begrüßung immer gleich: »Na, wie geht es denn meinem alten Mädchen?« – »Blendend«, antwortete Piel gewöhnlich und verschwieg, daß er bisweilen keine Originalersatzteile, sondern Nachfertigungen verwendete, die sein Vater für Prothesen hielt – das Motorrad war die einzige Angelegenheit im Leben seines Vaters, bei der er keinen Widerspruch zuließ, als sei diese Maschine das einzige auf der Welt, das seinen Vater verstand, das sein Vater verstand. Erst nach einer ausgiebigen Unterhaltung über sein altes Mädchen fragte sein Vater: »Und dir, mein Sohn, wie geht es dir?« Piel hatte einmal gesagt: »Mein Vater, deinem Sohn geht es genauso gut wie deinem alten Mädchen.« Aber sein Vater hatte die Boshaftigkeit nicht bemerkt – und Piel war ganz froh darüber; hätte er gemerkt, daß man ihn kränken mußte, damit er überhaupt etwas merkte, wäre er vermutlich auf der Stelle zusammengefahren vor Schreck. »Ich freue mich so, mein Sohn, wenn es dir gutgeht«, hatte sein Vater erwidert. Das alles hielt Piel für bedenklich, in erster Linie deswegen, weil er fürchtete, von ihm noch ganz andere Dinge geerbt zu haben als diesen Witz von Motorrad, auf dem man beim Fahren Pfeife rauchen konnte.

Piel setzte den Blinker, bog in eine Seitenstraße ein, fuhr durch eine Pfütze, die ihn an einen Wassergraben erinnerte, und überlegte, ob es sich lohnen würde, den Seitenwagen abzuschrauben und als Kanu zu benutzen. Er hielt an, stieg ab, lockerte den Kinnriemen, klappte das Visier hoch und sah erst jetzt etwas deutlicher den quadratischen Villenkasten, in dem die Staatsanwaltschaft zu Hause war. Ein friedvolles Gebäude: peinlich weiße Fassade, weiße Fensterläden und Simse, die weiße Schatten werfen würden, wenn einmal wieder die Sonne schien. Spitze Bögen, harfespielende Engel unter dem Dach, ein wilder Garten an beiden Flanken, der es nicht verbergen konnte, künstlich angelegt worden zu sein.

Zwischen zwei kolossalen weißen Säulen befand sich die kolossale Tür mit einer kolossalen Messingklinke. Durch sie ging Piel ins Haus. Er nahm den Helm vom Kopf, wies sich beim Pförtner aus und fragte nach Staatsanwalt Kopperat. Den Namen hatte er von Schröder erfahren. Erst hatte er Krull gefragt, wer denn damals für Brubecks Fall bei der Staatsanwaltschaft zuständig gewesen wäre. Krull hatte Piel gefragt, wozu er das wissen wolle. Nur so, hatte Piel gesagt, aber das war Krull zu wenig gewesen, er hatte ihm eine Antwort verweigert. Dann hatte Piel Schröder gefragt, Schröder hatte kurz telefoniert, und nach einer halben Minute wußte Piel, was er wissen wollte.

»Zweite Etage, Zimmer zweinullfünf«, sagt der Portier mit der blauen Mütze und biß einmal in eine Stulle, er schien sie direkt in den Magen zu schieben.

Piel saß vor einem kolossalen Schreibtisch und schlug die Beine übereinander: »Der Unfall im Herbst 92, der Fall Brubeck, es war Ihr Fall, damals.«

»Ich dachte, das hätte ich hinter mir.« Staatsanwältin Anne Kopperat trug ihre Haare lang und glatt und schlug einen Aktendeckel zu, sie lehnte sich zurück. »Das hatte ich zumindest gehofft.«

»Wo ist das Problem?« fragte Piel.

»Wo ist Ihr Problem?« fragte sie zurück.

»Gunther Brubeck.«

»Dann haben wir das gleiche Problem. Wieso interessieren Sie sich dafür?«

»Ich bin auf der Suche nach der Wahrheit.« Piel schluckte, es war ihm so rausgerutscht.

»Das hatte ich befürchtet. Und weniger erbaulich?«

»Brubeck wird in ein paar Wochen pensioniert, dann übernehme ich seine Position. Und ich habe das Gefühl, daß er das Gefühl hat, daß der Fall noch nicht abgeschlossen ist.«

»Dann haben Sie und ich auch das gleiche Gefühl. Aber der Fall ist abgeschlossen. Er war es schon vor drei Jahren«, erklärte Kopperat.

»Nicht überzeugend abgeschlossen«, widersprach Piel.

»Überzeugender als Brubecks Indizien, er nennt sie Beweise. Na gut«, sagte sie und atmete schwer wie jemand, der weiß, daß er seinem Schicksal nicht entrinnen kann. »Halten Sie mich nicht für herzlos, aber mir wäre sehr daran gelegen, wenn wir es so schnell wie möglich hinter uns bringen könnten. Karen Brubeck ist etwa achthundert Kilometer am Stück gefahren. Das Ganze bei Nebel und Regen und mit einem dreizehn Jahre alten Fiesta. Sie hatte

Medikamente genommen, wenn Sie Genaueres wissen wollen, fragen Sie ihren Arzt. Dann war sie tot. Und ihr Sohn auch. Sekundenschlaf ist, nebenbei bemerkt, die häufigste Unfallursache – auch bei schweren Unfällen. Man kommt von der Strecke ab und, zack, das war es dann auch. Einfach so. Danach werden Sie immer die wildesten Spekulationen hören, es fällt den meisten nicht leicht, zu akzeptieren, daß ein Leben auf eine so triviale Weise enden kann. Irgend jemand muß doch daran schuld sein, denkt man. Brubeck ist kein Einzelfall. Aber in seinem Fall gilt das besonders.«

»Weshalb?«

»Weil er mit seiner Frau an die Ostsee hatte fahren wollen, es dann aber doch nicht getan hat. Er hat mir sogar erzählt, daß sie ihm noch eine große Szene gemacht hat, weil er absagen mußte.«

»Er mußte absagen?«

»Warum, weiß ich nicht, daran kann ich mich nicht mehr erinnern. Vermutlich hat er es nicht erwähnt, denn wenn er es erwähnt hätte, hätte er es mindestens hundertmal erwähnt, dann könnte ich mich noch daran erinnern.«

»Können Sie sich noch an Brubecks Indizien erinnern?«

»Kann ich. Ich habe mir das alles x-fach anhören müssen. Es gibt ein Radargerät, das den zweiten Wagen fotografiert hat.«

»Das weiß ich. Und sonst?«

»Nicht der Rede wert.«

»Hinweise auf ein zweites Fahrzeug?«

»Die Spuren waren dürftig. Der Fiesta hatte sofort Feuer gefangen und ist völlig ausgebrannt. Von Brubecks Frau blieb nicht mehr viel übrig – das war kein sehr schöner Anblick. Bremsspuren, na ja, es gab ein paar Bremsspuren, aber es gibt dort in jeder Kurve Bremsspuren, und nach dem Regen war nichts mehr eindeutig zuzuordnen. Ob nun der Volvo wirklich ...«

»Welcher Volvo?« unterbrach Piel.

»Der Volvo, den Brubeck für das zweite Fahrzeug hält«, sagte Kopperat.

»Was sagt der Fahrer dieses Wagens?«

»Das, was die Beifahrer auch sagen. Sie waren zu dritt. Alle drei behaupten, von dem Unfall erst aus der Zeitung erfahren zu haben. Wir haben Ihre Aussagen überprüft und verifiziert und so weiter, und jetzt muß ich wieder arbeiten. Nebenbei bemerkt liegen pro Tag durchschnittlich fünf neue Fälle auf meinem Schreibtisch, von denen siebzig Prozent eingestellt werden, bevor es zu einer Verhandlung kommt. Und fünfzig Prozent der verbliebenen dreißig Prozent enden mit einem Freispruch.«

Piel dachte einen Moment lang nach, sie schwieg einen Moment lang ungeduldig, und bevor Kopperat ihn rauswarf, fing er wieder an zu reden: »Dürfte ich einen Blick in die Akten werfen?«

»Sie dürfen nicht. Aber wenn Sie versprechen, mich dann in Ruhe zu lassen, sehe ich eine Möglichkeit.«

»In Ordnung.«

Die Staatsanwältin drückte ihm einen Zettel in die Hand. »Das da unten ist meine Unterschrift. Und das da oben sieht aus wie eine Vollmacht, ist aber keine. Der Archivar ist weitsichtig, und falls es doch auffällt, sagen Sie, ich hätte damit nichts zu tun, sondern Sie hätten den Zettel geklaut.«

19

Als Piel das kolossale Gebäude verließ, hatte es aufgehört zu regnen, die Sonne schien – und bei genauem Hinsehen sah man, daß die Simse und Fensterläden tatsächlich weiße Schatten warfen. Piel tat die nassen Handschuhe in den Beiwagen und achtete darauf, daß das Bündel Papier nicht feucht wurde, trat die Maschine an und setzte sich auf den nassen Ledersattel. Der Beamte im

Kellerarchiv hatte sich den Zettel etwa eine Sekunde lang betrachtet, beiläufig erwähnt, daß er eine neue Brille habe, und resigniert gelächelt: *Schon wieder einer mit einer Vollmacht!* Piel sei diese Woche schon der vierte. Nichtsdestotrotz hatte er den Ordner herausgesucht, Piel hatte sich angesehen, was er sich ansehen wollte. Es hatte kaum eine Viertelstunde gedauert – wenig Information auf wenigen Seiten, er hatte sich sogar Kopien machen können.

Immerhin wußte er nun ein paar Dinge mehr: Karen Brubeck war am 14. Oktober 92 auf einer Landstraße kurz vor der Stadt ums Leben gekommen, fast genau Punkt drei Uhr nachts. Ein Mann namens Rolluck hatte den Unfall gegen vier von einer Telefonzelle aus gemeldet. Karen Brubeck war vor ihrem Tod etwa einen Monat lang in ärztlicher Behandlung gewesen, ihr Arzt hieß Dr. Thomas Drenz. Über Brubecks Indizien war in einem Gesprächsprotokoll der Staatsanwaltschaft festgehalten, daß es sich um *vage* Indizien handele, sie hätten sich schon bald als *Irrealitäten einer Person aus dem nächsten persönlichen Umfeld der Opfer* herausgestellt.

Zur Anlage gehörten Fotos eines ausgebrannten Kleinwagens, einer verkohlten Frau, Karen Brubeck. Die Kopie eines Radarfotos gehörte dazu, ein Volvo der Oberklasse aus der Frontperspektive: Das Auto mit dem Mond im Hintergrund, vielleicht war es auch nur das Licht einer Straßenlaterne, vielleicht das Blitzlicht des Radargeräts, das von einer Fensterscheibe reflektiert wurde, drei Männer im Auto. Neben dem Fahrer im Pelzmantel saß ein etwa vierzig Jahre alter Mann, er hatte dünne, nach hinten gekämmte Haare und einen Schnauzbart, der über die Mundwinkel schräg nach unten zeigte. Auf dem Rücksitz ein etwa gleichaltriger Mann, er trug eine Halbglatze und einen hellen Trenchcoat. Mit diesen drei Männern habe es, laut Protokoll, ein *informatives Gespräch* gegeben, das *ergebnislos und ohne weitere Folgen für die Ermittlungen* verlaufen sei. Das Ermittlungsverfahren gegen unbekannt wurde am 18. Dezember 1992 eingestellt.

Piel stellte sich vor, wie Brubeck die darauffolgenden Weihnachtstage verbracht hatte, parkte auf dem leeren Parkplatz und stieg ab. *Parken nur für Patienten von Dr. med. Thomas Drenz* stand über den Praxiszeiten auf einem Blechschild, irgendein Witzbold hatte den Titel und die Buchstaben *T*, *o*, *D* mit roter Farbe übersprüht, so daß sie lesbar blieben.

Trotz Sprechstunde war auch das Wartezimmer leer. Über der Kinderecke hing ein Plakat, auf dem ein Gedicht von Dr. Drenz zu lesen war. Das Plakat warb für ein Buch, es hieß *Größer als Gott. Schwarze Zeilen*, das Gedicht trug den Titel *Die Bombe im Kasten des Herzens*:

Bombe   im Kasten
des Herzens   Bumm – Bumm
Herz Kasten Bombe Her Mann fliegt
vom Turm Zeit ist um Kasten Herz
Ju ratatatatatatat achtundachtzig
und noch immer ....–. tickt
leis Bomb laut Bumm
Kast Herz Bomb
im Ssssck
aus!

Piel las und spürte eine Hand auf seiner Schulter.

»Drenz«, stellte sich der Mann im weißen Kittel, der hinter ihn getreten war, vor. »Kann ich Ihnen helfen?«

»Können Sie«, antwortete Piel, folgte ihm ins Sprechzimmer und nahm Platz. »Von Ihnen, dieses Gedicht?«

»Ja.«

»Doktor Tod, man ...«

»Sie haben das Schild vor der Praxis gesehen?«

»Warum lassen Sie das nicht entfernen?«

»Weil es bedeuten würde, sich mit Menschen abzugeben, die glauben, sich mit Hilfe von Spraydosen ausdrücken zu müssen.«

»Dieses Gedicht da draußen, was soll das ausdrücken?«

»Wollen Sie es wirklich wissen?«

»Ja.«

»Es ist Unsinn. Ich habe schon mindestens ein Dutzend Gedichtbände mit ähnlichem Unsinn veröffentlicht. Meistens lache ich mich tot darüber. Außerdem kostet mich jede Auflage fast zehntausend Mark, damit sie besonders schön wird.«

»Und warum tun Sie das?«

»Lassen Sie es mich pathetisch sagen: Weil ich begriffen habe, daß sich das Leben nicht in Arztpraxen retten läßt.«

»Wie meinen Sie das?«

»Ich meine, daß immer noch sehr viele Menschen glauben, daß ein Arzt, wie eine Art Messias, das ewige Heil bringt. Ich wollte der Sache etwas das Sakrale nehmen, es sollte eine, sagen wir, Lockerungsübung sein. Leider haben die Leute diese Lockerungsübung ernst genommen. Nicht alle, aber sie haben geglaubt, daß diese Gedichte eine tiefe Bedeutung hätten. Daraufhin habe ich erst recht weitergemacht. Das haben die Leute dann ganz besonders ernst genommen.«

»Daß sich das Leben nicht in Arztpraxen retten läßt, sehen Ihre Patienten mittlerweile genauso.«

»Keineswegs. Sie glauben, das Leben lasse sich in den Praxen meiner Kollegen retten. Deshalb erzähle ich Ihnen das alles. Wie Sie sehen«, er lächelte, »habe ich noch Kapazitäten frei. Glauben Sie mir, meine medizinischen Fähigkeiten sind beeindruckender als meine lyrischen.«

»Leider bin ich im Augenblick nicht krank.«

Drenz verschränkte die Arme vor der Brust: »Was sind Sie dann?«

»Kommissar Piel, Kriminalpolizei.« Er zeigte seinen Ausweis. »Ich beschäftige mich mit dem Fall Karen und Daniel Brubeck.«

»Aus welchem Grund?«

»Wir haben neue Hinweise. Und da ich erst vor kurzem hierher versetzt worden bin und damals mit der ganzen Geschichte nichts zu tun hatte, muß ich quasi noch mal von vorne anfangen – Sie hatten Frau Brubeck behandelt.«

»Das ist richtig. Schade, daß Sie nicht krank sind.«

»Wegen was hatten Sie Frau Brubeck behandelt?«

»Sie war, sagen wir, überfordert.«

»Was heißt das, überfordert?«

»Karen Brubeck war eine engagierte Frau. Sie hat länger gearbeitet als ihre Kollegen und kürzer geschlafen als ihr Mann.«

»Es gibt viele solcher Frauen, die Kinder haben und arbeiten.«

»Sie war zum ersten Mal wegen dieser Geschichte bei mir. Sie hatte es zuvor nicht einmal erwähnt, war gewöhnlich nicht sehr empfindlich. Sagen wie einmal, es gab Patienten, an deren Krankheiten ich mehr verdient habe als an denen von Frau Brubeck.«

»Vermuten Sie einen konkreten Anlaß für diese Geschichte?«

»Ich vermute gar nichts. Aber ich schließe es nicht aus. Manche Menschen brechen schon beim geringsten Grund zusammen, manche ertragen eine Belastung fünfzig Jahre lang und brechen dann ohne irgendeinen signifikanten Anlaß zusammen, manche halten Belastungen und Anlässe ein Leben lang aus, ohne zusammenzubrechen.«

»Sie müssen doch einen Eindruck haben.«

»Ich hatte den Eindruck, daß etwas sie außergewöhnlich belastet hat.«

»Was?«

»Wenn ich es wüßte, hätte ich es Ihnen gesagt. Außerdem ist es nur ein Eindruck, nicht mehr.«

»Und wie haben Sie sie behandelt?«

»Ich habe ihr ein Präparat verordnet.«

»Ein Beruhigungsmittel.«

»Ganz im Gegenteil. Auf ihren ausdrücklichen Wunsch.«

»Ein Aufputschmittel.«

»Sagen wir, ein Mittel, das Körper und Geist belebt. Es heißt Aktivol.«

»Und was ist das?«

»Amphetamine.«

»Amphetamine«, wiederholte Piel mit einem vorwurfsvollen Ton in der Stimme.

»Hören Sie zu, ich bin hier der Arzt. Und ich hielt es für das Sinnvollste, in ihrem Fall. Vorübergehende Krisen von im allgemeinen stabilen Menschen, wozu ich Karen Brubeck gezählt habe, weiten sich nach meinen Erfahrungen dadurch nicht zu langwierigen Krisen aus, indem man kurzzeitig verdrängt, daß es überhaupt eine Krise gibt. Ich bin kein Freund von diesem ganzen Psychokram, von diesen Psychotanten, die von einer Therapie zur anderen rennen und in der Vergangenheit keinen Stein auf dem anderen lassen, bis das ganze Gebäude zusammenbricht. Aktivol gibt Kraft. Und wenn Sie sich eine Weile kräftig fühlen und gewisse Dinge gelingen, muß man das Präparat langsam absetzen. Bis man es wieder aus sich selbst heraus schafft.«

»Wenn man es wieder schafft.«

»Ich bin Arzt und kein Pfarrer. Die Möglichkeiten der Medizin sind beschränkt. Man muß sich damit abfinden, daß manche Probleme unlösbar sind.«

Piel öffnete die Lippen, als wolle er etwas sagen, stockte, dann sagte er: »Vermutlich haben Sie recht«, was nicht sehr überzeugend klang.

Drenz fuhr fort: »Selbstverständlich darf man nicht vergessen, daß man sich fühlt, wie man sich fühlt, weil man Amphetamine genommen hat. Amphetamine sind keine Energie wie ein – Müsli-Riegel. Es funktioniert in etwa so, daß Ihr Körper Signale aussendet, zum Beispiel *ich bin hungrig,* Ihr Gehirn unter Einfluß des Medikaments diese Signale aber nicht mehr empfängt. Man muß aber wissen, auch wenn man es nicht mehr spürt, daß der Körper Flüssigkeit braucht, Schlaf und Nahrung. Man muß also trinken, auch wenn man keinen Durst hat, sich ausruhen, wenn man nicht müde ist. Wenn man es nicht tut, muß man damit rechnen, daß der Kreislauf irgendwann nicht mehr mitmacht.«

»Und wie schätzen Sie Karen Brubeck ein?«

»Ich ging davon aus, daß sie wußte, was sie tut. Die Fahrt war mit Sicherheit nicht so furchtbar anstrengend, daß sie zusammengebrochen wäre, außerdem hatte sie einen sehr stabilen Kreislauf.«

»Also kein direkter Zusammenhang zwischen dem Medikament und dem Unfall.«

»Doch. Aber ein anderer. Es gibt, und das habe ich vor drei Jahren schon Frau Kopperat erzählt, noch einen kleinen Haken an der Geschichte.«

»Der wäre?«

»Die Wirkungsdauer des Präparats, es ist meine Theorie. Aktivol verfügt über eine etwa achtstündige Depot-Wirkung. Gewöhnlich nimmt man das Präparat zweimal am Tag, davon ausgehend, daß die durchschnittliche Wachzeit sechzehn Stunden beträgt. Wenn Karen Brubeck sich im Urlaub erholen konnte, vermute ich, daß sie ein paar Tage nichts genommen hat. Aber ich glaube, daß sie direkt vor der langen Fahrt von der Ostsee hierher etwas genommen hat.«

»In der Akte steht, daß sie etwa achteinhalb Stunden unterwegs war.«

»Das ist der Punkt. Etwa eine halbe Stunde zu lang.

Wenn sie aber nach diesen achteinhalb Stunden noch eine Tablette genommen hätte, hätte sie in dieser Nacht nur schwerlich einschlafen können. Später, zu Hause, im Bett. Und weil sie das wußte, und weil sie dachte, daß sie es ohnehin bald geschafft hat, hat sie vermutlich nichts mehr genommen, fünf Kilometer vor ihrem Ziel. Wenn die Tabletten also gerade aufgehört haben zu wirken und Karen Brubeck relativ abrupt ihre tatsächliche Müdigkeit gespürt hat, halte ich es nicht für ausgeschlossen, daß sie am Steuer eingeschlafen ist. Sagen wir, ich halte es sogar für wahrscheinlich. Leider gibt es da aber noch einen Haken.«

»Welchen?«

»Selbst wenn das Präparat nicht mehr wirkt, ist es bei der Obduktion noch nach mehreren Tagen im Körper nachweisbar. Als ich mich damals bei der Staatsanwaltschaft erkundigte, hat man mir mitgeteilt, man habe keine Reste des Präparats nachweisen können.«

»Man konnte nichts finden.«

»Das hatte ich eben erwähnt.«

»Man konnte nichts finden, weil Karen Brubeck nicht obduziert worden ist. In den Akten steht, daß der Polizeipathologe aufgrund des Zustandes der Leiche von einer Obduktion abgesehen hat. Es gab keine Obduktion, weil nichts mehr da war, was man hätte obduzieren können.«

»Weil nichts mehr da war«, wiederholte Doktor Drenz und strich sich über sein Kinn. »So ist das also. Vielleicht sollte man das Gunther Brubeck sagen.«

»Wieso?«

»Er hatte mich damals gefragt, was ich von der Sache halte. Ich habe geantwortet, aus medizinischer Sicht spreche nichts dafür, daß seine Frau die Kontrolle verloren habe, ich wußte nicht, daß Karen Brubeck nicht obduziert wurde. Ich dachte – ich habe Ihnen bereits gesagt, was ich dachte. Ein Mißverständnis.«

Piel stand auf und streckte Dr. Drenz die Hand entgegen: »Vielen Dank. Sie haben mir sehr geholfen.«

»Gern geschehen. Und wenn Sie weitere Fragen haben, rufen Sie mich an, jederzeit. Und wenn Sie erst hierher versetzt worden sind, noch keinen Hausarzt, aber einen Schnupfen haben ...«

»Komme ich zu Ihnen. Sie haben noch Kapazitäten frei. Wiedersehen.«

»Ich bringe Sie raus.«

»Nicht nötig.«

»Ich muß sowieso ins Wartezimmer. Dieses Plakat abhängen. Ich schätze, meine Tage als Dr. Tod sind gezählt. So langsam muß ich wieder damit anfangen, Geld zu verdienen.«

Als Piel auf dem Parkplatz der Praxis stand, in die Sonne blinzelte und sich eine Zigarette drehte, versuchte er sich vorzustellen, wie es wohl wäre, wenn man seinen eigenen Tod verschlief. Er dachte an Doktor Drenz. Und er dachte an seinen letzten Hausarzt. Er hieß Dr. Elisabeth Hake. Ein paar Meter vom Parkplatz entfernt war eine Telefonzelle. Piel warf die noch nicht fertig gedrehte Zigarette weg, ging in die Zelle, schob die Karte ein und wählte ihre Nummer.

»Hake«, meldete sich Elisabeth.

»Jan, gut, deine Stimme zu hören.«

»Ach, du, Jan.«

»Ja, ich. Ich dachte, es wäre schön, wenn du mich am Wochenende besuchen würdest.«

»Das ist leider nicht möglich. Ich bin eingeladen, zum fünfzigsten Geburtstag einer ehemaligen Schulfreundin.«

»Das ganze Wochenende?«

»Ja, das ganze Wochenende. Sie wohnt nicht hier.«

»Und nächste Woche?«

»In der Praxis geht es drunter und drüber, es wird nicht leicht, einen Tag freizumachen.«

»Elisabeth?!«

»Ja?«

»Wie heißt deine Schulfreundin? Georg?«

»Bist du eifersüchtig?«

»Wie kommst du darauf.«

20

Gert Kramer trug eine beige Wollmütze und hatte den Mantelkragen aufgestellt. Um zwölf Uhr dreißig schloß er die Ladentür mit zwei Schlüsseln von außen ab, warf im Gehen einen Blick zu dem italienischen Restaurant, in dem er manchmal zu Mittag aß, wenn seine Frau im Fitneß-Studio etwas für ihre Figur tat. Am Anfang hatte Etwas-für-die-Figur-Tun Aerobic geheißen, dann Stepping, jetzt hieß es Fit-Baring, und bald würde ihrer Trainerin irgendein anderer Blödsinn einfallen, der in diesen Frauenzeitschriften angepriesen wurde – Kramer hatte sie inzwischen aus dem Sortiment genommen, weil er die Käuferinnen der Frauenzeitschriften aus seinem Laden haben wollte. Als nächstes würde er die Energy-Drinks aus dem Sortiment entfernen.

Petra Kramer ging mindestens zweimal die Woche ins Studio, die Erfolge waren bescheiden. Genaugenommen gab es keine, nahm sie jedes Jahr zwei Kilo zu, was vermutlich an den sich dem Training anschließenden Kaffeekränzchen lag, sie fanden der Reihe nach bei den Frauen zu Hause statt und dauerten manchmal bis spät nachts, wenn man sich zum Kaffee und manchmal schon vorher ein Gläschen Likör eingoß. Wenn Kramer erfuhr, daß Petra an der Reihe war, versteckte er den Likör. Petra wußte, daß Likör im Haus war. Aber sie sagte nichts. Manchmal glaubte Kramer sogar, daß sie ihn verstand. Vielleicht log sie sogar für ihn. Vielleicht erzählte sie ihren Sportfreundinnen, daß ihr Mann heimlich trank, oder vielleicht, daß er früher einmal getrunken hatte und deshalb kein Alkohol im Haus sei. Vielleicht erzählte sie – egal, was sie erzählte, Hauptsache, sie waren verschwunden, wenn er am Abend vom Laden nach Hause kam.

Kramer erreichte eine breite Treppe, sie führte abwärts zu einem schmalen roten Weg, er verlief entlang des Flusses, Kramer hatte es eilig, die Sonne im Rücken. Alte flache Schiffe waren an den Stegen mit Leinen vertaut, voller Blumentöpfe und den Erinnerungen ihrer Kapitäne, Schiffe, die an den Stegen lagen, seit Kramer diesen Weg kannte, und sich keinen Zentimeter mehr bewegten. Briefkästen hingen am Ufer wie vor Einfamilienhäusern. Manchmal wünschte sich Kramer, dort den Rest seines Lebens zu verbringen, in den Briefkästen. Die Schiffe verschwanden, eine weitgeschwungene Linkskurve folgte, die Stadthalle in Postkartenansicht. Ein Geräusch hinter ihm. Ein Husten, Hüsteln, Räuspern, Kramer ging langsamer, dann blieb er stehen und drehte sich um. Er ging ein paar Meter zurück, faßte sich an den Hosenlatz, nichts, gar nichts, kein Mensch weit und breit, Enten schwammen auf dem Fluß.

Obwohl der Weg mitten durch die Stadt führte, schien Kramer selbst an diesem angenehmen Nachmittag als einziger unterwegs zu sein. Schon tagsüber hatte die Gegend etwas Unheimliches, und nachts, wenn höchstens jede fünfte der schwarzen Bogenlampen brannte, weil die Straßenmeisterei Glaskugeln und Glühbirnen gar nicht so schnell ersetzen konnte oder wollte, wie sie von Rowdies zerschlagen wurden, mußte man diesen Weg nicht einmal gehen, um vor Angst zu sterben, es reichte, daran zu denken, dann starb man von selbst. Vergewaltigungen gab es nicht, weil keine Frau den Weg alleine benutzte und weil sich vermutlich sogar die Vergewaltiger davor fürchteten, auf diesem Weg alleine zu sein. Kramer passierte den Volkspark auf der Hafeninsel, wo sich das Gesindel versammelte, im Sommer zelteten sie sogar dort. Zwei Junkies spielten Tischtennis auf Steinplatten, für Kramer sah es aus, als spielten sie auf ihren eigenen Grababdeckungen, dieses Hüsteln. Da war es wieder. Kramer drehte sich um, sah, vielleicht hundert Meter weit weg, einen Schatten, der in den Hecken verschwand. Aber Kramer hatte auch in die Sonne gesehen, und vielleicht war es wirklich nur ein Schatten gewesen, einer dieser schwarzen Flecke, die man sah, nachdem man in ein grelles Licht geschaut hatte, und vielleicht war das Hüsteln nur ein Geräusch, das sich anhörte wie ein Hüsteln, vielleicht irgendwo ein Motor, der krächzte und nicht gleich ansprang. Kramer kehrte um, sah nach, hinter den dornigen Hecken nichts zu sehen, keine Menschenseele, etwas raschelte. Kramer zuckte, eine Ratte quietschte, flitzte über den Weg und tauchte im schwarzen Wasser des Flusses unter. Gert Kramer nahm die Mütze ab, wischte sich über die Stirn, an einem Ende seines Schnurrbartes klebte ein Schweißtropfen wie an einem Wasserhahn. »Rattenvieh«, murmelte er und setzte seinen Weg fort.

Er hatte die City und den roten Weg hinter sich gelassen, ging bergauf an einem Kindergarten vorbei, überquerte die Hauptstraße, nach fünfzig Metern bog er in eine Seitenstraße ein. An dem Haus mit der Nummer drei stoppte er. Kramer schaute sich um. Dann drückte er den vierten Knopf von unten auf der Klingelleiste, *Maison Eve*. Dreimal kurz, dreimal lang, dreimal kurz.

Im Lautsprecher meldete sich leise eine Stimme: »Ja?«

»Gert.«

Endlich konnte Brubeck richtig husten, das Kratzen im Hals war kaum noch auszuhalten gewesen. Er stand in der Toreinfahrt des Hauses mit der Nummer sechs, spuckte auf den Asphalt, pickte ein paar Dornen aus den Mantelärmeln, und während er an einem glühenden Zigarettenstummel eine neue Zigarette anzündete, beobachtete er, wie im vierten Stock der Nummer drei die Rouleaus herabgelassen wurden und durch die Ritzen im Rouleau des Schlafzimmers rotes Licht schimmerte. Kramer ging, seit Brubeck ihn observierte, zu Eve, seit drei Jahren, obwohl er eine Frau zu Hause hatte, die vielleicht ein paar Kilo zu viel wog, aber sehr hübsch war und ein paar Jahre jünger als Kramer. Kramer selbst sah nicht schlecht aus. Und er hätte richtig gut aussehen können, wenn er diesen scheußlichen Gangster-Oberlippenbart abrasiert und sich anders gekleidet hätte, nicht immer diese trostlosen, ausgebeulten Strickwesten, Wollmützen und abgescheuerten Cordhosen, die außer Kramer kein Mensch mehr getragen hätte.

Brubeck kannte Kramer.

Was Brubeck über ihn herausgefunden hatte, war zwar voller Lücken und Gerüchte, zusammengesetzt ergaben sie für ihn ein stimmiges Bild. Brubeck hatte unter falschem Namen mehrere Telefonate geführt und behauptet, er ermittele in einem *noch inoffiziellen Verfahren Wolf Kramer betreffend*.

»Aha, Gert, jetzt ist es also soweit«, sagten viele von Kramers Bekannten und Verwandten, bevor sie wirklich etwas sagten.

Kramers Vater hatte als Kirchendiener einer kleinen evangelischen Gemeinde gearbeitet, seinen Sohn gewöhnlich mit dem Neuen Testament geschlagen und ihm danach daraus vorgelesen. Mit vierzig war der alte Kramer die Kellertreppe hinuntergestürzt – man erzählte sich, der junge Kramer habe dabei nachgeholfen. Offiziell hieß es, der Alte sei gestolpert, und der inoffizielle Zusatz zu beiden Varianten lautete, der Alte sei schon am frühen Nachmittag bis zur Unzurechnungsfähigkeit betrunken gewesen. Seither saß er im Rollstuhl, alt und jähzornig, aber Gert Kramers Onkel behauptete, daß er vor dem Sturz jung und noch jähzorniger gewesen sei. Brubeck hatte versucht, mit Kramers Mutter zu sprechen, aber die hatte am Telefon nur gestottert, und das auch noch sehr leise, es hieß, sie sei eine schüchterne Frau, die alles für ihre Familie tue.

Gert Kramer hatte es, vor Petra, nicht mit Frauen gehabt. Wenn man einem Freund glauben durfte, der gemeinsam mit Kramer zur Schule und danach in Hamburg zur Universität gegangen war, hatte Kramer nie eine echte Beziehung mit einer Frau gehabt, sondern erst mit Frauen in Porno-Videos und schließlich mit Prostituierten. Davon abgesehen hatte Kramers Freund von einem sehr merkwürdigen Verhalten berichtet: Man habe in Hamburg, wo keiner von beiden anfangs jemanden gekannt habe, die Zweitschlüssel der jeweiligen Apartments getauscht. Aber Kramer habe sich immer nur gemeldet, wenn er sich eingesperrt hatte – *Mir ist da etwas Dummes passiert, ich habe abgeschlossen und den Schlüssel verlegt, ich weiß, das ist mir schon letzte Woche passiert, aber komm doch bitte und laß mich raus.*

Einmal habe der Freund bei dieser Gelegenheit einen Blick in Kramers Ein-Zimmer-Wohnung werfen können, es sei ein Chaos gewesen, als hätte jemand die ganze Einrichtung zertrümmert. Schließlich hatte sich Kramer überhaupt nicht mehr gemeldet, den Schlüssel habe er ihm irgendwann in den Briefkasten geworfen.

Nach dem zwanzigsten Semester hatte Kramer sein Studium abgebrochen, er hatte es eigentlich schon nach den ersten Semestern abgebrochen und war hierher in die Stadt zurückgekehrt, in der er aufgewachsen war, die er nur für wenige Jahre verlassen hatte. Wieder zu Hause hatte ihm sein Vater eine Stelle bei der Drogenhilfe e.V. besorgt, einer der Evangelischen Kirche nahestehenden Organisation. Brubeck hatte aus beruflichen Gründen manchmal mit der Drogenhilfe e.V. zu tun, war Kramer dort zum ersten Mal begegnet, und er hatte sich schon damals gefragt, warum ein Mensch freiwillig solche Kleider trug. Nach ein paar Jahren verließ Kramer die Drogenhilfe e.V., es hieß, man habe ihm die Trennung nahegelegt. Offenbar hatte er eine Frau, eine Drogenabhängige, nicht nur mißhandelt, sondern auch sexuell mißbraucht. Sie hatte gegen ihn ausgesagt, und kurz nachdem die Staatsanwaltschaft Anklage erhoben hatte, hatte sie ihre Aussage wieder zurückgezogen. Die Sache lag auf der Hand: Kramer hatte sie entweder unter Druck gesetzt oder dafür bezahlt, daß sie ihre Aussage zurückzog.

Danach war Kramer untergetaucht, und die Gerüchte besagten, er habe weiterhin in der hiesigen Drogenszene gearbeitet und der Gegenseite seine bei der Drogenhilfe e.V. gesammelten Erfahrungen zur Verfügung gestellt. Das glaubte Brubeck nicht. Er wußte zwar nicht, was Kramer wirklich getan hatte, aber hätte Kramer etwas mit der Drogenszene zu tun gehabt, hätte Brubeck früher oder später mit Kramer zu tun gehabt. Vor drei Jahren war Kramer wieder aus der Versenkung aufgetaucht. Wenig später hatte er eine Frau geheiratet, er hatte sie zwei Wochen vorher kennengelernt, zwei Wochen nach der Heirat hatte er den Laden gepachtet.

Eine Viertelstunde, nachdem Kramer bei Eve geläutet hatte, verließ er das Haus mit der Nummer drei. Er brauchte nie sehr lange. Rote Striemen in Kramers Gesicht, die Augen gläsern, der Atem schwer, sein Körper dampfte in der kalten Oktoberluft, als er mit aufgestelltem Kragen und der Wollmütze auf dem Kopf um die nächste Ecke bog und sich auf den Heimweg machte.

Jemand zog die Rouleaus hoch. Brubeck wechselte die Straßenseite und las die Namen auf den Schildchen neben den Klingelknöpfen. *Maison Eve* stand in geschnörkelter Schrift auf dem vierten von unten. Brubeck wußte, daß Kramers Termine bei Eve variierten, je nachdem, wie Petra Kramer ihre Termine im Fitneß-Studio gestaltete, er läutete: dreimal kurz, dreimal lang, dreimal kurz.

»Ja?«

»Gert«, krächzte Brubeck; die Anlage war schlecht genug, damit Eve ihn für Kramer halten mußte. »Wollten wir uns Dienstag wieder sehen?«

»Montag, Baby, gleiche Zeit.«

»Ich zähle schon die Stunden.« Brubeck ging und schaute en passant noch mal in die Toreinfahrt, in der er sich versteckt hatte. Hatte sich dort etwas, jemand bewegt? Vermutlich sein eigener Schatten – Brubeck grinste. Offenbar erledigte er seinen Job so unauffällig, daß es selbst seinem Schatten schwerfiel, ihm auf Schritt und Tritt zu folgen.

21

Er schaute sich um, sein Blick blieb nur kurz an den Gegenständen haften, sie sagten ihm nichts Neues, langweilten ihn. Schon viel zu genau und viel zu lange kannte er dieses Bürozimmerchen, aber es war nur das Gefühl, das er kannte, weil er es schon in vielen anderen Bürozimmerchen zuvor gehabt hatte, wodurch dieses Bürozimmerchen den anderen so ähnlich wurde. Piel saß vor einem Blatt Papier am Schreibtisch, spielte mit einem Bleistift und dachte an seine letzte Begegnung mit Elisabeth, verschwommen sah er ihr Gesicht.

Weil er hoffte, ihre Reaktion falle im öffentlichen Raum erträglicher aus als im privaten, hatte Piel sich damals kurzfristig mit ihr im Café *OffenBar* verabredet, einem kleinen Café, trotz seines mutwillig neumodischen Namens das einzige brauchbare Lokal dieses finsteren Kaffs, in dem er gearbeitet und gelebt hatte. Ausnahmsweise hatte Elisabeth zugesagt, sich mit ihm vor den Augen anderer Leute zu treffen, weil er erklärt hatte, es sei dringend. Er hatte ihr mitteilen wollen, daß er die Möglichkeit hatte, vorzeitig zum Hauptkommissar befördert zu werden, daß man ihm deswegen eine neue Stelle angeboten, er bereits angenommen und sogar schon die Wohnung gekündigt habe, daß er in ein paar Tagen weg sein werde, obwohl er ein paar Tage zuvor noch behauptet hatte, er könne sich gut vorstellen, die nächsten Jahre in diesem Nest zu verbringen. *Diese Stelle ist eine wirkliche Chance, das kommt so schnell nicht wieder,* hatte er sagen wollen und gehofft, sie zeige Verständnis dafür. Er hätte nicht einmal sagen können, ob dieser Satz stimmte, ob er von dort weg, weg von ihr, ob er woanders hinwollte, er hätte nur sagen können, daß Bewegung guttat und er das Gefühl hatte, sich dringend bewegen zu müssen.

Draußen war es dunkel und neblig gewesen, und irgendwie war der Nebel an ihm klebengeblieben – als er das Café betrat, war es auch dort neblig. Die Kugellampen hingen tief über den Tischen, das Licht war gedimmt und strahlte nur matt, und da die Kabel dunkelbraun waren wie die Holzwände, da der Nebel hinzukam, sah es fast aus, als schwebten die Lampen über den Tischen wie Kristallkugeln, in denen man die Zukunft sehen konnte. Die Decke war hoch, die Ventilatoren in der Winterpause. Ein knappes Dutzend ovaler Spiegel machten den Raum größer, als er war, Piel setzte einen Fuß bedächtig vor den anderen und entschied sich dafür, einen Kaffee zu bestellen. Er schaute sich um, die Bedienung, ein junges Mädchen, machte einem Gast die Rechnung. Sie hatte sein Eintreffen registriert und begrüßte ihn mit einem Blick, sah ihn durch den Grauschleier, der Luft sein sollte, freundlich und gleichzeitig merkwürdig an, als betrachte sie ihn von der Seite.

»Einen Cognac, bitte«, sagte Piel.

Das Mädchen nickte. »Gerne«, sagte sie aus einer anderen Richtung, er hatte bei ihrem Spiegelbild bestellt.

Piel steuerte auf eine Kristallkugel in der hinteren Ecke zu, dort gab es keine Spiegel, er konnte sich an die Wand lehnen, der Tisch war aus festem Holz.

»Ihr Cognac«, sagte die Bedienung und stellte das Glas auf den Tisch.

»Danke, noch einen, bitte.«

»Noch einen, sofort.« Die Bedienung ging zur Theke.

Einen Augenblick später kam sie mit noch einem zurück, räumte das leere Glas ab, und als sie einen weiteren brachte, stand Elisabeth in der Tür, deutlich heller strahlend als die Lampen. Sie trug die Kleider einer Frau, die wußte, wie man sich anzog, sah aus wie eine Frau, die wußte, wie man gut aussah in ihrem Alter. Die Bedienung hatte einen schönen, runden Hintern, der Mond, die Lampe über dem Tisch, die Kugel einer Wahrsagerin.

Piel bemerkte, daß Elisabeth ihn gesehen hatte. Sie ging zur Theke, tat so, als wolle sie sich auf einen der Barhocker setzen, bestellte einen Espresso, erst dann schaute sie wie zufällig in Piels Richtung, Piel schaute wie zufällig zurück.

»Hallo«, sagte er.

»Ach, ich habe Sie gar nicht gesehen«, sagte sie laut und deutlich, so laut, daß alle im Café es hören konnten.

»Sie wollen mir nicht zufällig etwas Gesellschaft leisten«, sagte er und deutete mit einer Kopfbewegung an, daß an dem kleinen quadratischen Tisch noch ein Stuhl frei war.

»Wenn ich Sie nicht störe«, antwortete Elisabeth.

»Nein, überhaupt nicht«, sagte er und berührte ihre Hand, als sie sich ihm gegenüber setzte. Dann suchte er nach einem Anfang, aber er fand keinen, schaute an ihr vorbei, als schaue er durch ein Fenster nach draußen. »Dreckswetter«, sagte er dann mechanisch und erhoffte sich einen Aufschub für das, was er wirklich sagen wollte.

»Morgen soll es besser werden«, entgegnete sie sorgfältig artikulierend, während sich die Tür öffnete, ein Schwung Nebel hereinkam und mit ihm ein Mann, etwa fünfzig, gekleidet wie ein Mann, der wußte, wie man gut aussah in seinem Alter. Der Mann orientierte sich, sein Gesicht hellte sich auf, er ging geradewegs zu ihrem Tisch, blieb, ohne Piel zu beachten, demonstrativ sprachlos mit den Händen in den Hüften vor Elisabeth stehen und schüttelte den Kopf.

»Elisabeth!« sagte er dann, beugte sich zu ihr herab und küßte sie auf beide Wangen. »Elisabeth!«

»Georg, was tust du denn hier?« sagte Elisabeth, ihre Stimme klang unentschlossen.

Der Mann, den Elisabeth Georg genannt hatte, griff entschlossen einen Stuhl vom Nachbartisch, setzte sich, ohne zu fragen, ans Kopfende, wenn es an einem quadratischen Tisch ein Kopfende gibt, und drehte Piel halb den Rücken zu. Sie lächelte, vielleicht anstandshalber; immerhin zog sie ihre Hand nicht gleich weg, als Georg sie in seine nahm. Dann zog sie ihre Hand doch weg, Georg trank einen Espresso und erzählte, erzählte, er habe sich von seiner Frau getrennt, was notwendig gewesen sei, erzählte, daß seine Kinder erwachsen seien, er seine Frankfurter Wohnung aufgegeben und sein hiesiges Elternhaus habe renovieren lassen, vor drei Wochen schließlich sei er dort alleine eingezogen, er habe ohnehin in der ganzen Welt zu tun, und im Grunde sei es egal, von wo aus man starte, gleichwohl seien acht Zimmer für einen einzigen Menschen vielleicht doch ein paar Zimmer zuviel.

»Und du willst sagen, daß du ganz zufällig in dieses Café gekommen bist.«

»Nicht ganz zufällig«, gestand Georg, »ich habe in der Praxis angerufen und deiner Sprechstundenhelferin gesagt, daß ich quasi eine Art Notfall sei. Dann hat sie damit rausgerückt, wo du bist.«

»Fräulein!« rief Piel und hob das leere Cognacgläschen Richtung Theke.

»Mein Gott, manchmal fühlt man sich schon furchtbar einsam in einem so großen Haus, das kann einem schon auf die Nerven gehen, diese Ruhe, aber ich habe gewußt, was auf mich zukommt, und damit muß ich nun leben«, erzählte Georg.

»Ich habe euch um dieses Haus immer beneidet«, sagte Elisabeth.

»Ein Cognac, bitte schön«, sagte die Bedienung, sie war Anfang zwanzig und lächelte.

Georg machte nicht den Eindruck, als wolle er bis in alle Ewigkeit in seinem wunderbaren Haus alleine leben, Piel bürstete sein Bärtchen mit den Fingern und zupfte an seinem Ohrring. Widerlicher Kerl, dachte er, rauchte Zigarre, ohne daß es aufgesetzt wirkte, spreizte beim Espressotrinken den kleinen Finger ab, ohne prätentiös zu sein, berichtete von seinen beruflichen Erfolgen und seinen Reisen, war schon überall gewesen, ohne zu prahlen, war elegant, als könne er gar nicht anders, als sei er elegant geboren, war ohne Zweifel, war selbstbewußt ohne Ende und vermutlich nicht ohne Grund. Dieser widerliche Kerl, der ihn immer noch nicht beachtete, der ihn für einen Schulbuben hielt, der ihn ab und zu mit einem Blick bedachte, der *jetzt bin ich ja da, was wollen Sie noch hier* bedeuten mußte, vermutlich sogar *was willst du noch hier, mein Junge.* Sollte er aufstehen, gehen, wortlos vielleicht, gekränkt – aber das wäre kindisch, mit fast dreißig war man zu alt, um noch so jung zu sein. So ging es ja auch nicht, daß er das Feld kampflos räumte, daß er Elisabeth diesem Widerling überließ, der so unerträglich widerlich war, weil er etwa dreißig Sekunden gebraucht hatte, um ihn, Piel, zu beeindrucken – obwohl er sich noch jedesmal vorgenommen hatte, sich nie wieder von solchen Leuten beeindrucken zu lassen. Elisabeths Bein.

»Noch einen Espresso, für Sie«, sagte die Bedienung und schaute Georg an, wie man einen alten Mann anschaut, dann schaute sie Piel an, eine Frage im Blick.

Elisabeths Bein.

»Nein, danke«, sagte Piel.

Elisabeths Beine waren lang, sie trug einen knielangen schwarzen Rock und schwarze Nylonstrümpfe, Elisabeths Beine waren kein Gramm zu fett, vielleicht ein bißchen zu weich, Piel spürte es, als er ihr mit der Hand über die Innenseite der Oberschenkel fuhr, als er sie unter dem Tisch überall dort berührte, wo er mit seiner Hand und seinem Knie hinkam, als er ihr zublinzelte, mit vom Cognac schmaler gewordenen Augen, um zu sagen, daß er sie berührte und nicht Georg.

Elisabeth schwieg, auch mit den Augen, vielleicht fürchtete sie, daß es jemandem auffiel, wenn sie etwas sagte, vielleicht fand sie es anregend, vielleicht komisch, mit einem Mann zu reden und von einem anderen befummelt zu werden.

Piel deutete ihr Schweigen zu seinen Gunsten, als Zustimmung. »Fräulein!« rief er.

Die Bedienung kam, und als sie am Tisch stand, sagte er: »Zahlen, bitte.« Und zu Elisabeth sagte er: »Ich darf Sie doch einladen. Dafür, daß Sie mich zu Hause absetzen.«

»Natürlich, Herr Piel«, sagte Elisabeth, stand auf und schaute auf ihre Armbanduhr: »Mein Gott, ist es wirklich schon so spät!«

Auch Georg stand auf. »Ich melde mich, ich weiß ja, wie und wo ich dich erreichen kann. So schnell wirst du mich nicht mehr los«, er lächelte, half ihr in den Mantel, nahm ein letztes Mal ihre Hand in seine und küßte sie auf beide Wangen.

»Das wäre nett«, sagte Elisabeth und verließ, nicht ohne ihn laut und deutlich zu siezen, mit Piel das Café OffenBar.

»Deinen Autoschlüssel, gib mir deinen Autoschlüssel«, sagte Piel draußen vor der Tür, der Nebel war noch dichter geworden.

»Warum?« fragte Elisabeth.

»Frag nicht«, sagte Piel und nahm ihr den Schlüssel aus der Hand. Dann setzte er sich auf den Fahrersitz ihres

BMWs, sie setzte sich wie selbstverständlich neben ihn. Er gab Gas, fuhr mit niedrigen Gängen hohe Drehzahlen, damit die Heizung schneller ansprang und es im Auto schneller warm wurde. Nach ein paar Minuten war die Fahrt beendet, das Radio fing an, Musik zu spielen, der BMW stand auf einem Feldweg. Piel drehte den Schlüssel im Zündschloß nach links, der Motor war aus. Die Scheinwerfer waren dunkel, die einzigen Lichter die Beleuchtung des Radiogeräts, der Nebel senkte sich fast bis zum Autodach, zum Himmel hin wurde es klarer, es schien eine klare Nacht zu werden.

Als Piel Elisabeths Bluse aufknöpfte, fragte sie ihn, was denn so dringend gewesen sei.

»Das«, antwortete Piel und fuhr mit der Zunge über ihren Hals.

»Du riechst nach Cognac«, sagte sie und kicherte wie ein junges Mädchen. »Wir holen uns noch den Tod«, sagte sie und fragte: »Ist das da oben der Mond?«

»Das da oben ist der Mond, extra für uns.«

Es war drei Wochen her, daß er zum ersten Mal die Initiative ergriffen und nicht getan hatte, was sie für das Beste hielt. Piel schüttelte den Kopf, ohne es zu tun – als er sich an die Szene im Café erinnert hatte, als er daran dachte, daß sie in diesen gerade einmal zwei Stunden auf dem Feldweg öfter miteinander geschlafen hatten als sonst in einem ganzen Monat, war ihm aufgefallen, daß er nicht mehr genau wußte, wie Elisabeth aussah, zumindest waren ihm Details abhanden gekommen, der Haaransatz, ihre Augenbrauen. Dann hatte er versucht, ihr Gesicht zu zeichnen, um sich wieder ein genaueres Bild von ihr zu machen, aber sein Zeichentalent war noch unzulänglicher als sein Gedächtnis, und beides zusammen ergab, daß die Zeichnung eine mittlere Katastrophe geworden war, und mit jedem Strich, den er hinzufügte, zu einer kompletten

Katastrophe wurde. In der Wirklichkeit, und nicht auf diesem Blatt, sah Elisabeth aus wie gemalt, selbst morgens, wenn einer der seltenen Fälle eingetreten war, daß sie zusammen im gleichen Bett aufwachten, sah sie aus, als hätte sie sich, während er geschlafen hatte, noch einmal frisch gemacht. Sie hatte sich verändert. Vor dem Treffen im Café hatte er immer gedacht, sie sei ihm irgendwie zugelaufen, es war schön, daß sie da war, man war nicht so alleine zu zweit. Nach dem Treffen hatte er sie erobert. Nun hatte er Verantwortung für eine Frau, die zwanzig Jahre älter war als er – er konnte keine Verantwortung für eine zwanzig Jahre ältere Frau übernehmen, die wußte, was sie wollte, und von der er nicht mal wußte, wie sie aussah. Er wußte, daß Georg viel besser zu ihr paßte, Georg mit seinen Zigarren, seiner Selbstverständlichkeit und seinem Haus. Das ärgerte ihn. Einerseits hatte er keine Lust, ihm Elisabeth einfach so zu überlassen. Andererseits war es kompliziert, um eine Frau zu kämpfen, bei der er sich nicht einmal sicher war, ob er sie haben wollte. Piel fügte eine Haarlocke hinzu, die Bleistiftspitze brach ab. Ihm war nicht klar, was er fühlen sollte. Es mußte eine Möglichkeit geben, dachte er, und dann kam es ihm zumindest einen kurzen Augenblick lang bedenklich vor, darüber nachdenken zu wollen, was er fühlen sollte.

Die Tür öffnete sich. Brubeck kam herein, hing seinen Mantel und den Hut an den gleichen Garderobenhaken, nahm die Zeitung aus der Manteltasche, beachtete ihn nicht weiter, setzte sich, legte die Füße auf den Tisch und begann zu lesen. Seine Schuhe waren von rotem Sand überzogen, feiner roter Sand. Piel spitzte den Bleistift. Er schob die Erinnerung weg und konzentrierte sich auf die Gegenwart. Er hatte sich eine Strategie zurechtgelegt. Er schaute auf das Blatt und einen kurzen Moment zu Brubeck, seine Augenlider zuckten. »Wieviel verdienen Sie im Monat?« fragte er beiläufig, während er sich, damit es ganz besonders beiläufig aussah, an einer Art Schatten auf Elisabeths Nase versuchte.

22

»Bitte?« fragte Brubeck in einem Ton, den Piel fast als freundlich empfand.

»Wieviel verdienen Sie im Monat?«

»Was geht Sie das an?«

»Ich frage nur.« Piel setzte einen letzten Strich, hielt das Bild in die Luft, um besser sehen zu können, was er gezeichnet hatte. Die Nase war zu schmal, aber das ganze Gesicht zu breit, der Schatten auf der Nase sah aus wie ein Leberfleck.

Brubeck las Zeitung.

Piel spitzte den Bleistift, obwohl es nicht nötig gewesen wäre. »Fünftausend.«

»Was?« fragte Brubeck, ohne bei der Sache zu sein.

»Ich schätze, Sie verdienen etwa fünftausend Mark im Monat, eher mehr, fünfeinhalb vielleicht.«

Brubeck schaute ungerührt auf die Zeitung.

»Viel Geld.« Mit dem Briefkopf der Polizei erinnerte die Zeichnung, die Elisabeth ähnlich sehen sollte, an ein Phantombild, an eine Art Steckbrief. »Für das, was Sie tun.« Piel schrieb in großen Buchstaben *Gesucht* auf das Blatt. »Für Zeitunglesen und Jammern.«

»Was wollen Sie von mir?« Brubeck nahm die Füße vom Tisch.

»Nichts. – Aber ich würde auch jammern, wenn ich meine Frau alleine eine solche Strecke unter dem Einfluß von Amphetaminen hätte fahren lassen.«

»Sie haben sich umgehört«, bemerkte Brubeck knapp.

»Man hört, was man hört.«

»Warum?« Brubeck zündete sich eine Zigarette an, seine Finger zitterten leicht.

»Was?«

»Warum es Sie interessiert?«

»Es ist Ihre Schuld.«

»Meine Schuld?«

»Ich langweile mich. Und Ihr Fall ist der einzige Fall, der hier wenigstens ansatzweise interessant zu sein scheint.«

»Und was hört man sonst noch aus Langeweile über einen Fall, bei dem zufällig meine Familie ums Leben gekommen ist?«

Piel zerknüllte das Blatt und warf es in den Mülleimer. »Man hört, daß das Auto nicht gerade im besten Zustand gewesen sein soll.«

»Karen ist diesen Wagen dreizehn Jahre lang gefahren. Sie hätte sich in keinen anderen Wagen gesetzt. Sie hatte keinen einzigen Unfall mit diesem Wagen.«

»Einen.«

»Es war nicht ihr Unfall.«

»Wessen Unfall war es dann?«

»Das wissen Sie, wenn Sie gehört haben, was man so hört.«

»Sie sind der einzige, der daran glaubt.«

»Dann bin ich der einzige, der weiß, was er sagt.«

»Wenn das so ist, können Sie mir ja sagen, was Sie wissen.«

Brubeck nahm einen langen Zug und drückte die Zigarette im Aschenbecher aus. »Warum sollte ich?«

»Warum nicht? Befürchten Sie, auch danach der einzige zu sein, der daran glaubt?«

»Es ist mir egal.«

Piel nahm einen zweiten Polizeibriefbogen und begann von vorne. Er war noch unkonzentrierter, und schon die Umrisse von Elisabeths Gesicht hatten mit ihrem wirklichen Gesicht so wenig zu tun, daß er das Blatt gleich zerknüllte und in den Mülleimer warf.

Brubeck schwieg. Er rauchte und starrte an die Wand.

Piel wußte nicht, was Brubeck dachte. Aber so, wie er

ihn zwischendurch von schräg unten anblinzelte, schien ihm etwas daran zu liegen, ob Piel ihn verstand, ob Piel ihm vielleicht sogar Recht gab. »Wollen Sie mir etwas sagen?« fragte Piel.

»Ich denke gerade darüber nach«, antwortete Brubeck, und nach ein paar Minuten, von denen Piel nicht mehr sagen konnte, ob es drei oder zehn waren, erklärte er: »Gut. Ich werde Ihnen die Geschichte erzählen.«

»Das ist vernünftig«, sagte Piel.

»Aktivol«, begann Brubeck dozierend wie ein Professor, stand auf, ging zum Fenster und steckte die Hände in die Hosentaschen. »Sie haben davon gehört.«

Piel nickte.

»Sie hat diese Tabletten genommen, weil ihre Agentur einen wichtigen Auftrag hatte und Karen das Projekt geleitet hat. Es hing viel davon ab, nicht nur für sie selbst, auch für die Firma – sie ist übrigens letztes Jahr endgültig bankrott gegangen. Zehn Stück hat Karen genommen, zehn Tabletten, von Montag bis Freitag. Eine Woche lang zwei Tabletten am Tag.«

»Zehn Stück, von denen Sie wissen. Bis sie den Tod fand.«

»Den Tod fand« – Brubeck schaute ihn hart an. »Klingt ja fast so, als hätte sie danach gesucht. Sie hat gesagt, daß sie nicht mehr als zehn genommen hat. Also hat sie nicht mehr genommen. Außerdem hat Dr. Drenz ...«

»Wir haben kurz miteinander gesprochen«, fiel ihm Piel ins Wort.

»Haben Sie. Tatsächlich. Dann kann ich mir den Rest ja schenken, wenn Sie schon alles haben.«

»Nicht alles.«

Brubeck lächelte spöttisch: »Haben Sie schon den Wilden Mann?«

»Bitte?«

»Das haben Sie also noch nicht. Es gibt hier eine Bar, die

Der Wilde Mann heißt. Dort, im Wilden Mann, sitzen drei Männer und trinken, wie sie es damals fast jeden Freitag abend getan haben. Und wie fast jeden Freitagabend fahren sie, wenn die Bar schließt, danach noch in einen Club außerhalb der Stadt; er heißt Candy's Place und hat vierundzwanzig Stunden am Tag geöffnet. Aber an diesem Freitag haben sie es nicht bis zu Candy's Place geschafft.«

»Glauben Sie.«

»Ich kenne dort eine Bedienung, ich habe ihr einmal einen Gefallen getan, ich weiß es genau. Die drei steigen in einen fast neuen Volvo und haben es eilig. Auf der Landstraße schneiden sie die Kurven und merken nicht, daß ihnen ein anderes Fahrzeug entgegenkommt. Es ist eine abgelegene Strecke, aber, wenn man sich auskennt, eine Abkürzung von der Autobahn in die Stadt. Gewöhnlich kommt einem dort auch niemand entgegen – gewöhnlich.« Brubeck senkte den Blick. »Jedenfalls kommt ihnen der Fiesta entgegen, der Volvo fährt auf Karens Straßenseite. Karen versucht auszuweichen, verzieht das Lenkrad, überschlägt sich, fährt gegen einen Baum. Sie bricht sich das Genick, im Fiesta gab es keine Kopfstützen. Das Auto fängt Feuer. Die Männer halten an.«

»Woher wollen Sie wissen, daß sie angehalten haben?«

»Kommt alles noch, alles zu seiner Zeit. Ihnen wird klar, was sie getan haben. Der Fahrer, vermutlich betrunken, muß wegen fahrlässiger Tötung mit einer Gefängnisstrafe rechnen, also beschließen sie zu schweigen und zu verschwinden. Daniel liegt im Straßengraben und stirbt eine Stunde später auf dem Weg ins Krankenhaus. Hätte man ihm gleich geholfen, hätte er überlebt.«

»Klingt so, als wären Sie dabeigewesen.« Piel merkte, daß Brubeck sich Mühe gab, seine Erregung zu unterdrücken – ständig faßte er sich an die Nase, hatte schon zweimal das Fenster geöffnet und gleich wieder geschlossen.

»Haben Sie schon mal jemanden verhaftet?« frage Brubeck.

»Ja«, antwortete Piel.

»Waren Sie bei der Tat anwesend?«

»Selten.« Piel zeichnete, warf weg und zeichnete neu.

»Also. Der Volvo kommt um drei Uhr vierzehn an der Radarfalle vorbei. Der Wilde Mann schließt um drei, meistens sehr pünktlich, weil der Wirt, ein ehemaliger Zuhälter, auf Bewährung raus ist und keine Schwierigkeiten mit der Polizei haben will. Vom Wilden Mann zum Unfallort braucht man ungefähr zehn Minuten, vom Unfallort zur Radarfalle fünf – wenn man schnell fährt. Nachts, wenn die Straßen frei sind, kann man es sogar schneller schaffen. Der Unfall passierte, laut Angabe des Labors, etwa zehn Minuten nach drei, das war ziemlich exakt festzustellen. Es paßt fast auf die Sekunde genau. Das ist noch nicht alles. Das Radargerät ist fest installiert, sogar ein Schild weist darauf hin. Die drei sind mindestens einmal die Woche dort vorbeigekommen.«

»Sie müßten die Anlage gekannt haben.«

»Man kann sie kaum übersehen. Man kann sie aber übersehen, wenn man durcheinander ist, wenn man nicht mehr klar denkt, in Panik, wenn man zum Beispiel gerade jemanden versehentlich umgebracht hat.«

»Was haben die drei Männer dazu gesagt?«

»Der Fahrer sagt, daß der Wagen neu gewesen ist und er im Überschwang des neuen Fahrgefühls nicht mehr an die Radarfalle gedacht hat. Im Überschwang des Fahrgefühls! Es sei eine Spritztour gewesen, um seinen Freunden den Wagen vorzuführen – mitten in der Nacht. Bis zum Unfallort seien sie allerdings gar nicht gekommen. Sie hätten schon ein paar hundert Meter davor umgedreht.«

»Und was sagen die beiden anderen?«

»Das gleiche. So gleich, daß es nur abgesprochen sein kann. Selbst der Wirt im Wilden Mann sagt, daß zwar die

Mitfahrer etwas getrunken haben, der Fahrer aber vollkommen nüchtern gewesen ist. Er hat es ohne zu zögern gesagt. Als hätte er gewußt, was ich ihn fragen würde.«

»Soviel ich weiß, waren Sie nicht an den offiziellen Ermittlungen beteiligt.«

»Nein. Ich galt als befangen. Was aber nicht unbedingt bedeuten muß, daß man alles ignoriert, was ich inoffiziell ermittelt habe.«

»Hat man?«

»Hat man.«

»Sie glauben nicht, daß es eine Kollision zwischen den beiden Fahrzeugen gab?«

»Vermutlich nicht.«

»Wieso?«

»Ich habe mir das Radarfoto angesehen, ich habe es sogar geschafft, Frau Kopperat davon zu überzeugen, daß sie den Wagen, das Foto des Wagens, von einem unserer Spezialisten genauer untersuchen läßt. Es ist nichts dabei herausgekommen. Der Fiesta war vollkommen ausgebrannt, da war überhaupt nichts mehr zu sehen.«

»Es gab nicht nur das Foto des Wagens.«

»Es gab den Wagen, aber nach dem Unfall war mehr als eine Woche vergangen, bis ich ihn mir anschauen konnte, weil ich erst nach einer Woche davon erfahren hatte. Entweder gab es keine Kollision, oder den Volvo hat es nicht an der Frontseite, sondern auf der Fahrerseite erwischt, also auf der Seite, die man auf dem Foto nicht sehen kann. Ich halte es für kein unlösbares Problem, einen Wagen innerhalb einer Woche wieder so reparieren zu lassen, daß die Beschädigung nicht mehr nachzuweisen ist. Vor allem, wenn man über die nötigen Mittel verfügt.«

»So erklären Sie sich das, aha, das ist ja interessant«, sagte Piel.

»Es ist die einzig mögliche Erklärung«, erwiderte Brubeck langsam und deutlich.

»Und wie erklären Sie mir, warum die Männer ausgestiegen sind?«

»Erstens habe ich es überhaupt nicht nötig, Ihnen irgend etwas zu erklären, und zweitens raucht der Fahrer, nämlich Mercedes-Zigaretten, eine Marke, die außer ihm kein Mensch raucht.«

»Das ist kein Verbrechen.«

»Nein. Aber es deutet auf ein Verbrechen hin, daß ich zwei Meter von Karens Wagen entfernt den Stummel einer Mercedes-Zigarette gefunden habe. Sie müssen dort gewesen sein. Auch das hat Frau Kopperat ignoriert – *Herr Brubeck, und wir sollen Ihnen wirklich glauben, daß Sie diese Zigarette dort gefunden haben?!* Kurze Zeit später hat sie das Verfahren eingestellt.«

Brubeck zog mehrmals in kurzen Abständen hintereinander die Augenbrauen hoch, was wohl heißen sollte *und jetzt, jetzt fällt Ihnen wohl gar nichts mehr ein.* Piel wich Brubecks Blick aus und schaute auf seine Zeichnung, die vierte oder fünfte, die er angefertigt hatte. Es war die beste von allen, aber irgend etwas stimmte immer noch nicht. Er wußte nicht, was es war, zerknüllte das Blatt, dann fiel ihm doch noch etwas ein: »Darf ich Sie etwas fragen?«

»Seit wann fragen Sie, ob Sie mich etwas fragen dürfen?«

»Es ist eine eher private Frage.«

»Fragen Sie, dann werde ich entscheiden, ob ich Ihre Frage beantworte.«

»Warum sind Sie damals nicht mit Ihrer Familie an die Ostsee gefahren?«

Brubecks Züge entspannten sich: »Das ist keine private Frage. Ich wollte, aber ich konnte nicht, weil ich arbeiten mußte.«

»Hatten Sie das nicht schon vorher gewußt?«

»Einen Tag vor der Abfahrt ist Krull krank geworden, er hat sich zu Hause ins Bett gelegt und darauf bestanden, daß ich hier bin, wenn er nicht hier sein kann, weil er nicht wollte, daß Schröder alleine hier ist.«

»So war das.«

»So war das. Glauben Sie immer noch, daß ich überbezahlt bin für das, was ich tue?«

»Was tun Sie?«

»Ich ertrage. Damit aus dem Unglück keine Katastrophe wird. Nebenbei bemerkt, hat man höhere Abzüge, wenn man plötzlich keine Frau und keine Kinder mehr hat. Zwei Wochen nach dem Unfall haben sie mir den Bescheid geschickt. Sie hätten wenigstens drei Wochen warten können. Anstandshalber.«

Eine knappe Stunde war vergangen, Piel bemalte ein Blatt nach dem anderen, warf eins nach dem anderen in den Papierkorb. Er schien das Gesicht einer jungen Frau zu malen, mehr konnte Brubeck von seinem Platz aus nicht sehen. Wenn er nicht malte, wählte er eine Nummer, besser gesagt, beim ersten Versuch hatte er die Nummer gewählt, bei den folgenden Versuchen nur noch die Wahlwiederholtaste gedrückt. Aber schon beim ersten Versuch hatte Piel, kaum hatte er die Nummer gewählt, wieder aufgelegt, ohne ein Wort zu sagen, als gehe es ihm nur darum, herauszufinden, ob jemand zu Hause war. Brubeck blätterte um und las einen Bericht im Sportteil, der ihn nicht interessierte. Er war Piel keine Auskunft schuldig, und es war ihm vollkommen egal, was er von ihm dachte. Vielleicht hätte er den Mund halten sollen. Vielleicht auch nicht. Vielleicht hätte Piel nie aufgehört, zu fragen, nicht nur ihn, auch andere. Er hatte mit Drenz gesprochen, vermutlich auch mit Kopperat, mit dieser unausstehlich arroganten Kuh, die immer so tat, als sei sie schrecklich gelangweilt von den Dingen, die man erzählte, als müsse sie nur einen Blick in ihre beschissenen Statistiken werfen, um zu wissen, wohin der Hase läuft, als gäbe es mathematische Formeln, um die Wahrheit auszurechnen, *Herr Brubeck, es ist zehnmal so wahrscheinlich, daß –* egal, es war die Vergangenheit, es war vorbei, zumindest dieser Teil der Vergangenheit. Brubeck hoffte, daß Piel sich mit dem, was er in der Gegenwart wußte, zufriedengab. Er würde ihn trotzdem im Auge behalten.

23

Er empfand es als eine Art Auszeichnung, Brubeck zum Reden gebracht zu haben. Davon abgesehen hatte es ihn wirklich gefreut, daß Brubeck sich ihm anvertraut hatte – anvertraut, vielleicht nicht gerade anvertraut, aber immerhin. Piel stand auf dem Bett, es war kurz nach sechs, draußen schon fast dunkel, es war Samstag abend, ein Tag, an dem er gewöhnlich wegging, wenn er keine Bereitschaft hatte. Und da Brubeck schon seit geraumer Zeit auf Krulls Anordnung keine Bereitschaft mehr hatte, hatte auch Piel vorläufig keine, weil er den gleichen Dienstplan hatte wie Brubeck. Er hatte vorläufig sogar Brubecks Privileg, morgens erst um neun kommen zu müssen, während alle anderen gegen halb acht anfingen. Aber Piel hatte auch niemanden, mit dem er weggehen konnte; von Elisabeth abgesehen, wohnten die wenigen Menschen, die er noch als seine Freunde bezeichnete, in Köln oder Berlin, und wenn er genauer darüber nachdachte, hatte er selbst dort niemanden mehr, den man, vernünftig betrachtet, noch als Freund im engeren Sinn bezeichnen konnte.

Hundert Freunde aus seiner Schulzeit fielen ihm ein, es waren immer weniger geworden. Beste Freunde fielen ihm ein, die gab es schon lange nicht mehr. Es lag an den Umständen, vielleicht an ihm, vielleicht am Alter. Viele waren verheiratet, viele arbeiteten inzwischen, manche in führenden Positionen, ein paar waren in den Städten hängengeblieben, in denen sie studiert hatten – einer am Lehrstuhl, einer als Skatprofi, einer als Hausmeister seines Studentenwohnheims – die meisten würden sich, solange es ging, mit Gelegenheitsjobs über Wasser halten, und wenn es nicht mehr ging, nur noch von Sozialhilfe leben. Viele waren Schreiner geworden, nachdem sie ihr Studium abgebrochen hatten, manche Gärtner. Zwei der stärksten, souveränsten waren in der Psychiatrie gelandet, einer war wieder entlassen worden und hatte sich einen Tag danach in der Garage seiner Eltern vergast – *lebensunwertes Leben* hatte er mit dem Finger auf die dreckige Garagenfensterscheibe geschrieben. *Kitsch, saurer, melodramatischer Kitsch,* hatte Piel im ersten Augenblick gedacht, irgendwie hatte er an einen Film gedacht und dann erst gemerkt, daß es kein Film, sondern die Wirklichkeit war, und daß im wirklichen Leben auch kitschig gestorben zu sein tot zu sein bedeutete; Piels bester Freund vom Kindergarten bis zur zehnten Klasse war Sänger einer Band geworden, die es regelmäßig in die deutschen Top Ten schaffte, Piels erste Freundin war inzwischen die Frau seines Mathematiklehrers und Mutter von Vierlingen, es ging ihnen den Verhältnissen entsprechend gut.

Wenn er, es hatte kurz nach seinem sechsundzwanzigsten Geburtstag angefangen, mit seiner Mutter telefonierte, sie kannte die meisten seiner alten Freunde und deren Mütter noch, hatte sie immer eine neue Geschichte, gab es eine neue Wendung im Leben eines alten Freundes, manchmal eine glückliche, meistens eine unglückliche, und je näher er seinem dreißigsten Geburtstag kam, um so mehr Geschichten wurden es – *erinnerst du dich noch an den kleinen Müller, du glaubst gar nicht, was aus dem geworden ist!* Früher waren es Veränderungen gewesen, eine Richtung, die jemand einschlug, ob freiwillig oder unfreiwillig, viele änderten sie wieder, um neue Richtungen einzuschlagen. Man streifte die Dinge ab, nun klebten sie an einem, vermutlich bis zum Ende. Einer seiner alten Freunde war schwul geworden, er war es schon immer gewesen, aber nun war er es den ganzen Tag. Er, Piel, war ganz anders. Manchmal bedauerte er es. Immerhin waren diese Leute, diese Schwulen und wer auch immer, fest, nicht beliebig, wie sein Vater. Elisabeth war fest, selbst wenn ihr Körper schon ein bißchen weich war, Georg war fest, Brubeck war fest. Er selbst glaubte manchmal, von allem ein bißchen zu sein, so sein zu können, wie es ihm gerade paßte, manchmal so, manchmal anders. Manchmal hoffte er das Gegenteil.

Vor Jahren jedenfalls hatte er noch gelacht über das Flugblatt eines Partyservice, der damit warb, nicht nur für Musik, Essen und Getränke zu sorgen, sondern auch dafür, daß Gäste kamen. Jeder Gast kostete zwanzig Mark am Abend, selbstverständlich mußte man sie bewirten, sie waren immerhin Geburtstagsgäste, selbst wenn sie keine waren. Piel hatte laut gelacht. Im November wurde er dreißig. Er wollte nicht daran denken. Er war alleine, er federte auf der Matratze wie auf einem Trampolin, er breitete die Arme aus, so müßte es sein, aber es war eng, es war ein Zimmer mit einer Decke, an der man sich den Kopf anschlug, so müßte es aber sein, dachte Piel, wenn einen die anderen nichts mehr angingen und man wußte, was man wollte, so, dann brauchte man den ganzen Platz für sich und konnte auch etwas damit anfangen, mit ausgebreiteten Armen hüpfte er, als wolle er fliegen, federte er, sprang er, zog er die Knie an, federte, sprang, so, so, so! Aber es war nicht so. Hoffentlich hatte ihn niemand gesehen. Er stieg vom Bett, ging ans Fenster, schielte nach draußen und ließ das Rouleau herunter.

Im Vorgarten gegenüber packte man die Arbeitsgeräte weg, eine Frau hatte den ganzen Tag Hecken geschnitten und vermutlich keinen Blick für ihn gehabt. Eine Katze sprang von einem Baum. Ein Auto fuhr vorbei. Ein Radfahrer fuhr ohne Licht, die Frau im Garten grüßte ihn. Wie er, Piel, sie anschaute! Heimlich, wie er sich wünschte, daß die Frau, die er nicht kannte, die nicht sehr sympathisch aussah und es wahrscheinlich auch nicht war, ihn genauso grüßen würde, wenn er an ihrem Garten vorbeiging. Es läutete. Er erwartete keinen Besuch, von wem auch. Vorsichtig zog Piel das Rouleau wieder ein Stück hoch und schaute nach draußen. Es läutete noch einmal. Auf dem Bürgersteig vor dem Haus stand ein Wagen, vor einer halben Minute hatte er noch nicht dort gestanden: Elisabeths Wagen, ihr silberner BMW. Elisabeth, war sie also doch nicht zum Geburtstag gefahren, Elisabeth!, sondern zu ihm hierher, es läutete zum dritten Mal. In der Aufregung hatte er vergessen, auf den Türöffner zu drücken. Er tat es, öffnete die Wohnungstür, lehnte sich an den Rahmen und versuchte, entspannt zu wirken. Er hörte das Klacken ihrer Schuhe auf den Steintreppen, sie ging schnell, und schon nach wenigen Sekunden sah er sie: »Sie sind nicht Elisabeth!« Ein dämlicher Satz, natürlich war sie nicht Elisabeth, und noch bevor sie sich vorstellte, wußte er, wer sie war – Elisabeth hatte oft erwähnt, daß ihre Tochter nun aussah, wie sie selbst früher einmal ausgesehen hatte, eine Frau für ein Modemagazin der gehobenen Klasse.

»Evelyn Hake, darf ich reinkommen.«

Es klang nicht wirklich wie eine Frage. Noch bevor Piel antworten konnte, schob sie sich an ihm vorbei, bog nach rechts in die Küche ab, setzte sich auf die Couch und schlug die Beine übereinander. Über der linken Brust trug Evelyn eine Diamant-Brosche, sie sah erschreckend echt und unverschämt teuer aus und war es vermutlich auch. »Machen Sie es sich gemütlich«, sagte Piel und setzte sich auf einen Freischwinger am Eßtisch.

»Sie sind Jan Piel.«

»Ja.«

»Gut. Bringen wir die Sache hinter uns.«

»Welche Sache?«

»Sie haben sich Elisabeth geangelt.«

»Nicht geangelt.«

»Ein Mann in Ihrem Alter geht nicht ohne Grund eine Beziehung mit einer fast fünfzigjährigen Frau ein.«

»Welchen vermuten Sie?«

»Geld, Aktien, Immobilien. Elisabeth ist wohlhabend, man könnte fast sagen, reich. Sie haben weniger Geld. Vermutlich keine Aktien und eine Mietwohnung.« Sie schaute sich kurz um. »Wohnung mag übertrieben sein.«

»Sie halten mich für einen Betrüger«, sagte Piel und wußte nun immerhin, daß Elisabeth, wenn sie sich auf eine Affäre oder mehr mit Georg eingelassen hatte, ihrer Tochter noch nichts davon gesagt hatte.

»Früher verwendete man das altmodische Wort Heiratsschwindler dafür. Und da Sie im Augenblick nicht die Absicht zu haben scheinen, die Beziehung zu beenden, und ich keine Lust habe, mir mit anzuschauen, wie meine Mutter sich selbst und ihr Vermögen verliert, möchte ich Ihnen ein Angebot machen.«

»Ein Angebot?«

»Fünfzigtausend Mark. Ich nehme an, Sie sind in der Lage, Elisabeth zu verlassen, ohne sie merken zu lassen, daß Sie es nicht ganz freiwillig tun. Ich nehme an, Sie haben Erfahrung in diesen Dingen. Elisabeth ist etwas, sagen wir, gefühlsverwirrt. Sie braucht ein hartes, klares Ende, um wieder aufzuwachen. Und ich will, aus vermutlich auch Ihnen einleuchtenden Gründen, nichts damit zu tun haben. Was sagen Sie dazu?«

»Was ich dazu sage?«

»Ja, das habe ich Sie gefragt.« Evelyn Hake griff in die Innentasche ihres Mantels, nahm eine flache schwarze Geldbörse heraus, aus der Börse nahm sie ein Stück Papier. »Das ist der Scheck, bereits unterschrieben und auf Ihren Namen ausgestellt. Sie müssen ihn nur noch zur Bank bringen.«

Piel schaute sie an.

Sie schaute Piel an und hielt den Scheck zwischen Daumen und Zeigefinger, wie man einem Hund ein Stück Wurst hinhält. »Fünfzigtausend! Wer weiß, wie lange es dauert, bis sie so viel von Elisabeth bekommen.«

»Gehen Sie.«

»Das ist eine Menge Geld.« Sie machte keine Anstalten aufzustehen. »Mehr als Sie in einem ganzen Jahr verdienen.«

Piel nahm sie am Arm, drückte zu und zog sie zur Tür, die nur zwei, drei Meter vom Sofa entfernt war.

»Sie können mich wieder loslassen. Wie Sie sehen, bin ich schon draußen.«

»Gut so«, sagte Piel, war schon dabei, die Tür hinter ihr zuzuziehen, zögerte und sah sie an: »Sind Sie verrückt? Haben Sie wirklich geglaubt, Sie könnten mir Ihre Mutter für fünfzigtausend Mark abkaufen?«

»Sind fünfzigtausend zu wenig?« Evelyn Hake grinste und warf die Tür vor seiner Nase ins Schloß. »Denken Sie darüber nach«, rief sie, als er ihre Schuhe schon auf der Steintreppe klacken hörte.

24

Er ging eine Treppe hinunter, in eine Art Wohnzimmer im Stil der siebziger Jahre, es gab keine Tanzfläche, aber ein paar Leute tanzten trotzdem. Die Decken waren niedrig, man konnte sie mit den Handflächen berühren, ohne sich strecken zu müssen. Die Farben waren hellblau, orange, hellbraun, giftgrün, die Stoffe aus Cord. Eine Discokugel wurde angestrahlt und drehte sich. Der Theker sah abwesend aus. Der *BubbleClub* hieß nicht nur so, es war auch so was wie ein Club, aus den Lautsprecherboxen kam die Erkennungsmelodie von Musik ist Trumpf, Piel fühlte sich ein wenig verwirrt. Seit Evelyn Hake gegangen war, glaubte er, einen Schritt neben sich zu stehen, in Nebel eingehüllt zu sein wie bei seinem letzten Treffen mit Elisabeth, als würde er seine Umgebung durch eine Milchglasscheibe wahrnehmen. Er ging zur Theke, bestellte einen Take Five und bekam einen.

»Neun.«

»Stimmt so.« Piel gab zehn Mark, der Theker steckte das Geld ein, ohne einen Blick darauf zu werfen, ohne sich zu bedanken. Piel trank. Die Mischung war ordentlich. Männer mit zu engen T-Shirts oder Hemden, Frauen mit Plateauabsätzen tanzten oder standen herum oder saßen auf Sofas. Auf den ersten Blick waren die meisten jünger als Piel, auf den zweiten Blick waren sie mindestens zehn Jahre jünger als Piel. Er kraulte sein Ziegenbärtchen, ein Sofa wurde frei, er setzte sich. Die Männer trugen Kinnbärte, wie Polizisten und Oberstudienräte sie trugen, Arschlochbärte, wie sie früher hießen. Die Mädchen trugen Zöpfe wie Schulmädchen. Piel trank aus, ging zur Theke, bestellte einen Take Five, bezahlte neun Mark, sagte »stimmt so«, dann ging er zurück zum Sofa und setzte sich. Neben ihm war noch ein Platz frei, aber nicht mehr lange, ein junges Mädchen setzte sich, betrachtete ihn kurz, ohne Regung. Piel schaute geradeaus, und wenn er den Eindruck hatte, daß sie wegschaute, sah er zu ihr hin. Sie war etwa zwanzig, unterschied sich nicht von den anderen, und Piel fand sie hübsch. Sie schaute ihn nicht oft an. Piel überlegte, ob er sie ansprechen sollte, er würde noch etwas warten. Er wollte sich nur mit ihr unterhalten, sich nur mit irgend jemandem unterhalten, und da sie sich schon mal zu ihm gesetzt hatte – vielleicht ein Wort, zwei, um ihre Stimme zu hören.

»Kannst du den Platz hier mal kurz freihalten?«

Sie zuckte mit den Schultern, als habe sie ihn nicht verstanden.

»Den Platz freihalten.«

Sie nickte.

Piel trank aus, stand auf, bestellte einen Take Five, legte acht Mark auf den Tresen – »Stimmt so« – abwesend steckte der Theker das Geld ein, ohne einen Blick darauf zu werfen. Piel grinste, das hatte er erwartet. Wie das Mädchen ihn angeschaut hatte! Als er sich setzte, berührte er ihren Oberschenkel. Piel war sicher, daß die meisten Gäste des BubbleClub etwas eingeworfen hatten. In einer Ecke rauchten zwei junge Männer einen Joint, man zelebrierte es nicht mehr, wie man es in Piels Jugend zelebriert hatte. Offenbar war das Mädchen alleine hier, sie wirkte gelangweilt.

»Möchtest du etwas trinken?«

»Wie?«

»Möchtest du was trinken?«

»Sie wollen mich einladen?«

Sie siezte ihn. Na gut, sie siezte ihn, was war schon dabei, sie war eben schüchtern. »Ja.«

»Wenn Sie wollen.«

»Was?«

»Egal.«

Piel trank aus und stand auf. Er schwankte etwas, er hatte schon drei Gläser getrunken und war noch nicht länger als eine halbe Stunde hier. Ein Glück, daß sich dieses Mädchen neben ihn gesetzt hatte, er hatte keine Lust, den ganzen Abend alleine zu bleiben. »Zwei Take Five.«

»Zwei.« Der Theker mixte.

Piel sah zu dem Mädchen. Sie hatte den Oberkörper etwas vorgebeugt, ihre Hände lagen auf den Knien. Sie hatte rote Haare. Piel mochte rote Haare. Auch Elisabeth hatte rote Haare.

Der Theker stellte die beiden Gläser hin und schaute Piel kurz an, er war der einzige im BubbleClub, der etwa so alt wie Piel war: »Achtzehn.«

Piel war mutiger geworden und legte vierzehn Mark in Münzen auf die Theke. Der Theker steckte das Geld ein, ohne eine Blick darauf zu werfen. Piel setzte sich und gab dem Mädchen den Cocktail.

»Danke.«

»Bitte.«

Sie schaute geradeaus, ohne zu trinken, höflichkeitshalber trank auch Piel noch nicht. Er dachte an Elisabeth. Er schaute das Mädchen an. Er stellte sich vor, wie das Mädchen nackt aussehen würde, dann stellte er sich Elisabeth vor. Meistens lag er schon auf dem Rücken, wenn er Elisabeth nackt sah, weil sie nicht wollte, daß er sie beim Ausziehen beobachtete, dann setzte sie sich auf ihn, er mußte nur liegen bleiben, nichts tun, sie führte ihn, es ging fast von selbst, selbst im Wagen auf dem Feld war es so gegangen. Manchmal dachte er, und schämte sich dafür, daß eine Frau ihres Alters froh sein konnte, es nicht mit alten Männern wie Georg machen zu müssen, sondern einen jungen Mann zu haben wie ihn, das entspannte ihn. Es störte ihn nicht, daß sie bestimmte, was zu tun war, meistens. Manchmal störte es ihn doch, aber wenn er woanders hinwollte, merkte sie es nicht, dann ließ er es sein, so war es auch gut. Bei jungen Mädchen mußte er führen, weil sie nicht wußten, wo sie hinwollten, wie ein Mann beim Tanzen führte, in der Regel wurde der Tanz nicht allzu anmutig, mehr ein Kraftakt, eine Ausdauerleistung. Er war froh, wenn es vorbei war und das Mädchen wenigstens einmal laut geschrien hatte, das beruhigte ihn etwas, dann hatte er nicht alles falsch gemacht.

Das Mädchen neben ihm nippte am Glas. »Was ist das?«

»Take Five«, antwortete Piel einen Augenblick zu schnell und schaute zu Boden, als könne sie an seinen Augen ablesen, was er gerade gedacht hatte.

»Das ist scheiße.«

»Wieso?«

»Da ist kein Alkohol drin.«

»Darf ich?« Piel nahm das Glas und probierte. Sie hatte recht. Er probierte einen Schluck aus seinem Glas. Kein Alkohol. »Moment.« Er stand auf, ging zur Theke: »Was soll das?«

»Für sieben Mark gibt es hier nur alkoholfreie Cocktails«, sagte der Theker nüchtern.

»Zwei für neun Mark«, sagte Piel.

Der Theker mixte.

Piel nahm die beiden Cocktails für neun Mark, ging zurück zum Sofa und gab dem Mädchen das Glas. Sie saß noch, dann unterhielt sie sich mit einem jungen Mann, er hatte schon eine Zeitlang neben dem Sofa gestanden. Er war etwa zehn Jahre jünger als Piel, Piel rauchte. Sie nippte an ihrem Glas und ging mit dem jungen Mann in einen anderen, durch einen Vorhang abgetrennten Raum des Clubs. Sie hatte Piel nicht mehr angeschaut. Er trank sein Glas aus und blieb noch eine Weile sitzen. Sie hätte zumindest danke schön sagen können, oder ich habe einen alten Freund getroffen oder irgendwas, aber sie konnte nicht einfach gehen! Auf dem Platz neben ihm saß ein anderes Mädchen, den Oberkörper etwas vorgebeugt, ihre Hände lagen auf den Knien, Piel ging zur Theke: »Einen.«

Der Theker mixte. »Sie hat dich nicht gesehen.«

»Wie?«

»Das Mädchen, das vorhin neben dir gesessen hat. Wenn man ihr jetzt ein Foto von dir zeigen würde, würde sie behaupten, den Mann auf dem Foto noch nie gesehen zu haben. Die sind so. Die sind fast alle so, ob sie was genommen haben oder nicht. Die sehen dich einfach nicht.«

»Meinst du.«

»Ja.«

»Warum?«

»Das Alter. Wer weiß. Neun Mark.«

Piel blieb an der Theke stehen und trank langsam, er dachte darüber nach, ob der Theker das Alter des Mädchens oder sein, Piels, Alter gemeint hatte, dann sprach er ihn darauf an.

»Zu jung für die Alten, zu alt für die Jungen«, antwortete der Theker, dann zwinkerte er ihm zu: »Vielleicht noch nicht alt genug für die Jungen, du mußt warten bis fünfundvierzig, dann sehen dich die Häschen wieder«, sagte er zum Schluß, dann setzte er, vermutlich aus geschäftlichen Gründen, sein abwesendes Gesicht auf und betrachtete das Gespräch als beendet.

Piel trank aus und verließ den BubbleClub. Draußen trat er die Maschine an und fuhr los. Wenn ihn jemand anhalten würde, würde er seinen Polizeiausweis zeigen, hier wäre es wie überall, die Kollegen würden ihn weiterfahren lassen, ihn höchstens bitten, ein Taxi zu nehmen. Piel gab Gas. Er fuhr langsam, mußte ein Auge zusammenkneifen, weil er doppelt sah. Aber mein altes Mädchen, würde sein Vater jetzt sagen, hat noch immer den Weg alleine nach Hause gefunden, Cognäcchen, haha! die Maschine stotterte.

Piel schwitzte. Unter der Lederjacke war es unerträglich heiß, und er hatte das Motorrad samt Seitenwagen mindestens zehn Kilometer weit, so kam es ihm zumindest vor, bis zur Tankstelle geschoben. Er tankte. An der Tankstelle wurden gebrauchte Autos verkauft. Es gab einen fast nagelneuen Landrover, er kostete knapp fünfzigtausend Mark, Piel schaute sich das Fahrzeug an und dachte nach, fünfzigtausend, er war durcheinander. Dann ging er in das Tankstellengebäude, um zu bezahlen, er nahm gar nicht mehr richtig wahr, was er sah, die Milchglasscheibe war noch dicker geworden und er noch verlorener. Immerhin würde die Kassiererin, eine kräftige junge Frau, mit ihm reden müssen, ein paar Worte vielleicht.

Piel kramte den Geldbeutel aus der Hosentasche; in einer Ecke des Raumes standen zwei Männer, vermutlich

Rentner, mit faltigen Gesichtern, Dreck unter den nikotingelben Fingernägeln, offene Bierflaschen auf dem Kühlschrank. Piel schaute sie einen Moment zu lange an und fixierte sie, wenn man mit einem Blick fixieren konnte, damit das Bild nicht vor seinen Augen verschwamm.

»Wie steht's, junger Mann«, sagte der ältere der beiden Männer, griff zur Flasche und prostete ihm zu, »trinkst du – Verzeihung«, er verbeugte sich knapp, »trinken Sie einen mit?«

25

Es war Montag morgen. Brubeck hatte geduscht, er rasierte sich, am Samstag hatte er im Badezimmerschrank noch einen halben Flakon Rasierwasser gefunden. Im Wohnzimmer lag ein kleiner Stapel frischer Wäsche, er zog eine Unterhose an, Socken und ein Hemd, er hatte es schon ein paar Tage getragen, es roch annehmbar. Brubeck ging in die Küche. Auf dem hellgrauen Blechregal stand eine Flasche Gin, sie war leer. Auch die Flasche für Notfälle unter dem Sofa war leer, genau wie seine Taschenflasche. Eine winzige Dose Bier war alles, was er in der Küche fand, er riß sie auf und trank sie in einem Zug, seine Hände zitterten. Er wartete eine halbe Minute, seine Hände zitterten immer noch. Brubeck schaute aus dem Fenster, das Wetter war unfreundlich, er zog den Kopf ein. Er ging in den Flur und starrte auf die Schlafzimmertür. Er würde es nicht tun. Er tat es. Er drehte den Schlüssel im Schloß um, im Schlafzimmer roch es, wie er sich fühlte, abgestanden, säuerlich. An der Decke Spinnweben, über allen Gegenständen und auf dem Teppich Staub wie grauer Schnee. Auf der Kommode ein Foto im Holzrahmen, Familie Brubeck am Ostseestrand, vor zehn Jahren. Brubeck bemühte sich, es zu ignorieren, kniff die Augen zusammen, ging zum Schrank, öffnete die Tür, sie knarrte. Ganz hinten, unter einem Stapel Hemden, lagen zwei leere Flaschen Wodka, in einer davon noch ein halber Schluck, er schmeckte widerlich. In Karens Nachttischschublade eine Flasche Klosterfrau Melissengeist, im Karton verpackt, ein Aufkleber wünschte alles Gute fürs neue Jahr von Ihrer Apotheke. Brubeck verließ das Schlafzimmer, schloß wieder ab und schraubte die Flasche auf. Er trank sie leer. Klosterfrau Melissengeist. Es schmeckte erträglicher, als er gedacht hatte. Bald würde er Brennspiritus trinken. Oder Franzbranntwein. Er warf die Flasche gegen die Wand, sie ging nicht einmal kaputt.

Er zog sich an, steckte die Walther in den Hosenbund. Seine Hände waren ruhig. Er verließ die Wohnung, ein Mentholbonbon im Mund, eine Zigarette zwischen den Lippen.

Auf dem Trottoir begegneten ihm zwei Hausfrauen unter einem Regenschirm. »Ach, der Herr Brubeck, haben Sie auch Wasser im Keller?«

»Nein.«

Ein Zeuge Jehovas trat auf ihn zu und bot ihm den *Wachturm* an. Brubeck schob ihn weg, stieg in seinen Wagen, rammte beim Rückwärtsfahren die Stoßstange des hinter ihm parkenden Käfers, er fuhr los und hielt an einem Supermarkt, um Getränke zu kaufen; zum ersten Mal seit drei Jahren war es ihm fast peinlich, mit nichts außer fünf Flaschen Gin an der Kasse zu stehen. Brubeck setzte seinen Weg fort und hielt vor der Sparkasse auf einem der Behindertenplätze. In der Sparkasse schob er der Bankangestellten hinter dem Schalter einen Scheck durch die halbkreisartige Öffnung in der Plexiglasscheibe.

»Sechzehntausend. Bar?« fragte sie und schaute halb den Scheck, halb Brubeck an.

»Wie sonst?«

»Dauert einen Augenblick«, sagte sie und wies auf eine Sitzgelegenheit aus Metallrohr und Leder.

Brubeck nahm Platz. Der Augenblick war vorüber, die

Angestellte noch immer nicht zurück. Die Tür öffnete sich. Ein Mann mit schmierigen Haaren und Kleidern kam in die Schalterhalle und sah sich um. Er torkelte, hatte sich ein großes Taschentuch vor Mund und Nase gebunden und fuchtelte mit den Armen: »Überfall!«

Brubeck war der einzige Kunde, er räusperte sich.

Hinter einem zweiten Schalter stand ein zweiter Angestellter, er lockerte die Krawatte. Er schien nicht zu wissen, was er tun sollte, aber er kannte Brubeck und warf ihm einen ratlosen Blick zu: »Herr Kommissar?!«

Brubeck nickte, zuversichtlich.

Supa Tupperware fiel es schwer, einen Fuß vor den anderen zu setzen, ohne zu stolpern. »Überfall, Hände hoch, wenn dir dein Leben lieb ist, eine Million will ich, und ruf die Bullen, Junge, ruf die Bullen.«

Brubeck war aufgestanden, ging langsam auf Supa zu und legte ihm die Hand auf die Schulter: »Komm schon, so macht man keinen Überfall.«

Der Angestellte hatte sich geduckt.

»Hey, Brubbi, das ist Brubbi!«

»Genau, Brubbi« – Brubeck legte ihm die zweite Hand auf die andere Schulter, drehte ihn um und führte ihn nach draußen.

»Hey, Brubbi, wenn ich gewußt hätte, daß du schon vor mir hier bist, wär ich woanders hingegangen – Brubbi, Mensch, daß wir beide am gleichen Tag ...«

»Du bleibst hier.« Er zeigte auf die Eingangstür der Bank. »Du gehst nicht mehr dort rein. Hast du das verstanden?«

»Bin ja nicht taub, Brubbi.«

Der Bankangestellte nickte freundlich, als Brubeck zurückkam und sich setzte. Kaum saß er, betrat auch Supa wieder die Sparkasse. Jetzt hatte er das Taschentuch um die rechte Hand gebunden, den Zeigefinger ausgestreckt, sein rechtes Handgelenk stützte er auf die linke Hand, er ging auf den Schalter zu: »Bäng, Bängbängbäng, Überfall, nur kleine Scheine, und ruf die Bullen, drück schon dein verdammtes Knöpfchen!« Dann fiel er über die eigenen Füße und knallte mit dem Kopf auf den Steinboden. Er war einen Moment lang benommen, kam wieder zu sich, schaute sich seine Hand an, erschrak, nahm das Taschentuch weg und war spürbar erleichtert, daß es sich nicht um den Lauf einer Waffe, sondern um seinen Finger handelte. Er stand auf, wankte, schüttelte den Kopf und verließ die Halle.

»Herr Brubeck, Ihr Geld«, rief die Angestellte vom Schalter.

Als Brubeck die Bank verließ, saß Supa draußen auf den Stufen, die Ellbogen auf den Knien, die Stirn auf den Fäusten, den schwarzen Himmel über sich: »Du hast es wenigstens geschafft. Die haben mich schon wieder abgelinkt. Meinen ganzen Schnee haben die mir geklaut, und jetzt lassen die mich nicht mehr rein, die Schweinesäcke.«

»Wer hat dir deinen Schnee geklaut?«

»Gestern, gestern abend, die Bullen, bei Gertrud, sind reingekommen, und als sie raus sind, haben die Supa mitgenommen und zu so einem Oberbullen gebracht, Kroll oder so, und der hat mir meinen ganzen Schnee abgenommen und gesagt, ich soll mich verdrücken, dann passiert mir auch nichts, er regelt das schon. Dann bin ich da heute morgen wieder hin und hab gesagt, die sollen mir meinen Schnee zurückgeben, Brubbi, den ziehen die sich doch selber rein, dann haben die mich wieder rausgeworfen, und dann bin ich wieder hin, und dann haben die die Tür von dem Bullenstall dichtgemacht, und Supa ist gar nicht erst reingekommen, dann hat Supa mit seinen eigenen Fäusten an die Tür gehämmert, weißt du, das sind Hände wie die Beine von Marilyn Monroe, aber nichts war mit Sesamöffnedich, und dann hab ich mir gesagt, wenn du schon nicht zu den Bullen darfst, läßt du doch die Bullen zu dir kommen, und dann hat Supa ...«

»... die Bank überfallen.«

»Genau, Brubbi, war doch eine klasse Idee, und Supa hat noch einen Sack voller Ideen, und wenn du es genau wissen willst, hat Supa bald den ganz großen Hit, Supa in allen Hitparaden, dann hat Supa es endgültig geschafft.«

»Wenn es einer schafft, dann du, Supa, keine Frage.«

»Gar keine Frage, Brubbi.«

Brubeck fuhr los Richtung Blauenberg, eine der besseren, etwas abgelegenen Wohngegenden der Stadt. Es war ruhig, ein paar ältere Frauen führten ihre Hunde spazieren, eine Katze überquerte die Straße, ein Eichhörnchen sprang von einem Ast auf einen anderen. Brubeck parkte vor einem Einfamilienhaus, stieg aus, ging durch den Vorgarten zum Eingang und läutete.

Bea, die ehemalige Tänzerin aus dem Blauen Hasen, öffnete die Tür. Sie trug einen leichten Morgenmantel, rauchte, irgendwo im Haus schrie ein Kind. »Kommen Sie rein. – Haben Sie das Geld?«

»Ja.« Brubeck gab ihr einen Umschlag.

»Wieviel?« fragte sie erwartungsvoll.

»Fünfzehntausend. Wie verabredet.«

»Das ist gut«, sagte sie zufrieden.

»Ich hoffe, es gibt keine Schwierigkeiten.«

»Wenn es Schwierigkeiten geben wird, liegt es nicht an mir.«

»Dann gibt es keine Schwierigkeiten. Ich kenne ihn.«

Bea senkte den Blick, dann lächelte sie: »Sie spüren nicht zufällig gerade ein unbändiges Verlangen auf eine Partie Black Jack, zum Wachwerden?«

»Nein. Ich will Ihnen das Geld ja nicht gleich wieder abnehmen. Wiedersehen.«

»Besser nicht.«

»Was?«

»Wiedersehen.«

»Besser nicht.« Brubeck drehte sich um und ging. Dann drehte er sich noch einmal um und sah sie an: »Ich kann mich wirklich auf Sie verlassen?«

»Ich bin Profi. Ich weiß, was ich tue.«

26

Er schaute sich um. Es war niemand in der Nähe, kein Husten, kein Hüsteln, die Wolken waren schwarz und hingen tief, er schaute hoch und fürchtete einen Augenblick lang, sich den Kopf daran anzuschlagen. Kramer nahm die beige Wollmütze ab und läutete – dreimal lang, dreimal kurz, dreimal lang, Maison Eve. Er läutete erneut, erneut öffnete niemand, Eves Stimme war nicht zu hören. Erst als er zum dritten Mal läutete, bemerkte er den kleinen quadratischen Zettel, er war unter die Klingelleiste geheftet:

```
G.!
Habe kurzfristig lukratives
Angebot erhalten. Mußte annehmen.
Habe noch versucht Dich anzurufen.
Habe Dich nicht mehr erreicht.
Tut mir leid.
E.
```

Kramer riß den Zettel von der Wand, zerknüllte ihn und warf ihn weg. Es war der erste Termin, den sie absagte. Es würde der letzte sein, dachte Kramer, dieses dämliche Flittchen, was bildete sie sich ein! *Habe lukratives Angebot erhalten!* Er war ein lukratives Angebot! Vermutlich das lukrativste, das sie je gehabt hatte. Er ließ das Kinn auf die Brust fallen, ein Schweißtropfen lief über seine Nase wie über eine Sprungschanze. Notgedrungen machte er sich auf den Rückweg. Er ging über die Hauptstraße, bergab am Kindergarten vorbei zu dem roten Weg am Fluß entlang.

Er hatte es nicht eilig, kickte eine leere Bierdose an, sie kullerte ins Wasser. Er hob einen Stein auf und warf ihn gegen den Schirm einer schwarzen Bogenlampe, er war schon kaputt gewesen, ein paar Scherben prasselten zu Boden wie ein Eisregenschauer. Ihm war heiß. Dort auf der Bank saß eine Frau. Niemand saß hier jemals auf der Bank, an diesem Weg, schon gar nicht alleine, schon gar nicht bei diesem Wetter. Eine junge Frau saß dort auf der Bank. Kramer ging schneller. Sie trug einen kurzen schwarzen Rock, oder – ein kurzer schwarzer Rock, vermutlich ein Lederrock, vermutlich aus Leder, ein kurzer schwarzer Lederrock. Sie hatte die Beine übereinandergeschlagen. Kramer wurde langsamer. Sein Puls stieg. Sie trug dunkle Strümpfe. Es waren keine Strümpfe. Es war ihre Haut. Sie war braun, keine Strümpfe. Sie stellte beide Füße auf den Boden, nicht eng nebeneinander, weit auseinander, ihre Haut war es, keine Strümpfe, bei diesem Wetter. Sie trug eine Lederjacke, eine kurze Lederjacke, eine bauchfreie Lederjacke, ein Jäckchen, Kramer kam näher. Kramer ging schneller, sein Herz raste. Er wollte nicht hinschauen, aber er schaute hin, er starrte hin, er sah nichts, außer der Frau mit ihrer Haut, ihrer Jacke, ihrer bauchfreien Jacke aus Leder, ihrem Jäckchen. Er griff sich an den Hosenlatz, unter der bauchfreien Jacke trug sie ein bauchfreies Hemd, ihre Haut war braun, auch am Bauch war sie braun, keine Strümpfe, sie schlüpfte aus einem Schuh. Sie sah ihn nicht an, sie sah nicht, wie er sie ansah, anstarrte, sie fuhr mit dem nackten Fuß über die Knöchel des anderen, sie sah ihn an. Drei Schritte noch, zwei, noch ein Schritt, er war auf gleicher Höhe, er hätte nur die Hand ausstrecken müssen, um sie anzufassen, wirklich keine Strümpfe, nur braune Haut.

»Hallo, Schatz«, sagte sie.

Was hatte sie gesagt? Er hörte ihre Stimme mit Hall, wie in einer großen Halle, *Hallo Schatz*, viel Hall, er blieb stehen, schaute sie an, aber nicht richtig, aus den Augenwinkeln, was wollte sie von ihm?

»Bleib doch ein bißchen bei mir.«

Eine Nutte. Hier saßen keine Nutten, hier gab es keine Nutten, sie hatten ihre Bezirke, zumindest die, die auf die Straße gingen, hier waren sie nicht, nicht hier auf diesem Weg, nicht auf dieser Bank an diesem Weg, deshalb ging er diesen Weg und nicht an den Nutten vorbei, hier gab es überhaupt niemanden, keinen Menschen gab es hier, keine Nutten, die schon gar nicht, das war strafbar. Zigaretten, sie nahm eine Packung Zigaretten aus der Jacke, schob die Jacke auseinander, eine Bluse, eine bauchfreie Bluse, weiße Bluse, eine Zigarette aus der Packung mit langen Fingern, schmalen Fingern, er wußte nicht, warum er nicht weiterging.

»Hast du vielleicht Feuer?«

Er suchte nach Feuer, aber er hatte kein Feuer, er rauchte nicht, ihm war heiß, er suchte nach Feuer, er fand kein Feuer, er wunderte sich nicht, er rauchte nicht. »Nein«, sagte er, »nein, kein Feuer, ich, ich rauche nicht.«

»Das ist gut«, sagte die Frau, »ich will mir nämlich das Rauchen abgewöhnen. Setz dich, setz dich hierher, komm schon, hier sieht dich niemand, hier ist kein Mensch.«

Setz dich, setz dich, warum sollte er sich setzen, er wollte sich nicht setzen, er wollte gehen, schnell gehen, schnell weg hier, so schnell wie möglich, aber er konnte nicht. Er setzte sich, markstückgroße Brustwarzen unter ihrer Bluse, unter einem Witz von einer Bluse.

»Hundert Mark, ich mach dir's auch gut.«

Sie fuhr sich mit der Zunge über die Lippen, sie glänzten, ihre Lippen.

»Nein, ich, ich, nein.«

Sie fuhr sich mit der Zunge noch einmal über die Lippen, sie waren schon feucht.

»Du wirst es nicht bereuen.«

»Nein, ich, nein.«

»Komm schon.«

»Hundert Mark?« Hundert Mark, tausend Mark, egal wieviel, hatte er überhaupt Geld dabei, natürlich hatte er Geld dabei, wo wollte er hin, er wollte, zu Eve wollte er, Eve war nicht zu Hause gewesen, natürlich hatte er Geld dabei, wenn er zu Eve ging.

»Hundert.«

»Wo?« Egal, gleich hier, auf der Bank, im Fluß, auf dem Boden, aber schnell, schnell, egal.

»Gleich da hinten, ist ein bißchen feucht, aber still, ein richtig gemütliches, stilles Plätzchen. Komm schon.«

Aufstehen, sie war aufgestanden, er mußte – aufstehen, er stand auf, Schritte, er mußte ein Bein vor das andere setzen, nichts überstürzen, hinterhergehen, er ging hinterher, ihr Hintern, hinterher, umdrehen, sie drehte sich um. Er blieb stehen, er ging näher, sie zog sich aus, die Jacke aus, den Rock aus, wo war er – Bäume, Boden, Gras, das ist gut, das ist gut, das ist. Ihre Bluse aus, ihre Bluse war zerrissen, hatte er sie, egal wer, Hauptsache sie, an seinem Gürtel, ihre Hände, ihre Brustwarzen, markstückgroße Brustwarzen.

»Mach schon, raus damit, komm schon, komm schon.«

Ich mach schon, geht schon, geht schon.

»Komm schon, Bärchen, fick mich, fick mich.«

Ich mach schon, ich mach schon, ich fick dich, fick dich.

»Laß mich los! Laß mich!«

Was schreit sie – was schreit sie da, was?

»Die Sau bringt mich um!«

Ich schlag dich tot, du Stück, tot, ich schlag dich –

»Die Sau bringt mich um!!«

Sie lag mit aufgequollenem Gesicht und einer geklammerten Rißwunde über der rechten Augenbraue im Krankenwagen, trug mehrere Verbände und wurde von einer Sanitäterin versorgt, man hatte ihr bereits ein Beruhigungsmittel gespritzt. Eine Frau von der Kriminalpolizei saß neben ihr und hielt ihre Hand.

»Wie geht es Ihnen?«

»Es geht.« Bea war Profi. Um keine Mißverständnisse aufkommen zu lassen, erzählte sie gleich, daß sie als Prostituierte arbeitete. Aber heute habe sie nur spazierengehen wollen und dann – dieses Monster habe sie nach Feuer gefragt und dann auf die Lichtung gezerrt, habe ihr den Mund zugehalten und gedroht, daß er sie umbringen würde, falls sie anfinge zu schreien. Die Kleider habe er ihr vom Körper gerissen, aber sie habe trotz seiner Drohung geschrien, und er habe sie geschlagen, wie ein Verrückter habe er auf sie eingeschlagen.

»Beruhigen Sie sich.«

Er hätte sie fast umgebracht, und wenn nicht zufällig dieser Mann gekommen wäre, hätte er es vermutlich auch getan – sie brach in Tränen aus.

»Wir helfen Ihnen, Frau Traben. Rückgängig kann man ein Verbrechen nie machen, aber man kann dafür sorgen, daß die Verbrecher bestraft werden. Das verspreche ich Ihnen.«

Auf der Bank am Weg saß ein großer stämmiger Mann in einem dunklen Anzug und unterhielt sich mit einem Polizisten.

»Wir haben Ihnen zu danken«, sagte der Polizist, »sehr sanft scheinen Sie nicht mit ihm umgegangen zu sein.«

»Mein Gott, wie soll man mit so einem schon umgehen.«

Gert Kramer lag auf einer Wolldecke in der Nähe des Krankenwagens. Ein zweiter Krankenwagen war angefordert, aber noch nicht eingetroffen. Der Notarzt hatte Kramer eine Infusion angehängt, er beobachtete, wie seine Augenlider zuckten. Neben der Bahre stand ein junger Polizist.

Ein Spaziergänger schlenderte vorbei, der junge Polizist kannte ihn: »Hettig, was machst du hier?«

»Ach, Beine vertreten, was man so macht, wenn man ein bißchen Zeit hat und die da oben nichts von einem wollen.«

Kramer blinzelte, auf dem Krankenwagen drehte sich das blaue Licht.

»Er kommt«, sagte der Notarzt.

Kramers Gesicht war noch stärker angeschwollen als das von Bea, die Nase sah schief aus, ein Eck- und ein Schneidezahn fehlten, nur notdürftig hatte man ihm das Blut von Kinn und Wangen gewischt.

»Sie haben das Recht zu schweigen«, sagte der junge Polizist.

Kramer sah ihn an, als wären ihm ohnehin die Worte ausgegangen.

27

Ein Gespräch mit Ralf-Peter Dohr wäre frühestens am Mittwoch möglich, wenn Dohrs Nachbarin recht hatte und er wirklich von seiner Asienreise zurückkam. Kramer hatte ihm versprochen, sich morgen oder übermorgen zu melden – Piels Erfahrung sagte ihm, daß man sich bei Leuten, die versprachen, sie meldeten sich morgen oder übermorgen, am besten nach drei Tagen selbst meldete, um sie an ihr Versprechen zu erinnern. Also am Donnerstag. Wie er an den dritten Mann aus dem Volvo, an den Fahrer, wie er an Olaf Paulsen herankam, wußte er noch nicht. Paulsen hatte sehr freundlich geklungen, sich allerdings geweigert, etwas zu sagen, vom Namen seines Anwalts abgesehen, hatte aufgelegt und ihm vorher alles Gute gewünscht.

Franz Rolluck war der Mann, der den Unfall entdeckt und gemeldet hatte, er hatte Paulsen noch an Freundlichkeit übertroffen. Er wohnte in einer der vielen kleinen eingemeindeten Vorstädte, sie wirkten nicht besonders urban und waren es auch nicht, er hatte gesagt, daß er fast immer zu Hause sei und Piel sich den Termin aussuchen könne. Gleich, hatte Piel gesagt, er komme gleich.

Franz u. Martha Rolluck stand auf dem Messingschild neben dem Klingelknopf, Piel läutete. Rolluck öffnete die Tür des schmalen, anderthalbstöckigen Bergarbeiterhauses, in derselben Straße gab es davon noch etwa hundert andere, die sich glichen wie ein Ei dem anderen – »eineiige Zwillinge«, sagte Piel leise, bevor er laut »guten Tag« sagte.

»Sie sind?«

»Piel, Kriminalpolizei, wir haben telefoniert.« Er hörte im Hintergrund bereits die Kaffeemaschine blubbern.

»Kommen Sie doch rein.«

Rolluck war etwa siebzig, wie man sagte, etwas zu klein für sein Gewicht, sein beiges Hemd war tailliert geschnitten, spannte über dem Bauch, der dritte Knopf von unten fehlte. Der Mann trug einen blauen Nadelstreifenanzug mit Trompetenbeinen und eine Halbglatze, die eine Dreiviertelglatze war. Die verbliebenen Haare über dem linken Ohr waren so lang, daß er sie bis zum rechten Ohr kämmen konnte, an den kahlen Stellen waren sie mit Pomade befestigt. Ansonsten hatte er einen kräftigen Haarwuchs, aus dem Hemdkragen ringelten sich Haare, die Koteletten waren dicht, aus den Ohren Haare und aus der Nase. Über Kinn und Wangen lag ein blauer Schatten, obwohl er sich eben erst rasiert zu haben schien; der Geruch von Rasierwasser mischte sich mit dem Kaffeegeruch und raubte Piel die Luft. Rolluck nahm Piel die Jacke ab und hing sie auf ein Kleiderholz an der Garderobe. Piel sah flüchtig in den Garderobenspiegel: Seine Wangen und sein Kinn waren glatt, von einem blauen Schatten keine Spur.

»Kommen Sie doch rein«, sagte Rolluck erneut, sie standen im Flur vor dem Wohnzimmer.

»Gerne«, sagte Piel und faßte sich ans Ohr, es fühlte sich ohne Ring nackt an.

»Setzen Sie sich«, sagte Rolluck und wies auf ein Sofa, auf dem eine Decke den Bezug aus grünem Cordstoff schonen sollte. »Trinken Sie Kaffee?«

»Gerne.«

»Augenblick.«

Piel nahm Platz, das Sofa war durchgesessen, er war alleine. Die Wohnung erinnerte ihn an den BubbleClub, aber hier hatte die Einrichtung seiner Kindheit überlebt, sie war nicht wiederbelebt worden. Auf den Regalen des wuchtigen Schrankes standen ein paar Bücher, vermutlich die Pflichtlektüre, die einem der Bertelsmann Buchclub automatisch geschickt hatte, wenn man keine speziellen bestellte – Susann, Young, Danella und noch etwa zwanzig andere. Die mit Granulat gefüllte Halbkugel, in der es schneite, wenn man sie schüttelte, hatte ihren Platz zwischen zwei Schwarzweißbildern einer Frau gefunden – Piel war der Ansicht, daß sie nicht mehr gutmütig, sondern fast schon barmherzig aussah. Eine maiglöckchenförmige Stehlampe in der Ecke, über dem Sofa ein gesticktes Bild, auf dem Bilderrahmen fingerdick Staub.

Franz Rolluck trug das Tablett herein mit Kaffeekanne, Kuchen und Geschirr, stellte es auf dem gekachelten Wohnzimmertisch ab, teilte aus, goß ein und setzte sich: »Sie sind gekommen, um über den Unfall zu reden.«

»Ich habe Zeit«, sagte Piel und trank einen Schluck Kaffee, die Tasse war nicht besonders sauber. Manchmal erfuhr man mehr von den Leuten, wenn man sie erst über das reden ließ, was sie wirklich interessierte, und nicht über das, was einen selbst interessierte. Er wies mit einer Kopfbewegung auf die Fotos: »Ihre Frau?«

»Ja, Martha.«

»Sie ist nicht zu Hause?«

»Nein, sie ist ... – Sie finden es bestimmt furchtbar altmodisch hier. Vor neunundzwanzig Jahren haben wir uns alles neu gekauft, wissen Sie, Martha und ich halten nicht viel von dem neumodischen Zeug, und solange das alte noch in Ordnung ist – schmeckt es Ihnen?«

»Der Kuchen? Gut, wirklich sehr gut.«

»Frankfurter Kranz. Ist ein bißchen fett, ich muß aufpassen, wegen meinem Gewicht«, er strich sich über den Bauch und bemerkte den fehlenden Knopf. »Oh, das ist, das hat sie bestimmt übersehen, das muß ich ihr gleich sagen, wenn sie zurückkommt, normalerweise ist sie nicht so unordentlich. – Sie ißt so gern Frankfurter Kranz, hat sie selbst gemacht. Jede Woche backt sie einen Kuchen, und wenn ich sie lassen würde, würde sie jeden Tag einen backen.«

Auf dem Unterteller waren alte Kaffeeränder. »Als Sie damals den Unfall gemeldet haben, war es drei Uhr nachts.«

»Sie meinen, was ein alter Mann noch um diese Zeit dort zu suchen hat. Ich bin von meinem Skatabend zurückgekommen.« Er schaute zur Zimmerdecke. »Es war die Nacht von Donnerstag auf Freitag, und donnerstags war schon immer mein Skatabend.«

»Haben Sie gewonnen?« Piel lächelte.

»Na ja, es ist so, daß meine beiden Mitspieler, mit denen ich – sie sind tot, ehrlich gesagt, Krebs der eine und der andere einen Herzinfarkt. Aber ich besuche noch immer jeden Donnerstag unser Lokal, setze mich an unseren Tisch, gebe Karten und spiele für uns alle drei. Und dann versuche ich, mich so zu freuen oder zu ärgern wie damals, als die beiden noch gelebt haben. Martha sagt, ich bin verrückt, und sie sagt, die Leute würden mich für verrückt halten. Aber das ist mir egal. Wissen Sie, manchmal kommt es mir so vor, als wäre ich das einzige, was aus der Vergangenheit übriggeblieben ist. Noch ein Stück?«

»Danke, nein.«

»Kaffee?«

»Gerne. Erinnern Sie sich zufällig daran, daß Ihnen auf dem Nachhauseweg ein Auto entgegengekommen ist, ein großes Auto, ein Volvo zum Beispiel?«

»Nein, nicht daß ich wüßte. Die Strecke fahren nicht viele Leute, das erste, dem ich begegnet bin, war dieser ausgebrannte Wagen mit dieser, dieser Frau, ich habe erst gar nicht gesehen, daß da noch jemand drin sitzt, und den Jungen habe ich erst recht nicht gesehen, in diesem Graben, bei der Dunkelheit. Bestimmt fünf Minuten habe ich vor dem Auto gestanden und die tote Frau angesehen, da war nicht mehr viel übrig von ihr, und es hat in Strömen geregnet, aber irgendwie habe ich gewußt, daß es eine Frau ist, das war, ich weiß nicht, aber das ging gar nicht anders.« Er faßte in die Brusttasche seines Hemdes und nahm eine Zigarettenpackung heraus. »Rauchen Sie?«

»Gerne.«

Rolluck bot Piel eine Zigarette an und nahm sich selbst eine. Piel gab Rolluck Feuer. Der Aschenbecher, überzogen mit braunem Stoff, der sich anfühlte wie Fell, stand auf dem Tisch, der Aschenbecher mit der Scheibe, die sich drehte, wenn man auf einen Knopf inmitten der Scheibe drückte. Rolluck schwieg, Piel rauchte. Er spürte den Rauch kaum und schaute sich die Zigarette an. Es war eine leichte Zigarette, er bekam große Augen.

»Ich habe Martha dann am nächsten Tag gleich davon erzählt.«

»Herr Rolluck.«

»Sie hat es mir gar nicht glauben wollen.«

»Herr Rolluck! Seit wann rauchen Sie diese Zigaretten?«

»Bitte?«

»Seit wann rauchen Sie diese Zigaretten?«

»Mercedes-Zigaretten?«

»Ja.«

»Seit, hm. Seit zehn Jahren, ungefähr, vorher hatte ich Reval geraucht, aber das ging dann nicht mehr, das habe ich dann nicht mehr vertragen.«

»Rauchen Sie, wenn Sie Auto fahren?«

»Wie ein Schlot, wenn ich Auto fahre, eine nach der anderen. Martha sagt immer, das ist noch mal dein Tod, aber ich sage immer, man kann sich ja nicht alles verbieten, wenn man schon nicht mehr viel hat.«

Die Mercedes-Zigarette schmeckte vorzüglich. Piel nahm noch eine Tasse Kaffee, Rolluck erzählte, eine Viertelstunde, eine halbe. Martha war immer noch nicht zurück, Piel stand auf. »Vielen Dank für Ihre Gastfreundschaft.«

»Keine Ursache.« Rolluck begleitete ihn nach draußen. »Ich hoffe, daß ich Ihnen geholfen habe.«

»Ja, sehr. Wiedersehen.«

»Herr Piel. Grüßen Sie Herrn Brubeck von mir. Ich kann gut verstehen, wie ihm zumute ist.«

Es war Nacht, im Hinterhof war es still, in Brubecks Wohnung läutete das Telefon. Brubeck lag auf dem Sofa, er hatte den Anruf erwartet und nahm nach dem ersten Läuten ab.

»Ich bin's«, meldete sich Bea heiser. »Ich bin im Krankenhaus, ich kann nicht lange reden.«

»Und?«

»Ja.«

»Ihr Zeuge?«

»Wie geplant. Einer meiner Privatkunden, ein zuverlässiger Mann. Kein Mensch weiß, daß wir uns kennen. Wenn ich *Bärchen fick mich* sage, sollte er bis zehn zählen und dann kommen.« Sie machte eine kurze Pause. »Er wäre fast zu spät gekommen. Und er sagt, er hätte nur bis fünf gezählt. Dieser Kramer, dieser Irre wollte mich umbringen.«

»Wirklich?«

»Wirklich.«

»Das tut mir leid.«

»Wirklich?«

»Vergessen Sie jetzt meinen Namen«, sagte Brubeck, ohne auf die Frage einzugehen.

»Ich schätze«, sagte Bea, »ich werde jedes Mal dran denken müssen, wenn ich in den Spiegel schaue.«

»Wollen Sie dafür noch etwas haben? Sagen Sie es jetzt.«

»Nein. Es war mein Risiko. Wir hatten eine Abmachung.«

Brubeck legte auf. Er ging in den Flur, drehte einen Schlüssel zweimal im Schloß. Dann öffnete er die Tür und schaltete das Licht ein. Auf dem Teppichboden eine Staubschicht, das Muster kaum noch erkennbar, grüne Elefanten; Bücher und Schulhefte auf dem Schreibtisch. Brubeck legte sich in das Bett, er kam sich vor wie Schneewittchen in einem der Zwergenbetten.

Brubeck träumte. Er träumte von einem Meer in einem Haus. Eine Frau und ein Junge trieben leblos auf der Oberfläche. Brubeck tauchte. Im roten Wasser tauchte er zwei Männern hinterher. Den langsameren von beiden bekam er am Fuß zu fassen. Brubeck riß ihm die Finger aus, die Arme und die Beine. Der Mann lebte noch, sein Rumpf sank zum Meeresboden, manövrierunfähig, ein Opfer für andere. Brubeck tauchte auf, atmete, sog die Lungen voll mit frischer freier Luft. Roter Regen fiel. Der Wind blies bläulich.

28

Die Band spielte laut und in klassischer Besetzung mit Baß, Schlagzeug und E-Gitarre, sie bäumte sich, so kam es Piel vor, am Ende des Stücks noch einmal auf, als wolle sie sich gegen das Ende aufbäumen, bevor das Stück dann trotzdem zu Ende war und der Moderator anfing zu reden: »Dirk Auer bei Ihrer WELLE am Mikrofon – und in Ihren Wohnzimmern, Schlafzimmern, Eßzimmern, Autos, wo immer Sie uns im Augenblick hören, die Waiting Waiters und ihre fantastische Nummer *The cook cooks what the cook cooks*. Und weil es so schön war, und weil man davon gar nicht genug kriegen kann, das Ganze noch einmal von vorne – The Waiting Waiters, *The cook cooks what the cook cooks.*«

Dann begann das Ganze tatsächlich noch einmal von vorne.

»Gibt's ja gar nicht«, sagte Piel, »daß im Radio der gleiche Titel zweimal hintereinander gespielt wird.« Er saß an einem der beiden weißen Gartentische und wartete auf seine Bestellung.

»Zweimal? Das geht schon den ganzen Tag so! Rauf und runter, rauf und runter. Ist unser Supa, der das singt, ganz schön, wie er das so singt, traut man ihm gar nicht zu. Vielleicht kann er jetzt endlich mal seine Rechnung bezahlen. Na ja« – Gertrud hatte extra für Piel zwei Rote aufgelegt, steckte sie in die Maschine, die sie in kleine Scheiben schnitt, und drehte das Radio leiser – »bißchen laut ist es halt. Muß man ja nicht den ganzen Tag so laut hören, kriegt man ja nicht mehr aus den Ohren raus. So, junger Mann, Ihr Mittagessen.«

Piel stand auf, zahlte, blieb am Tresen stehen, warf abwechselnd einen Blick auf die Wurst und dann wieder zu Gertrud.

Gertrud kratzte altes Fett aus der Friteuse, merkte, daß Piel sie immer wieder anschaute und schaute zurück: »Gibt's was?«

»Nein, gar nicht.«

»Ist was mit der Curry-Wurst?«

»Wunderbar.« Piel spießte eine Scheibe auf und schob sie in den Mund. Er kaute, während er redete: »Sie kennen Brubeck schon länger?«

»Sind schon ein paar Jährchen.«

»Ganz netter Kerl.«

»Netter Kerl?«

»Ja.«

»Brubeck ist kein netter Kerl. Brubeck ist ein Mann. Der läßt sich nichts gefallen, dem kann man nicht einfach sagen *spring*, und dann springt er wie ein netter Kerl. Ist auch ein schöner Mann, jedenfalls war er das mal, ein richtig eleganter schöner Mann, so wie im Fernsehen diese Gentlemen aus den Fünfzigern, jetzt ist er halt ein bißchen mager, für meine Begriffe. Hat sich ein bißchen hängenlassen, seit das mit seiner Frau und seinem Jungen passiert ist.«

»Das hat ihn mitgenommen.«

»Ja, junger Mann, kann man so sagen.« Sie schneuzte die Nase, steckte das Taschentuch in die Schürze, kratzte den letzten Klumpen Fett von ihrem Kratzer am Mülleimerrand ab und stemmte die Fäuste in die Hüften. »Aber wenn Sie mich fragen, ist da was nicht ganz koscher. Wissen Sie, ich kenne die Geschichte von jedem, der öfter als einmal die Woche hier reinkommt, meistens ist's ja eine tragische Geschichte, und die meisten davon hab ich schon hundertmal gehört. Und soll ich Ihnen noch was sagen?«

»Ja.«

»Männer. Weil ich hab ein großes Herz, da ist viel Platz drin für tragische Geschichten, wie sie zum Beispiel in der REVUE stehen, aber dafür halt nicht. Ich bin ja kein Professor, so ein Psychiater, der den Leuten in den Kopf gucken kann, aber ich steh den ganzen Tag im Schnitzeleck und guck mir die Leute an, die ihren Kopf hier reinstecken. Ich meine nämlich, man kann sich nicht den ganzen Tag einen hinter die Binde kippen und sich dann bei mir mal wieder ausheulen, weil die Alte nicht da ist, wenn man zufällig mal zu Hause vorbeischaut. Und bei Brubeck meine ich, daß mir das irgendwie komisch vorkommt, daß er sie jetzt plötzlich so liebt, seine Karen. Jetzt kann er auf einmal nichts anderes mehr wie heulen und Blumen auf den Friedhof tragen, wenn er vorher, als seine schöne Karen noch nicht auf dem Friedhof war, nach dem Dienst hier erst mal einen genommen hat. Und wer weiß, wo er dann noch überall einen genommen hat, weil so ein schöner Mann wie Brubeck muß nicht im Schnitzeleck sitzen, der hat ganz andere Etablissements, wo er hin kann, wo er trinken kann, wenn er nicht nach Hause will.«

»Trinken.«

»Wissen Sie, junger Mann, die meisten, die hierher kommen, trinken, seit sie herkommen. Das war schon immer so, und das wird immer so bleiben. So wie ich hinter der Friteuse steh, bis ich nicht mehr von alleine hier raus kann. Aber da gibt's Trinker und Trinker. Brubeck trinkt seit, na ja, seit ich ihn kenne, und das war 1987. Da habe ich nämlich hier aufgemacht, und da ist er schon ein-, zweimal die Woche gekommen und hat getrunken, da hat er auch nicht viel weniger getrunken, aber da hat er anders getrunken. Wissen Sie, so ein bißchen geschämt hat er sich dafür. Da hat er hier auch mal nur ein Bier getrunken, und das zweite hat er mitgenommen für ins Auto. Jetzt schämt er sich ja gar nicht mehr dafür, ganz im Gegenteil nämlich, als würde er jedem sagen wollen, daß jetzt ja alles egal ist, wo seine Frau nicht mehr ist und sein Junge. Und soll ich Ihnen noch was sagen? Wenn ich so eine schöne Frau gewesen wäre und noch so jung wie die Frau Brubeck, weil die war ja dreizehn Jahre jünger wie er, hätte ich nicht zu Hause gesessen und darauf gewartet, daß meiner mal Lust hat heimzukommen. Dann hätte ich mir die Frisur gesprüht, wie damals, in den Fünfzigern, und dann wär ich ab auf die Piste.«

»Sie meinen – ?«

»Ich meine gar nichts, junger Mann, ich verkaufe Bratwürste. Aber wenn doch so eine schöne Frau, jetzt als Mann gesprochen, auf mich warten würde, würde ich doch nicht im Schnitzeleck sitzen und ein Schwätzchen halten – mit mir! Aber so sind sie, die Männer, jammern können sie, aber immer erst, wenn es schon zu spät ist, dann würden sie alles dafür tun, daß es nicht so ist, wie es ist. Sagen Sie, ich hab's Ihnen gesagt, wenn Sie jemand danach fragt, junger Mann.«

»Herr Piel.«

Piel drehte sich um. Krull stand in der offenen Tür. Piel wußte nicht, wie lange er schon dort gestanden hatte. »Sie?«

»Ja, ich. Ich habe Sie gesucht.«

»Weshalb?«

»Ich habe Arbeit für Sie.«

»Arbeit? Ich dachte, so lange Brubeck noch da ist, gibt es für mich keine andere Arbeit.«

»Das dachte ich auch. Aber Schröder weiß nicht, wo er anfangen soll, und ich selbst kann mich nicht um alles kümmern.« Er schaute sich um. »Sollen wir hier reden?«

»Tun Sie einfach so, als wäre ich nicht da«, sagte Gertrud, nahm einen Lappen und wischte über den Tresen. »Wollen Sie was essen?«

»Das gleiche wie der junge Herr.«

Sie setzten sich an einen der Tische.

»Wir haben den Hinweis erhalten«, begann Krull, »daß in einem Club Kokain gedealt wird. Den Club gibt es erst seit etwa einem Monat, eine Mischung aus Bordell und Striplokal, einer der besseren Clubs in der Stadt, sagt man. Man kennt Sie hier nicht. Deshalb gehen Sie heute abend dort hin, setzen sich an die Bar, trinken etwas. Sie fragen nicht, ob Sie etwas kaufen können, Sie schauen sich nur unauffällig um. Details klären Sie mit Schröder. Natürlich nur, falls Sie Zeit und nichts anderes vorhaben sollten.«

»Was sollte ich vorhaben?«

»Ich habe gerade mit der Staatsanwaltschaft gesprochen, wegen einer anderen Sache.«

»Mit Frau Kopperat?«

»Ja. Sie hat gefragt, wie es diesem jugendlich aussehenden Polizisten mit den blond gefärbten Haaren geht. Sie erinnern sich an unser Gespräch letzten Dienstag?«

»Ja«, sagte Piel.

»Ich habe es ernst gemeint. Lassen Sie es so, wie es ist.«

»Es fängt gerade an, interessant zu werden.«

»Es scheint Ihnen Spaß zu machen.«

»Ja, das tut es«, sagte Piel.

»Das ist kein Spaß«, sagte Krull.

»Ihr Mittagessen«, sagte Gertrud.

Krull stand auf, ließ sich die beiden Schälchen von Gertrud in Alufolie einpacken, blieb mit einem seltsamen Gesichtsausdruck am Tresen stehen, schüttelte den Kopf, als schüttele er eine Verwirrung von sich: »Sagen Sie, lief das nicht eben schon einmal?«

»Das Lied mit dem Kuckuck?« sagte Gertrud. »Ist unser Supa, der das singt. Das geht schon den ganzen Tag so.«

»Ach so«, sagte Krull zu sich selbst und zu Piel sagte er: »Ohne dieses alberne Bärtchen gefallen sie mir schon viel besser. Und wenn Sie heute abend einen Anzug anziehen, sehen Sie vermutlich sogar aus wie ein halbwegs erwachsener Mensch.« Er grinste ein bißchen, als er ging.

»Kommen Sie mal her«, sagte Gertrud zu Piel.

»Meinen Sie mich?«

»Sehen Sie hier noch jemanden?«

Piel ging zum Tresen.

Gertrud flüsterte und schaute zur Tür, als würde sie Krull hinterherschauen: »Der da.«

»Krull?«

»Ja.«

»Was ist mit dem?«

»Der hat kein Glück mit seiner Frau. Die hat's mit der Schwermut. Die will nichts mehr, von dem nicht, von sonst auch keinem mehr.«

»Und?«

»Ich meine, wenn ich eine Frau zu Hause hätte, die's mit der Schwermut hat, und wenn ich einen Freund hätte, der eine Frau zu Hause hat, die's nicht mit der Schwermut hat und auch kein Glück mit ihrem Mann. Ich meine, ich wüßte dann schon, jetzt mal als Mann gesprochen, was ich dann tun würde.«

Piel schaute sie mißtrauisch an.

Gertrud stemmte wieder einmal die Fäuste in die Hüften: »Wie deutlich muß ich's denn noch sagen, damit Sie's endlich kapieren.«

»Meinen Sie«, sagte Piel und legte die Hand an die Wange, »oder wissen Sie?«

»Ich meine gar nichts, junger Mann, ich verkaufe Bratwürste.«

29

Die Frau war etwa fünfzig gewesen, hatte dünne graue Haare gehabt und etwas, das man als durchdringenden Blick bezeichnen konnte. Sie hatte nicht den Ansatz einer Regung gezeigt, hatte, wenn sie überhaupt etwas sagte, ohne Satzmelodie gesprochen, ohne Mimik, starr, fast ohne die Lippen zu bewegen; einmal hatte Brubeck gedacht, daß sie im falschen Beruf arbeitete und als professionelle Pokerspielerin bestimmt ein Vermögen verdienen könnte. Damit Krull zufrieden war und um die Geschichte kein weiteres Aufsehen entstand, hatte sich Brubeck an die Absprache gehalten, sich nicht rasiert, sein schmutzigstes Hemd angezogen, sich weder die Zähne geputzt noch die Haare gekämmt. Aber schon als sie sein Büro betreten und *bleiben Sie sitzen* gesagt hatte, hatte er geahnt, daß seine Nummer zu dick aufgetragen war und bereits die Hälfte der Inszenierung mehr als genug gewesen wäre, und weil er sich dessen bewußt geworden war, hatte er auch noch viel Unsinn geredet, jedenfalls nicht das, was er hatte reden wollen. *Glauben Sie wirklich*, hatte sie des öfteren gesagt, ohne Fragezeichen, und er hätte fast geschrien – *ja, ja, ja! ich glaube wirklich!* Jedenfalls hatte er sehr laut gesprochen und sie nicht einmal genickt, sondern ihn einfach angeschaut mit ihrem durchdringenden Blick. Dann war sie aufgestanden, hatte wieder *bleiben Sie sitzen* gesagt, *viel Glück* hinzugefügt und war gegangen. Als sie die Tür geöffnet hatte, hatte Brubeck Krulls Gesicht im Flur gesehen, vielleicht war er nur zufällig dort gewesen, vielleicht hatte er auf sie gewartet, vielleicht versucht, das Gespräch mit dem Ohr an der Tür zu verfolgen. Dann stand Brubeck mit dem Ohr an der Tür und verfolgte, was Frau Dr. Edith Morgenthaler, die Polizeipsychologin, Henning Krull zu sagen hatte. Sie sprach sehr deutlich, mit Satzmelodie, er hatte jedes Wort verstanden.

»Vor zwanzig Jahren hätte ich mich vielleicht noch darüber aufgeregt, jetzt ist es mir egal«, hatte sie zu Krull gesagt. »Sie wollen, daß er geht, er hat nichts dagegen. Also schreibe ich Ihnen ein Gutachten, in dem steht, was Sie lesen möchten. Hätten Sie mir das gleich gesagt, hätten wir uns den ganzen Unsinn sparen können. Nichtsdestotrotz habe ich den Eindruck, daß mit ihm nicht alles in Ordnung ist. Allerdings nicht so, daß man ihn deshalb gleich zehn Jahre früher in Pension schicken müßte. Das Gutachten ist fertig, wenn es fertig ist. Überschlagen Sie sich nicht vor Dankbarkeit, Wiedersehen.«

»Wiedersehen«, hatte Krull gesagt, war danach in Brubecks Büro gekommen, hatte gesagt, daß die Strategie offensichtlich wunderbar aufgegangen sei, Frau Morgenthaler das Gutachten so schnell wie möglich schreiben und an den Amtsarzt weiterleiten werde, daß es dann noch höchstens zwei Wochen dauere, bis die Pension genehmigt sei. »Wie in alten Zeiten«, hatte Krull gesagt.

»Wie in alten Zeiten«, dachte Brubeck.

»Bitte?«

»Wie?«

»Sie hatten gerade etwas gesagt.«

»Ich hatte etwas gesagt?« Erst jetzt merkte er, daß er den letzten Satz nicht nur gedacht, sondern auch leise mitgesprochen hatte. Er schüttelte kurz den Kopf, sah Marianne an und sah, daß sein Glas leer war: »Ich vermute, ich habe Wodka gesagt.«

»Vermute ich auch«, sie goß nach.

Auf der Bühne tanzte Aika Miura, Beas Nachfolgerin, eine Japanerin, sie hatte sich vom Schönheitschirurgen große Augen machen lassen. Brubeck beobachtete sie über den Spiegel hinter dem Flaschenregal. Ihre Nummer hieß der Graf von Monte Christo, und die Dramaturgie bestand darin, daß der Graf nach jedem Rachemord ein Kleidungsstück ablegte, was offenbar ein Stück neu gewonnener Freiheit bedeuten sollte. Bis Aika Miura allerdings halbwegs nackt war, hatte sie schon mindestens doppelt so viele Opfer niedergestreckt wie Dantès im Roman, außerdem klemmten ständig Reißverschlüsse, verhedderte sie sich in Trägern und Hängern. »Muß noch ein bißchen üben, Ihre Japanerin. Sehr jung, das Mädchen«, sagte er mit einem mehrdeutigen Ton in der Stimme.

»Sie hat einen Monat Probezeit. Ich fürchte, so gut wie Bea wird sie nie.«

»Bea war Profi«, sagte Brubeck bestimmt.

»Zumindest da oben«, sagte sie fast melancholisch, als trauere sie den noch gar nicht so alten alten Zeiten hinterher. Dann wurde ihre Stimme fester: »Es mußte sein, es ging nicht anders.«

Brubeck schaute wieder in den Spiegel und sah, wie ein Mann den Blauen Hasen betrat, sich orientierte und dabei etwas hilflos wirkte. Brubeck kannte ihn. Aber er kannte nicht den Grund seiner Anwesenheit, mit ihm hatte Brubeck wirklich nicht gerechnet. Immerhin hatte er sich dieses Kraut vom Kinn rasiert und trug einen dunkelblauen, nicht vollkommen geschmacklosen Anzug, wenn er noch auf diese blonden Haare verzichten würde, könnte man ihn fast ernst nehmen. Piel setzte sich ein paar Meter links von Brubeck auf einen Barhocker, beugte sich vor, legte die Unterarme auf die Theke, als müsse er sich an etwas festhalten, er bestellte. Brubeck drehte den Kopf zur Seite, hielt die linke Hand an die linke Schläfe, um sein Gesicht zu verbergen, schielte in den Spiegel und bemerkte, daß Piel im gleichen Augenblick das gleiche tat. Ihre Blicke trafen sich. Brubeck grinste und winkte mit dem kleinen Finger.

Piel stand auf, kam ein paar Barhocker näher und setzte sich erneut: »Arbeiten wir nicht für die gleiche Firma?«

»Früher habe ich mal für diese Firma gearbeitet«, erwiderte Brubeck.

»Take Five«, sagte Marianne und brachte den Cocktail. »Ich wußte gar nicht, daß Sie Freunde haben«, sagte sie zu Brubeck und ließ die beiden alleine.

»Ich auch nicht«, sagte Brubeck und trank einen Schluck Wodka. »Was tun Sie hier?«

»Das gleiche könnte ich Sie fragen«, sagte Piel, ohne Brubeck anzuschauen.

»Ich amüsiere mich«, sagte Brubeck. »Ich dachte, das sieht man.«

»Auf den ersten Blick«, sagte Piel.

Eine Weile saßen sie schweigend da und betrachteten ihre Gläser. Piel lächelte verlegen, als suche er nach Worten, nach einem Thema. Dann lächelte er, als habe er etwas gefunden: »Haben Sie heute zufällig Radio gehört?«

»Nein«, antwortete Brubeck.

»Sie erinnern sich an diesen Mann, der im Schnitzeleck war, als wir beide uns zum ersten Mal begegnet sind?«

»Supa Tupperware.«

»Er hat es offenbar wirklich geschafft, berühmt zu werden.«

»Wie kommen Sie darauf?«

»Weil im Radio den ganzen Tag ein Stück seiner Band lief.«

Brubeck grinste: »Dann hat er den Moderator gekidnappt.«

Piel grinste ebenfalls: »Ja, vermutlich.«

»Ich meine es ernst. Vor fünf oder sechs Jahren hat er das schon mal versucht. Er ist mit einem alten Demoband ins Funkhaus, hat im Studio den Moderator als Geisel genommen und gedroht, ihn zu erschießen, wenn die WELLE nicht vierundzwanzig Stunden ununterbrochen ein Stück der Waiting Waiters spielt. Na ja, Supa hatte damals keine Waffe dabei, und der Moderator hat ihn k.o. geschlagen, bevor das Band zum ersten Mal lief. Was tun Sie hier?«

»Ich schaue mir nackte Mädchen an.«

»Kommen Sie, Piel, was?« hakte Brubeck nach.

»Sind Sie öfter hier?« Piel trank einen Schluck.

»Ja.«

»Ist Ihnen was aufgefallen?« Piel trank aus.

»Was?«

Piels Ton wurde bestimmter: »Das habe ich Sie gefragt.«

»Wenn Sie da sind«, brummte Brubeck, »handelt es sich vermutlich um Drogen.« Erst hatte er geglaubt, daß sie es mit der Japanerin versuchten. Er hatte angenommen, daß Aika Miura noch nicht achtzehn war und man sie mit falschen Papieren in den Blauen Hasen geschleust hatte. Dann hätte man, wenn es so gewesen wäre, der Polizei anonym mitgeteilt, daß eine Minderjährige im Blauen Hasen arbeitete und Marianne davon wußte, und die Polizei hätte die Bar geschlossen – zumindest so lange, bis sie ihre Unschuld beweisen konnte, wenn sie denn ihre Unschuld beweisen konnte. Entweder hätte sie danach gezahlt, oder sie hätte immer noch nicht gezahlt, dann hätte sie es sich sparen können, den Laden wieder aufzumachen, die Jungs waren hartnäckig. Im Grunde hatte Brubeck mit einem

Kollegen von der Sitte gerechnet, aber da Piel hier war, da Piel, obwohl er nun fast zur Bühne starrte, zweifelsohne nicht hier war, um sich nackte Mädchen anzuschauen, hatten sie sich für die Drogenvariante entschieden.

»Hier wird nichts verkauft«, sagte Brubeck deutlich.

»Bitte?« erwiderte Piel und wendete den Blick von der Japanerin ab.

»Hier wird nichts verkauft.« Bei den Absteigen versuchten sie es gewöhnlich mit Heroin oder Pillen, bei den besseren Lokalen, in dem ein solventeres Publikum verkehrte, mit Kokain. »Kein Kokain«, fügte er hinzu.

»Woher wissen Sie das?«

»Ich möchte Ihnen einen Vorschlag machen«, sagte Brubeck. Und bevor er den Vorschlag machte, bestellte er einen Wodka und einen Take Five.

30

»Razzia«, murmelte Piel und rollte das R, es klang beinahe wie die beiden gescheiterten Versuche, die Maschine anzutreten, nur leiser. »Razzia«, wiederholte er, die Maschine sprang an, er fuhr aus der Garage und schloß, ohne abzusteigen, das Garagentor. Seit letztem Freitag hatte Piel mit Brubeck nicht mehr über den Unfall gesprochen, obwohl er nichts lieber täte, als seine Ergebnisse zu präsentieren. Er stellte sich vor, wie er etwas zerstreut ins Büro kam, wo Brubeck bereits am Schreibtisch saß, Zeitung las, rauchte und einen Schluck gegen die Katastrophe trank. »Ach, übrigens«, würde er sagen, »Sie haben sich geirrt, die drei Männer haben nichts mit dem Unfall zu tun. Hier sind die Beweise«, würde er sagen und ihm die Mappe mit seinen Aufzeichnungen wie beiläufig auf den Tisch legen, als wäre es ein Kinderspiel gewesen, die Sache in Ordnung zu bringen. »Außerdem soll ich Sie von Herrn Rolluck grüßen«, würde er sagen, sich entschuldigen, den Raum verlassen und draußen auf dem

Flur in die Luft springen, ohne es zu tun, damit es keiner sah. Leider gab es diese Beweise noch nicht, obwohl klar war, worauf es hinauslief. Bald würde es diese Beweise geben, vermutlich schon nach den Gesprächen mit Dohr, Kramer und Paulsen. Zu Piels Bedauern war es zu diesen Gesprächen noch nicht gekommen. Plötzlich hatte er die Verantwortung für den Blauen Hasen, und als er heute morgen im Kommissariat eingetroffen war, hatte Krull ihn schon erwartet, um ihm zwei andere, unbedeutende Fälle zu übergeben – Fleißarbeit, langatmig und einschläfernd, vor allem, wenn man die Nacht zuvor wenig geschlafen und viel getrunken hatte.

Brubeck hatte gestern nacht nicht nur bezahlt, sondern auch dafür gesorgt, daß die Rechnung beeindruckende Ausmaße annahm. »Nicht so zimperlich, Piel«, hieß es, wenn bereits ein volles Cocktailglas auf der Theke gestanden hatte, noch bevor das andere leer gewesen war. In den Trinkpausen hatte Brubeck die Formalitäten geklärt.

Die Bardame, eine Frau Escher, hatte das Gesicht verzogen, als Brubeck gewissermaßen seine Identität preisgab, sie vermutete, er sei von Beginn an beruflich und nicht privat im Blauen Hasen gewesen – Brubeck hatte es ihr ausreden können. Dann hatte er ihr von dem anonymen Hinweis der Polizei berichtet, hatte beruhigende Worte gefunden und erklärt, daß diese Masche deutlich älter sei als die Leute, die sich ihrer bedienten: Erst randalierten sie ein bißchen, dann randalierten sie ein bißchen mehr, bis die ersten Gäste das Lokal verließen und nicht wiederkamen, und wenn man dann immer noch nicht zahlte, wurden sie rabiater, um zu zeigen, wer die eigentlichen Herren im Haus waren. Frau Escher hatte bedächtig genickt, sich für den Hinweis bedankt und betont, damit alleine fertig zu werden. Auch das hatte ihr Brubeck wieder ausreden können.

Heute morgen hatte sie mit ihren Angestellten die Bar

durchsucht und in einer Kiste Wodka fünfzig Gramm Kokain entdeckt. Nun war das Lokal sauber, und um zeigen, daß es sauber war, hatte Piel heute abend eine Razzia angesetzt. Spätestens um elf, hatte Brubeck gesagt, ohne zu sagen, warum. Wenn man nichts fand, hatte er auch gesagt, würde es vorläufig die letzte sein – wenn, dachte Piel, hoffentlich hatten sie gründlich genug gesucht.

»Razzia«, murmelte er, »Razzia.« Die Glocken einer Kirche schlugen elf Mal. Er schaute in den Rückspiegel und bog nach links ab, obwohl er nur nach rechts hätte abbiegen dürfen – allmählich bekam er ein Gefühl für den Körper der Stadt, wo der Kopf war und wo die Beine, was auf welcher Seite des Flusses lag, an welchen Punkten man sich orientieren konnte. Er hatte sich bereits verspätet, Schröder erwartete ihn um dreiundzwanzig Uhr in der Nähe des Blauen Hasen, und wie er Schröder kannte, erwartete er ihn Punkt dreiundzwanzig Uhr. Eine unheimliche Stimmung lag über der Stadt, vor ein paar Stunden hatte ein Gewitter, man konnte es nicht anders sagen, getobt, Blätter und Zweige von den Bäumen und sogar ein paar Ziegel von den Dächern gerissen. Die Kirchenglocke hatte aufgehört zu schlagen, es war still in der Stadt, aber vielleicht kam es ihm nur so still vor, weil es vor ein paar Stunden alles andere als still gewesen war. Es war stockdunkel, Piel mußte nicht zum Himmel schauen, um zu sehen, daß er voller Wolken hing. Er stellte die Maschine am Straßenrand hinter einem grünen Mercedes ab.

Schröder stieg aus, schaute wortlos auf seine Armbanduhr, dann schaute er Piel an: »Kommen Sie.« Er pfiff durch die Zähne, in einer Seitenstraße leuchteten vier Scheinwerfer auf, zwei Polizeibusse starteten die Motoren und rollten langsam hinter Piel und Schröder her, sie gingen zu Fuß.

»Dunkel heute«, Schröder pfiff noch einmal durch die Zähne, die Busse stoppten, die Scheinwerfer verloschen, ein Dutzend Polizisten stieg aus den zur Seite geschobenen Schiebetüren, drei Schäferhunde sprangen raus, sie hatten große Ohren, trugen Maulkörbe und winselten leise.

»Wenn wir drin sind, kommt keiner mehr raus und keiner mehr rein«, sagte Schröder zu niemandem, aber so laut, daß alle es hören konnten. »So wahr uns Gott helfe«, er grinste, vielleicht meinte er es ernst.

Piel schaute zum Himmel und merkte erst jetzt, daß es nur schwach bewölkt und so dunkel war, weil die Straßenbeleuchtung nicht brannte. Das Gewitter hatte vermutlich – einen Augenblick lang dachte Piel, Brubeck habe das Licht in der Stadt ausgeschaltet, als hätte er die Möglichkeit dazu.

Einer der Beamten blieb breitbeinig am Eingang des Blauen Hasen stehen und zog seine Pistole. Piel ging, rannte fast die wenigen Stufen zum Lokal hinunter, um vor Schröder dort zu sein, er betrat den Gastraum und hob die Hand: »Kriminalpolizei.«

Für ein paar Sekunden gerieten die Bewegungen in der Bar ins Stocken, dann waren sie für eine Sekunde eingefroren wie beim Standbild eines Videorecorders; Aika Miura tanzte auf der Bühne, wie eine Statue tanzt, sie trug ein Weihnachtsmannkostüm und war gerade damit beschäftigt, den Bart abzunehmen, er klebte noch halb an der linken Wange.

»Routinekontrolle«, sagte Piel, nachdem er selbst eine Sekunde lang wie eine Statue dagestanden hatte. »Verhalten Sie sich ruhig, bleiben Sie auf ihren Plätzen, es dauert nicht länger als eine halbe Stunde.«

Die Gäste verhielten sich ruhig. Sie hatten keinen Grund, es nicht zu tun, wer aus welchen Gründen auch immer nicht dasein wollte, wenn die Polizei da war, war nicht da. Marianne Escher, wußte Piel, hatte die Razzia angekündigt, so hatten sie es abgesprochen. Gestern waren fast doppelt so viele Tische belegt gewesen, heute saßen ein paar Mädchen alleine an der Theke und langweilten sich. Alle Barhocker waren besetzt, von Gunther Brubecks Hocker abgesehen, offenbar wagte niemand mehr, dort Platz zu nehmen.

Piel gab Anordnungen. Die Hunde schnüffelten, die Mannschaft verteilte sich in die verschiedenen Räume, Piel war überall und kontrollierte. In den Séparées nahm man die Betten auseinander, Piel achtete darauf, daß man sie wieder ordnungsgemäß zusammensetzte, nachdem man nichts gefunden hatte. In den Wodkakisten war Wodka, in den Weinkisten Wein, der Zucker war süß, das Kaffeepulver schwarz. Einer der Beamten verschüttete fast eine halbe Dose, Piel wies ihn an, den Dreck aufzukehren, Assia betrat die Bühne.

»Herr Kommissar«, sagte der Beamte, »das haben wir noch nie gemacht.«

»Dann machen wir es heute zum ersten Mal«, erwiderte Piel, drückte ihm eine Schaufel in die Hand und sagte zu einem anderen Beamten: »Glauben Sie wirklich, daß sie etwas im BH versteckt hat?« Die Hausdurchsuchung ging schneller zu Ende, als man erwartet, als mancher gehofft hatte, Assia trat ab.

Nach knapp zwanzig Minuten kam Schröder mit einem unfreundlichen Gesichtsausdruck aus dem Keller zurück: »Bei Ihnen?«

»Nichts.« Piel lehnte in der Nähe des Eingangs an der Wand, drehte eine Zigarette, schüttelte den Kopf und bemühte sich, enttäuscht zu wirken. »Entschuldigen Sie die Störung, wir tun nur unsere Arbeit«, sagte er zu der Bardame, sie nickte verständnisvoll.

»Halten Sie Ihren Köter unter Kontrolle«, sagte Schröder zu einem der Hundeführer, dessen Schäferhund ihn anbellte und an der Leine riß.

»Ich weiß auch nicht, was mit dem los ist«, sagte der Hundeführer, »Prinz, aus!«

Der Hund war still, sein Blick traurig und hoffnungslos, wie der Blick eines Menschen, der zu wissen glaubte, wie man die Welt retten konnte, und einsah, daß es die anderen einen Dreck interessierte. Aika Miura kam auf die Bühne, sie trug das Kostüm des Grafen von Monte Christo. Ein paar Männer und Polizisten applaudierten, als sie den Degen aus der Scheide zog.

»Abmarsch«, sagte Piel zu seinen Leuten, sie setzten sich nur zögernd in Bewegung.

Draußen verteilten sie sich in die beiden Busse, Schröder verschwand in der Dunkelheit. Piel war alleine vor dem Eingang stehengeblieben, er rauchte und sah im gleichen Augenblick den Wagen am gegenüberliegenden Straßenrand, eine Zigarette glühte auf. Brubecks Wagen, der Mann in Brubecks Wagen war Brubeck, die Zigarette Brubecks Zigarette. Piel sah den VW-Bussen hinterher, als sie außer Sichtweite und die Motorengeräusche leiser geworden waren, wollte er die Straßenseite wechseln. Dann hörte er Schritte. Schröder kam zurück, schaute ihn an, schaute weg, ging direkt auf den Passat zu, die Scheibe der Fahrertür war heruntergekurbelt. Schröder faßte in die Jacke und drückte Brubeck etwas in die Hand, Piel konnte nicht erkennen, worum es sich handelte.

»Beim nächsten Mal machen Sie Ihre Sache ordentlich, fast wären wir aufgeflogen«, sagte Schröder deutlich, »aber ich hoffe, daß es kein nächstes Mal geben wird.«

»Lecken Sie mich«, sagte Brubeck und schnippte die Kippe auf die Straße.

»Ich muß es nicht sagen. Sie wissen, was ich denke«, sagte Schröder, drehte sich um und verschwand, nun endgültig.

Der Mond zog sich diskret hinter eine Wolke zurück, Wind kam auf, Piel atmete Rauch aus und stellte den Kragen der Lederjacke hoch. Die Straßenlampen brannten immer noch nicht, nun war es nicht mehr dunkel, sondern finster, war die Nacht nicht mehr blau, sondern schwarz. Piel warf die Zigarette weg, steckte die Hände in die Taschen, wechselte die Straßenseite und lehnte sich an Brubecks Wagen. »Was war das?«

»Er hat noch etwas gefunden.«

»Was?«

»Kokain.«

»Schröder? Und das hat er Ihnen gegeben?«

»Erklärungen später. Steigen Sie ein. Jetzt fängt es erst an.«

Piel stieg ein, widerwillig, unzufrieden, weil er nun gänzlich das Gefühl verloren hatte, die Fäden in der Hand zu halten, ihm wurde fast schlecht. Im Wagen roch es nach kaltem Zigarettenrauch, überall, nicht nur im Aschenbecher, lag Asche, lagen Kippen verstreut, Brubeck fuhr los. Es roch nach Schnaps, so stark, daß man glaubte, betrunken zu werden von diesem Geruch, wie man Krebs bekam vom Zigarettenrauch anderer Leute. Piel kurbelte die Fensterscheibe auf seiner Seite herunter und hielt den Kopf in den kalten Fahrtwind, bevor ihm wirklich schlecht wurde, er würgte, die Häuser flogen an ihm vorbei, in der Nähe einer roten Ampel stand ein Abbruchhaus, ein Klobecken hing zwischen alten Tapeten an einer Wand, die nun eine Außenwand war, ein WC für zehn Meter große Riesen. Als Brubeck vor einem Wohnblock in der Innenstadt anhielt, ging es Piel wieder besser, aber noch nicht gut, er hatte keine Ahnung, wie lange die Fahrt gedauert hatte.

»Was tun wir hier?« fragte er heiser und stieg aus.

»Ich hoffe, daß jemand zu Hause ist, dann sehen wir weiter. Kommen Sie, normalerweise sind sie um diese Zeit immer zu Hause.«

Piel folgte Brubeck durch eine Toreinfahrt, im Hinterhof standen Müllcontainer, in den Nachbarhöfen hingen Wäscheleinen ohne Wäsche, ein paar Kinder schrien, aus einem Fenster im Erdgeschoß schimmerte es bläulich, eine

Frau stöhnte, entweder vor Lust oder Schmerzen. Brubeck schob eine Scheckkarte in die Ritze zwischen Rahmen und Blatt einer Holztür, im Treppenhaus standen Fahrräder. Wenig später läutete Brubeck an einem Apartment im vierten Stock, die Musik war laut, Piel hatte sie schon im dritten gehört. Kein Mensch öffnete. Brubeck läutete. Keine Reaktion.

Brubeck atmete schnell, am Aufzug im Parterre hatte ein Schild gehangen, *Ausser Betrieb*: »Sie sind jünger als ich.«

»Und das heißt?«

»Das heißt, Sie sollen die Tür eintreten«, antwortete Brubeck kalt und nahm einen Schluck. »Wir sind Polizisten. Los!« Brubeck steckte die Taschenflasche in die Manteltasche.

Piel lief Wasser über die Stirn, da es draußen nicht regnete, mußte es Schweiß sein. Er ging ein Stück zurück, trat zu, dann trat er noch mal zu, knapp neben den Griff. Nichts bewegte sich.

»Noch mal, geben Sie sich etwas mehr Mühe.«

»Noch mal«, wiederholte Piel, trat noch mal zu, die Tür krachte, aber sie bewegte sich erst, als jemand sie von innen öffnete.

Jemand war ein sehr junger Mann, er sah wie ein Russe aus, ein bißchen bübisch, ein bißchen verschmitzt, ein bißchen gerissen, er trug eine weite Hose, weites Sweatshirt, eine Kappe der Bulls, in der Hand hielt er eine Pistole, eine Makarov, für eine Browning hatte es offenbar noch nicht gereicht.

Brubeck schaute den Jungen an, der Junge schaute verschüchtert zurück, dann zog Brubeck das Knie hoch, traf ihn zwischen den Beinen, die Waffe fiel auf den Boden, der Junge krümmte sich, vor Schmerz oder weil er die Pistole aufheben wollte. Brubeck trat ihm auf die flache Hand, zog ihn hoch, spuckte ihm ins Gesicht und stieß ihn ins Wohnzimmer zurück, es war wie in Amerika der erste

Raum der Wohnung. Die Wohnung war provisorisch eingerichtet, der Teppichboden schon voller Brandflecke. Inmitten leerer Flaschen, halbvoll mit Kippen und Asche, leerer Safttüten, Pizza- und Tablettenschachteln saßen zwei weitere junge Männer, einer davon sah aus wie der große Bruder des kleinen Russen – etwa zehn Jahre jünger als er selbst, schätzte Piel. Der Fernseher stand auf seinem eigenen Karton, ein Musikkanal war eingeschaltet, der Rapper war Gangster und fett, er fuhr einen offenen, fetten amerikanischen Wagen.

Brubeck stieß den kleinen Russen noch einmal zurück, aber fester, er geriet ins Stolpern und schlug mit dem Kopf auf den Teppichboden. Dann nahm er beide Päckchen, die man im Blauen Hasen gefunden hatte, aus seinem Mantel und warf sie auf den flachen Tisch; eine Wasserflasche fiel um, ein Aschenbecher rutschte über die Kante. »Das«, sagte er langsam und deutlich, »finden wir hier jeden Tag, wenn wir wollen. Wenn wir wollen, finden wir noch ganz andere Sachen hier, das kommt ganz auf euch an.«

»Bullenwichser«, sagte der dritte, er saß auf dem Sofa und zündete sich eine Zigarette an.

»Dann landest du in einem Heim, in dem man dir ein bißchen Anstand beibringt, und ihr beide seid die längste Zeit im Besitz einer Aufenthaltsgenehmigung gewesen.«

»Arschficker«, sagte der kleine Bruder mit russischem Akzent und rieb sich den Hinterkopf, es klang irgendwie niedlich.

Brubeck nahm die Walther in die linke Hand, schlug ihm die flache rechte Hand ins Gesicht, daß ihm die Mütze vom Kopf flog, daß ihm der Ohrring das Ohrläppchen aufschlitzte, riß ihn wieder vom Boden hoch und bog ihm den Arm auf den Rücken.

»Du stinkst nach Schnaps, Arschficker, laß mich los, das tut weh.«

»Zum Glück. Wenn ich euch noch einmal im Blauen

Hasen sehe, habt ihr verloren. Habt ihr das verstanden?«

»Bullenwichser«, sagte der andere wieder und zog an der Zigarette.

»Habt ihr das verstanden?«

»Ja«, sagte der große Bruder ruhig. »Das haben wir verstanden.«

»Dann ist es gut«, sagte Brubeck genauso ruhig. »Diese Musik gefällt mir nicht«, sagte Brubeck und trat den Fernseher von der Kiste, dem Rapper verschlug es die Stimme. Piel stand da wie ein kleiner Junge und schaute zu. Brubeck war noch nicht fertig. Jetzt trat er den Tisch mit dem ganzen Müll um, Brubeck bückte sich, nahm eine Flasche, feuerte sie gegen die Wand, faßte den jungen Russen am Arm, holte mit der rechten Hand aus ... –

»Brubeck!« Piel ging dazwischen und stieß Brubeck zurück, er taumelte, nicht von Piels Stoß, sondern von einer Art Taumeln in seinem Kopf, dachte Piel – »Brubeck! Es ist gut. Gehen wir.«

Brubeck kniff ein paarmal hintereinander die Augen zusammen, schaute Piel aus halb zusammengekniffenen Augen an, drehte sich um und ging.

31

Während der Rückfahrt hatte es angefangen zu regnen, erst leicht, dann waren die Regentropfen dicker geworden, sie hatten auf das Wagenblech geklopft, angeklopft, hatte Piel gedacht, um hereingelassen zu werden, als wäre es selbst ihnen draußen zu ungemütlich geworden. Piel war gefahren. In der Bar war es gemütlich. Das Licht war gedämpft, die Musik smart, trotzdem hatte er das Gefühl, als höre er die Geräusche, sehe er die Konturen klarer als gewöhnlich, unnatürlich klar, eine Stimmung wie im Haus am Eaton Place.

»Warum?« fragte er, er saß neben Brubeck an der Theke und schaute ab und zu über den Spiegel hinter dem Flaschenregal zur Bühne, wo Assia gerade abtrat und Aika gleich auftreten würde.

»Was?« Brubeck trank.

»Warum so, diese Aktion?« fragte Piel

Brubeck wirkte gelöst: »Es ging nicht anders.«

»Wieso ging es nicht anders? Und wieso Schröder?«

Brubeck lächelte, fast verlegen: »Zwei von ihnen waren zu jung. Vor allem der dritte, ein Deutscher, der interessiert ihn am meisten.«

»Wofür zu jung?«

»Um ihnen den Prozeß zu machen. Sie stehen schon länger auf Schröders Liste, das habe ich gewußt. Von ihm habe ich ihre Adresse, von ihm wußte ich, daß sie selten vor Mitternacht das Haus verlassen, und ein paar andere Kleinigkeiten wußte ich auch von ihm.«

»Und wo ist das Problem?«

»Seine Bedingung war, daß alles inoffiziell bleibt. Er will es erst offiziell werden lassen, wenn alle drei achtzehn sind.«

»Warum das?«

»Weil er Angst hatte, daß sie mit einer Jugendstrafe davonkommen – oder daß man die beiden Russen einfach nur abschiebt. Es gebe seines Erachtens noch zu wenige Richter, die von der Möglichkeit Gebrauch machen, Jugendliche nach Erwachsenenstrafrecht zu verurteilen. Wenn sie alle achtzehn und dann noch ein paarmal straffällig geworden sind, sagt er, wird er sie festnehmen, dann wäre das alles nur noch halb so schlimm.«

»Darauf haben Sie sich eingelassen?«

»Wäre Ihnen etwas Besseres eingefallen?«

»Ich hatte keine Zeit, darüber nachzudenken«, erwiderte Piel. Jetzt dachte er nach. So klärte man die Dinge also unter Männern, zack, zack, ohne langatmige Diskussionen, tatsächlich, sie hatten eine Menge Zeit gespart, und das Ergebnis war verblüffend.

»Sie hätten mich gar nicht gebraucht, wenn man es genau nimmt«, sagte er nach einer Weile leise vor sich hin, es klang nicht wie ein Vorwurf, sondern wie eine Feststellung, aber es hörte sich trübselig genug an, um doch ein Vorwurf zu sein.

»Krull hat mich gebeten, Sie einzuarbeiten. Jetzt wissen Sie, wie man bei uns arbeitet, manchmal, jedenfalls. Jetzt gehören Sie dazu«, sagte Brubeck irgendwie aufmunternd.

»Noch ein Wieso: Wieso dieser Abgang?« fragte Piel.

»Welcher Abgang?« fragte Brubeck zurück.

»Ich gratuliere«, sagte Marianne, bevor Piel etwas sagen konnte. Sie stand hinter der Theke und lächelte umwerfend. »Sie glauben, daß die Sache damit erledigt ist?«

»Das glaube ich«, sagte Brubeck.

Piel nickte.

»Wunderbar«, sagte Marianne, nickte und lächelte Brubeck noch eine Spur umwerfender an.

»Schöne Frau«, sagte Piel, als sich Marianne am anderen Ende der Theke mit einem anderen Gast unterhielt.

Brubeck schwieg.

»Marianne.«

»Ja«, sagte Brubeck, »das ist sie. Und nicht nur schön.«

»Sie gefällt Ihnen.«

»Ihnen?«

»Ja, schon. Aber ich – ich habe eine Beziehung«, sagte Piel, obwohl ihm das Wort Beziehung immer noch zu vernünftig klang, von einer Geliebten zu sprechen, erschien ihm in diesem Augenblick allerdings noch unpassender.

»Das wußte ich nicht.«

»Jetzt wissen Sie es. Ich dachte, Sie hätten auch eine.« Nun hatte Piel gesagt, was er sagen wollte. »Eine Beziehung«, fügte er hinzu und sah Brubeck an, wartete ab, wie er reagieren würde. Brubeck reagierte gar nicht. Piel redete weiter: »Ich will nicht indiskret werden, aber man sagt, daß Ihre Beziehung nicht besonders glücklich gewesen sein soll.«

»Sagt man«, sagte Brubeck ruhig.

»Sagt man.« Piel sah ihn wieder an, Brubeck kniff ein paarmal hintereinander die Augen zusammen, er taumelte, dachte Piel und wartete ab, ob er wieder reagieren würde wie am Donnerstag nach dem Besuch des Telekom-Angestellten: deutlich und gewaltig, als wären die Deutlichkeit und Gewalt seiner Wut Beweis genug dafür, daß nichts dran war an dem, was Gertrud, was die Leute sagten – Beweis genug für die Leute, Beweis genug für ihn selbst.

»Karen hat mich geliebt. Ich habe sie geliebt und liebe sie immer noch. Was die anderen sagen, weiß ich nicht. Es interessiert mich auch nicht. Ich weiß, wie es war, das genügt. Das sollte auch Ihnen genügen.«

Auch das war deutlich, wenn auch leiser, dachte Piel. »Es genügt mir«, sagte er und wußte nicht, was er denken sollte.

»Trinken wir«, sagte Brubeck und hob sein Glas.

Sie tranken.

Der Abend verlief ruhig. Gegen drei gingen die meisten Gäste, zwei davon verließen das Lokal gutgelaunt mit drei gutgelaunten Mädchen. Aika Miura hatte nach Dienstschluß noch eine Weile mit Marianne geplaudert, dann hatte Piel eine Weile mit ihr geplaudert, sie sprach mit japanischem Akzent. Ihre Haut war weich wie weicher Stoff, Piel hatte sie einmal wie beiläufig berührt, dann hatte er sie einmal mit Absicht berührt, so, daß sie merkte, daß es Absicht gewesen war. Dann war sie auch gegangen, Marianne hatte die Tür hinter ihr abgeschlossen. Nun saß Piel links neben Brubeck an der Theke, er schaute ins Glas, ein Cocktailglas, in dem nur noch Gin war, weil keiner mehr Lust hatte, einen Cocktail zu mixen. Er blies Luft durch die nach vorne geschobenen, aufeinandergepreßten Lippen, drückte eine halbgerauchte Roth-Händle im Aschenbecher aus, dann stand er auf, er wankte. »Ist schon spät. Wird Zeit.«

»Kurz nach fünf«, sagte Marianne, sie saß rechts neben Brubeck und spielte mit dem Verschluß einer Wodkaflasche.

»War nett heute abend«, sagte Piel ein bißchen blaß im Gesicht und ging. »Bis dann.«

»Bis dann«, sagte sie.

»Mach's gut, Jan«, sagte Brubeck.

»Ich gebe mir Mühe«, erwiderte Piel.

»Wie kommst du nach Hause, Brubeck?« fragte Marianne, als Piel weg war.

Brubeck trank an einem Wodka für zweiundzwanzig Mark, der rund schmeckte, nicht so eckig wie der Billigwodka, den er gewöhnlich trank, um betrunken zu sein. »Weiß nicht«, sagte er und stellte das Glas weich auf die Theke.

»Weiß auch nicht«, sagte Marianne und goß noch einmal nach.

32

Draußen war es zum dritten Mal Nacht geworden, seit man ihn hierhergebracht hatte. Gert Kramer saß auf dem Bett und schaute mit dem linken Auge an die Wand. Auf dem rechten Auge klebte ein Verband, auf seiner Nase war eine Metallschiene befestigt, die Nase war zweimal gebrochen. Über den ganzen Körper blaue, zum Teil violette Flecken, der Zahnarzt hatte während der Behandlung betont, daß Kramer, sollte die Krankenkasse die Kosten nicht übernehmen, was in diesem Fall mehr als fraglich sei, selbst zahlen müsse, ob er sich das überhaupt leisten könne. Kramer hatte geschwiegen. Er hatte immer noch keine Worte gefunden für das, was passiert war. Er hatte der Polizei gegenüber geschwiegen, den Ärzten, nicht weil er schweigen wollte, sondern weil er nichts mehr zu sagen hatte.

Er hatte gelesen.

Neben ihm auf der grauen Wolldecke lag ein Brief, ein Zettel. Kramer kannte den Text auswendig. Schon nach dem ersten Lesen hatte er ihn auswendig gekannt, trotzdem hatte er die wenigen Sätze wieder und wieder gelesen.

Kramer war klar, er war in der Gegenwart. Er war sich im klaren darüber, wo er war, im klaren, was passieren würde, im klaren, was seine Lage betraf. Er fühlte sich unbeschwert. Er nahm den Brief in die Hand, leckte daran und legte ihn zurück. Seine Zunge war geschwollen, das Papier schmeckte nach gar nichts, nur nach Papier, das wunderte ihn ein bißchen. Diese Frau im Park, diese Nutte, die ihn geködert, zu der Lichtung gelockt hatte, hatte er wirklich –? Egal, die Quälerei war vorbei. Er würde sich nicht verteidigen, wozu auch, jetzt war es endgültig. Warum hatte sie dieses Theater veranstaltet? War er tatsächlich so grob geworden, daß sie glaubte, er würde sie umbringen? Er wußte es nicht mehr, es fiel ihm nicht ein, es war jämmerlich, so wie sein ganzes Leben jämmerlich gewesen war, wenn er sogar jetzt noch andere für das verantwortlich machte, was er getan hatte, er hatte die Kontrolle über sich verloren. Die Beherrschung hatte er verloren und jetzt auch noch die Erinnerung. Kramer riß den Brief in zwei Hälften, steckte eine davon in den Mund, kaute, wartete, bis das Papier mit Speichel durchtränkt war und schluckte es runter. Es ging einfacher, als er gedacht hatte. Dieser Zufall, daß Eve nach sechs Jahren zum ersten Mal einen Termin absagte – ein lukratives Angebot, wer machte ihr ein lukratives Angebot, einer über vierzigjährigen Frau, es gab andere Nutten in der Stadt, denen man ein lukratives Angebot machen konnte – egal. Es führte zu nichts.

Damals, damals hatte er auch die Erinnerung verloren, *ich schlag dich tot*, hatte sein Vater gesagt, auf dem obersten Absatz der Kellertreppe mit der Bierflasche in der Hand, *ich schlag dich* – ruhig. Er war ganz ruhig. Er atmete ein, atmete aus, pulte mit der Zungenspitze ein Stückchen Papier aus einer Lücke zwischen zwei Backenzähnen, die dieser Riese von Mann ihm nicht eingetreten hatte – Kramer erinnerte sich kaum an sein Aussehen, nicht mehr daran, wo er hergekommen war. *Er schlägt mich tot, das Stück* – hatte sie plötzlich geschrien, diese Frau, oder so ähnlich, er wußte es nicht mehr. *Ich schlag dich tot.* Der Alte hatte nie einen Anlaß gebraucht. *Geh ins Wohnzimmer, ich hol dir später noch eine Flasche aus dem Keller* hatte Kramer erst sagen wollen, und dann – dann hatte er gesagt: *Tu es doch! Los, tu es.* Und dann – dann hatte er vergessen, was passiert war. Er hatte es nicht vergessen, er hatte es nie gewußt – der Alte mußte mit der Flasche ausgeholt haben wie mit einem Baseballschläger, dann mußte er zugeschlagen haben, Kramer mußte ausgewichen sein, und vielleicht, vielleicht hatte er den Alten dabei zurückgestoßen – das erste, woran er sich wirklich erinnern konnte, waren er und seine Mutter, sie standen zusammen im Keller, er, Kramer, zwar noch durcheinander, aber nicht mehr im Rausch, seine Mutter in Tränen aufgelöst: *Mein Gott, mein Gott, mein Gott* – dabei hätte sie froh sein können, sein müssen, wenn er wirklich tot gewesen wäre, wenn sie ihn losgeworden wäre, aber sie war es nicht, und der Alte war es nicht, nur von der Hüfte abwärts. Dann, ein paar Wochen später, dieser Anblick, der Alte im Rollstuhl: *Du wolltest mich umbringen. Du wolltest mich umbringen* hatte der Alte später immer gesagt, in diesem eigentümlichen Ton, der nicht zu dem Satz paßte, der klang, wie wenn man *schönes Wetter heute* sagte oder wie wenn man gar nichts sagte, sondern jemanden anschaute und zustimmend nickte. An einen Nachmittag erinnerte sich Kramer genau. Der Alte hatte am Fenster im Rollstuhl gesessen, hatte den jungen Mädchen nachgeschaut, es war Sommer und sie trugen besonders kurze Röcke, Kramer sah das Verlangen im Gesicht des Alten und gleichzeitig eine Art Zufriedenheit – darüber, hatte Kramer gedacht, daß ihm jetzt nichts mehr passieren konnte. Dann hatte sich der Alte umgedreht und ihn angeschaut: »Du wolltest mich umbringen.« Kramer hatte zurückgeschaut und darauf zum ersten Mal erwidert: »Weißt du es genau?« Wie der Alte dann das Gesicht abgewendet und wieder aus dem Fenster gestarrt hatte, fast dankbar: »Nein, nicht genau, ich erinnere mich nicht mehr genau.«

Es waren die Gene. Es war klar. Es hatte in der Zeitschrift gestanden.

Kramers Magen rumorte. Er mußte aufstoßen, aber nur leicht. Er atmete tief ein und hatte doch das Gefühl, daß nur die Hälfte des Sauerstoffs in seinen Lungen ankam, dann nahm er die zweite Hälfte des Briefes. *Hast du mir das auch noch antun* stand darauf, das Wort *müssen* war vermutlich schon halb von Magensäure zersetzt – zusammen mit anderen Worten und Petras Unterschrift. Ihre Schrift wirkte krakeliger, eckiger als gewöhnlich. Aber wie sollte die Schrift einer Frau schon wirken, die gerade die Frau eines Vergewaltigers geworden war, beinahe die Frau eines Mörders. Er hatte es nicht gewollt. Er hatte gewußt, daß es ein böses Ende nehmen würde, wenn ihm jemand zu nahe kam, er hatte gewußt, daß es gut war, sich von ihm fernzuhalten, weil er für niemanden gut war, weil er fürchtete, auch noch eine Frau zu finden wie seine Mutter in ihrer Unterwürfigkeit, die alles ertrug und immer heulend in der Küche gesessen hatte: *Er meint es nicht so, er meint es nicht so, er meint es nicht so,* mit ihrer dünnen Stimme.

Drei Jahre, so lange war es schon her, drei Jahre. Brubeck. Dieser Brubeck, der ihm nachts vor der Haustür aufgelauert hatte, und nicht nur dort, *irgendwann krieg ich dich!* Dieser Irre, der ihm Drohbriefe schrieb, der seinen Anrufbeantworter mit Drohungen vollsprach, *ich krieg euch alle, irgendwann krieg ich euch alle drei,* dieser Irre mit den roten Augen – vom Gin, einem Trinkergetränk, weil weißer Schnaps weniger toxisch war als brauner und man alles länger bei sich behalten konnte, weil man fast kaum nach Alkohol roch, wenn man Gin trank – das wußte Kramer aus seiner Zeit bei der Drogenhilfe; Brubeck hatte ihn am Kragen gepackt und nach Alkohol und Zigaretten gerochen, daß es kaum auszuhalten gewesen war, daß es kaum zu glauben war, daß Kramer kaum glaubte, es handele sich um Brubeck, den alle in der Szene für einen harten Hund, aber einen guten Menschen hielten. Brubeck war ein Irrer. Brubeck verwandelte sich. Brubeck wußte nicht, was er tat. Kramer hätte sich nicht durcheinander bringen lassen dürfen. Er hätte kaltes Blut bewahren müssen. Es war vorbei. Es war, wie es war, und nun hatte er die Konsequenzen dafür zu tragen – er hatte sich verwirren lassen, er war kopflos gewesen, ängstlich, und dann war da plötzlich Petra, und er, Kramer, war bei ihr untergekrochen, und bevor er wieder zu sich gekommen war, hatte er sie oder sie ihn geheiratet, daran konnte er sich nur noch verschwommen erinnern. Ein Glück, daß er gerade noch rechtzeitig zu sich gekommen war, daß er noch sagen konnte, er würde sich von ihr trennen, wenn sie dieses Kind wirklich haben wollte, wenigstens das hatte er noch verhindern können – er war der letzte in der Reihe mit diesen Genen, er würde der letzte bleiben.

Was hatte er nicht alles getan, was für lächerliche, ungelenke, nutzlose Anstrengungen unternommen! Damals, in Hamburg, als er fürchtete, irr zu werden, als er sich in seinem eigenen Zimmer einschloß, den Schlüssel im vierten Stock aus dem Fenster warf, in ein Blumenbeet, wo er ihn, wenn er ruhiger, wenn er wieder bei sich war, am nächsten Tag wiederfinden konnte, nachdem er von einem Bekannten mit dem Zweitschlüssel befreit worden war. Er hätte von innen abgesperrt, den Schlüssel im Zimmer verlegt, hatte er gesagt, was für eine Ausrede, *im Zimmer verlegt*, in einem dreizehn Quadratmeter großen Zimmer! Es war überraschend gewesen, wirklich überraschend, daß er, wenn er sich eingesperrt hatte, ganz ruhig im Zimmer saß und fernsah. Nur einmal, ein einziges Mal hatte er die ganze Einrichtung zertrümmert, offenbar mit den Händen, ohne Werkzeug, das hatte ihn nicht überrascht, das war er gewesen.

Warum war sie bei ihm geblieben? Sie hätte gehen können, er hatte sie zu nichts gezwungen. Nicht einmal mehr miteinander geschlafen hatten sie, nachdem er wieder wußte, wer er war, nicht einmal mehr das, wie konnte man so was aushalten, drei Jahre, ohne miteinander zu schlafen, ohne mit irgend jemandem zu schlafen! Diese Nutten, damals schon, in der Schule, dann in Hamburg, einmal die Woche, und seit er es sich leisten konnte, zweimal die Woche – ihr zuliebe. Petra zuliebe. Was wußte er denn, was er tat, wenn er mit einer Frau schlief, wenn er nicht mehr bei sich war – und wenn es eine traf, hatte er immer gedacht, wäre es besser, wenn es eine dieser Nutten traf und nicht Petra. Ihr zuliebe schlief er nicht mit ihr, sondern zweimal die Woche mit einer Nutte. Ihr zuliebe hatte er den Brief aufgegessen. Er hatte etwas gutzumachen. Sie hatte es verdient. Es hatte eine Nutte getroffen. Die Brust wurde ihm eng.

Kramer lachte, er war ruhig, ganz ruhig. Ein Witz war es, wie man dahintergekommen war. Dahintergekommen! Keiner war dahintergekommen. Eine Intrige war es gewesen, Dummheit, Pech. Als hätten ihn diese Drogenwracks irgendwie erregt, sie waren ihm zuwider gewesen, und er war immer völlig klar gewesen – diese Fotze, achtzehn oder jünger, rappeldürr, ausgemergelt im Gesicht, mit ihren siffigen Kleidern und leeren Augen und dem Gestank in den Haaren – als hätte er sie jemals vergewaltigt und mißhandelt. Nicht einmal berührt hatte er sie, geekelt hatte er sich vor ihr, selbst die Polizistin hatte ihr nicht geglaubt. Niemand hätte sich mehr darum geschert, nach einer Woche oder zwei, *keine Angst, das versuchen sie immer mal wieder, wenn sie vollkommen am Ende sind*, hatte ihn ein Kollege beruhigt, *dann behaupten sie, sie wären vergewaltigt worden, legen sich ein paar Tage ins Krankenhaus und lassen sich Beruhigungsmittel spritzen, und die Ärzte spritzen, damit sie ihre Ruhe haben, das ist ein alter Trick von ihnen.* Seine Mutter, als sie von der Geschichte erfahren hatte! Als hätte sie ihr Leben lang darauf gewartet, bis er so was tat! Ihr Konto hatte sie geplündert, ihre letzten Ersparnisse, bevor sie ins Krankenhaus gegangen war, davon überzeugt, daß ihr Sohn es getan hatte, ohne ihm ein Wort davon zu sagen, bevor sie der Frau zehntausend Mark in die Hand drückte, damit sie ihre Aussage zurückzog. Natürlich zog sie ihre Aussage zurück, natürlich erzählte sie allen, ob sie es wissen wollten oder nicht, daß Kramer ihr eine Menge Geld dafür gezahlt hatte, damit sie ihre Aussage zurückzog, und zeigte jedem die Scheine, solange sie noch welche davon hatte – *ich habe doch nicht gewußt, ich habe doch nur für dich, ich dachte, ich wollte doch nur – ja, Mama, ja, ist ja gut, Mama, ist ja gut*. Die Sache war offensichtlich. Die Drogenhilfe e.V. legte ihm nahe zu kündigen, bevor man ihm *unter Angabe von Gründen* kündigen würde. Sie hatten ihm nicht einmal zugehört, als er sich verteidigen wollte. Er würde sich nie mehr verteidigen.

Kramer überlegte, welcher Satz gerade verdaut wurde, welcher Satz schon verdaut worden war. Die Magenkrämpfe waren stärker geworden, sein Atem ging schneller, die Luft, die er dabei einatmete, schien immer weniger zu werden, Schweiß stand ihm auf der Stirn, er mußte heftig aufstoßen. War es Petras Satz *Es wäre das beste, wenn du uns beiden den Rest ersparen würdest*, der gerade verdaut wurde, oder war es der Satz *wenn du noch einen Funken Anstand hast, tust du es* – oder einer der anderen beiden Sätze, die auf dem Zettel standen, den jemand vor einer Stunde durch das Türfenster in die Zelle geworfen hatte.

Brubeck. Er war es. Er war dafür verantwortlich, daß Kramer den Tabakladen gepachtet hatte. Es war eine gute Zeit gewesen, damals, als man ihm eins der besten Viertel der Stadt zugeteilt hatte, er hatte sich ausgekannt, hatte bei der Drogenhilfe so viel gelernt, daß er mühelos für die anderen arbeiten konnte. Fünf Dealer waren für ihn gelaufen, alle clean und zuverlässig, die Ware war in Ordnung gewesen, fast immer gleiche Qualität – Brubeck, in seinem Wahn.

Er atmete wie ein Verrückter und bekam keine Luft mehr, wenn er sich krümmte, ging es ein bißchen besser. Legen, er mußte sich legen, er legte sich auf die Wolldecke, rollte sich zusammen, schloß die Augen.

Natürlich war es richtig gewesen auszusteigen, jedenfalls war es nicht falsch gewesen, sein Geld in den Laden zu stecken, sich zurückzuziehen aus dem Geschäft, wer weiß, was geschehen wäre bei einem beruflichen Treffen zwischen ihm und Brubeck. Kramer wußte, was geschehen wäre. Brubeck hätte ihn umgebracht, eiskalt, so einfach war das. Dann hätte Brubeck behauptet, daß Kramer ihn hätte umbringen wollen, und Brubeck hätte schon die Beweise dafür geliefert, die Polizei hätte dem Polizisten geglaubt, und die Sache wäre schnell vergessen gewesen – er wollte nicht mehr atmen und tat es trotzdem, er hechelte nach Luft und hatte das Gefühl, zu ersticken, gerne hatte er nicht aufgehört, dort, wo er damals verkehrt war, unter Leuten wie Dohr oder Paulsen, dort hatte er sich manchmal richtig leicht gefühlt, unter diesen Leuten, obwohl er ein kleines Licht war, obwohl er nicht mithalten konnte mit den großen Lichtern – aber frei – es waren die leichtesten Jahre seines Lebens gewesen, bevor es im Laden wieder schlimmer geworden war, in diesem engen, stickigen Laden, er atmete ruhig und gleichmäßig und gleichzeitig schnürte sich ihm der Hals zu, vielleicht hätte er den Laden doch aufgeben sollen, hätte er sich etwas anderes suchen sollen, etwas mit Himmel über dem Kopf, vielleicht hätte er weniger Angst haben sollen, nach dem Fototermin, alles war gutgegangen, auf Paulsen konnte man sich verlassen, vielleicht hätte er sich wenigstens einmal diesen furchtbaren Schnurrbart abrasieren sollen, vielleicht – ein paar nette Kleider, nicht immer diese tristen Krämerklamotten, seiner Frau zuliebe, Petra zuliebe. Kramer lächelte.

33

Statt eines Frühstücks hatte Piel zwei Aspirin und viel Flüssigkeit zu sich genommen, sein Mund war trocken, in der Backentasche ein Bonbon gegen den schlechten Geschmack. Weil er gestern nacht gearbeitet hatte, hatte er heute morgen frei, draußen war es dunstig, kurz nach zehn, Piel dachte an Aika Miuras Haut, und nicht nur an die Haut der Japanerin. Auf dem Anrufbeantworter war ein Anruf seiner Mutter – *wie geht es dir?* fragte sie, und im Hintergrund hörte man die Stimme seines Vaters: *Wie geht es meinem alten Mädchen?*

»Gut«, sagte Piel, »gut.« Er goß Wasser in ein Glas, trank es aus und trank dann gleich aus der Flasche. Er würde später zurückrufen. Elisabeth hatte sich immer noch nicht gemeldet, aber er hatte ihre Stimme gehört, die ihres Anrufbeantworters. »Oh Gott«, brummte Piel und leerte die Flasche in einem Zug. Als er heute morgen gegen halb sechs nach Hause gekommen war, hatte er sich in einem dieser Zustände befunden, in dem einem vieles gleichgültig war, zumindest, was die Folgen betraf, einem dieser Zustände, in die man vor allem nachts geriet, wenn man sich fühlte wie der einzige Mensch auf der Welt und es nicht sein wollte, aber war, in denen man Nähe suchte und alle weit weg waren, in denen man lange sentimentale Briefe schrieb – und am nächsten Morgen aufatmete, wenn man es nicht mehr geschafft hatte, sie abzuschicken.

Sie haben eine Minute lang Zeit, mir Ihre Nachricht auf Band zu sprechen. Piel wußte nicht, wie oft er jeweils eine Minute lang auf Band gesprochen oder nach den richtigen Worten gesucht und vermutlich die falschen gefunden hatte – bis die Absage kam: *Vielen Dank, ich werde Sie so bald wie möglich zurückrufen.* Von der neuen Stadt, der Arbeit, von neuen Freundschaften hatte Piel gesprochen, von Brubeck. Von Dingen, von Leuten, von Tieren, die er einmal gemocht hatte, er hatte *geliebt* gesagt, hatte er gesprochen. Wenn er sich recht erinnerte, hatte er von seinem Hund gesprochen, er hieß Mops und war einer, so fett, daß Piel ihm am Ende sogar das Fressen ans Sofa brachte, auf dem Mops den ganzen Tag lag und sich von nichts erholte, und als Mops sich irgendwann nur noch unter Protest ausführen ließ, einfach vom Sofa stieg und es laufen ließ, dann mit flehenden Knopfaugen dastand und auf seinen Schlafplatz gehoben werden wollte, war er plötzlich verschwunden. Er sei weggelaufen, hatte seine Mutter gesagt, Piel war dreizehn gewesen, aber Mops war viel zu fett und zu bequem zum Weglaufen, und sein Vater hatte in der Küche auf dem Schaukelstuhl gesessen und genickt, voller Mitleid, vielleicht für seine Frau. Davon hatte Piel gesprochen, und er erinnerte sich dunkel, den Satz *wer einen Hund zum Freund hat, braucht keine anderen Freunde mehr* ausgesprochen zu haben. Er erinnerte sich dunkel, von Elisabeth geredet zu haben und an die Worte, als er anfing, von ihr zu sprechen. Er hatte gemeinsame Gedanken und Orte erwähnt, an denen sie sich nahe gewesen waren, und er hatte Worte verwendet wie *verwunschene Flecken*, vermutlich sogar das Wort *Liebesnest*. Er hatte von Georg gesprochen, daß er ein passabler Kerl wäre, aber eingefahren, viel zu alt für Elisabeth, einer, der schon so viel hinter sich hatte, daß er nicht mehr viel vorhaben könne, dann hatte er von sich selbst gesprochen. Beim vorletzten Anruf hatte er tief ein- und ausgeatmet, die Ansage verpaßt und erst hingehört, als man nichts mehr hörte. Dann hatte er den Hörer wie ein Mikrofon gehalten, hatte von *Nägeln mit Köpfen* gesprochen, hatte das Wort *Zukunft* gefunden, das Wort *gemeinsam*. Danach hatte er schnell aufgelegt und war zufrieden mit seinen Worten gewesen, bevor er ein letztes Mal die Wahlwiederholtaste gedrückt hatte, nun nicht mehr, um etwas zu sagen, sondern nur noch, um ihre Stimme zu hören. Er hatte ihre Stimme gehört und ihre Ansage: *Die Kapazität des Bandes ist erschöpft, Sie können leider keine Nachricht mehr hinterlassen. Ich bitte Sie, es zu einem späteren Zeitpunkt wieder zu versuchen.*

Nun fragte er sich, ob er diese Ansage schon beim vorletzten Anruf, als er vielleicht sogar das Wort *Heirat* benutzt hatte, gehört hatte, ob all seine Worte auf ihrem Anrufbeantworter waren oder nicht, ob sie etwas änderten oder nicht, ob er etwas angerichtet hatte oder nicht, ob Elisabeth etwas glaubte, was er so nicht gemeint hatte. Er hätte einen Brief schreiben sollen, wie früher. Man hätte ihn heute morgen wegwerfen, sich später mit einem Lächeln daran erinnern und alles noch einmal ausführlich überdenken können. Das mit dem Anrufbeantworter war ihm zum ersten Mal passiert.

Jedenfalls hatte sich Elisabeth immer noch nicht gemeldet, auch Gert Kramer hatte sich nicht gemeldet, obwohl er es versprochen hatte, aber Piel hatte nicht wirklich mit seinem Anruf gerechnet. Heute war Donnerstag, würde er zu Kramer gehen. Und bei Dohr würde er sich melden, falls der tatsächlich aus dem Urlaub zurückgekommen war. Er würde Kramer im Laden aufsuchen, wo er schon am Montag gewesen war, diesmal früher, nicht kurz vor der Mittagspause, damit ihm Kramer nicht wie am Montag davonlief. Dann würde er – er wußte nicht, was er würde. Er würde sehen.

Piel griff sich an die Schläfen, sein Kopf fühlte sich taub an, er wußte, daß er Kopfschmerzen hatte, auch wenn er sie nicht spürte. Es war immer noch dunstig, den ganzen Morgen hatte es geregnet, geschüttet, im Moment regnete es nur noch leicht. Die blauen Fensterläden an Dohrs Wohnung waren immer noch heruntergelassen gewesen, vielleicht hatte er noch geschlafen, vielleicht war er noch nicht von seiner Asienreise zurück. Piel würde es bald noch einmal probieren. Jetzt stand er vor *Papier & Tabak Kramer*, das Geschäft war geschlossen. Auf dem Trottoir gegenüber stand eine Art Wichtelmännchen und starrte ihn blöd an. Piel schaute zwischen zwei Gitterstäben hindurch in den Laden. Niemand war zu sehen.

Das Wichtelmännchen wechselte auf Piels Straßenseite. Es trug seine Mütze falsch herum auf dem Kopf. Es lachte, und Piel kam es so vor, als ob es auch falsch herum lachte.

»Sie wissen nicht zufällig«, sagte Piel, »wo Herr Kramer sein könnte?«

»Kn-n-n, m-m-m K-n.«

Piel zog die Augenbrauen hoch, rüttelte an der Türschlaufe und sah das Männchen an: »Da? Ist Kramer da?« Und um zu zeigen, daß die Tür verschlossen war, rüttelte er noch einmal an der Türschlaufe.

»Jjja-jaja – f-f-f-fest-fest!«

Fest. Vielleicht mußte man fest drücken oder ziehen, vielleicht klemmte die Tür nur. Piel rüttelte fester. Eine Sirene heulte auf, über dem Schaufenster drehte sich ein rotes Licht, die Augen des Wichtelmännchens strahlten. Die

Tür war zweifelsfrei abgesperrt, in der Nachbarschaft wurden Fenster aufgerissen.

»Ich dachte, Sie wären im Gefängnis, Sie Verbrecher«, rief eine Frauenstimme.

»Ich hatte gehofft, für immer«, fügte die Stimme eines jungen Mannes hinzu.

»Im Gefängnis?« wiederholte Piel.

»Im K-K-n-n-n-, na-na-, K-k-kn –«, sagte das Männchen, dann lief es im Kreis, hüpfte auf einem Bein – »F-f-f-f-f-f-f-feu-feu-fff-fff-f-f-f-Feu, F-Feuer!« – dann rannte es, als wäre es ein Feuerwehrauto, die Straße hinauf und die Straße hinunter und versuchte, den Klang der Sirene nachzuahmen.

Piel war schon weg, als ein Streifenwagen langsam um die Ecke bog. Er stoppte an der nächsten Telefonzelle und schaute im Telefonbuch nach, *Gert und Petra Kramer,* sie wohnten ganz in der Nähe.

Die Haustür war offen gewesen, Piel läutete an der Wohnungstür im dritten Stock. Jemand öffnete, die Kette war vorgelegt.

»Was wollen Sie?« sagte eine heisere Frauenstimme.

»Kriminalpolizei, ich hatte eine Verabredung mit Ihrem Mann.«

»Mit meinem Mann?«

»Ich nehme an, Sie sind Petra Kramer.«

»Verschwinden Sie.«

»Er war nicht im Laden, und ich dachte, daß er vielleicht zu Hause ist«, log er.

»Tun Sie nur so, oder wissen Sie wirklich nichts? Sie wissen es doch, wenn Sie von der Polizei sind.«

»Nein, tut mir leid – ich weiß gar nichts. Darf ich reinkommen?«

Petra Kramer öffnete die Tür ganz und zuckte mit den Schultern. Ihre Waden waren eine Spur zu dick, sie trug einen knielangen Morgenmantel, sah aber nicht aus, als wäre sie gerade aufgestanden, sondern eher, als hätte sie tagelang nicht geschlafen und sich in dieser Zeit von nichts anderem ernährt als von Kaffee und Zigaretten. Ihre Haare waren dünn und strähnig, Piel konnte die Kopfhaut sehen. Unter den roten Augen dunkle Schatten, die Haut war schlecht und fleckig. Barfuß führte sie ihn zur Küche, setzte sich auf einen Stuhl an den Tisch, zog die Knie an die Brust, ihre Zehennägel rot lackiert, der Aschenbecher quoll über. Zitternd nahm sie eine lange schmale Zigarette aus der Packung.

»Ich wollte mit ihm über den Unfall sprechen«, sagte Piel.

»Unfall nennen Sie das?« Sie redete leise, trotzdem war ihre Stimme kräftig, wie die Stimme von jemandem, der wußte, was er sagt.

»Der Unfall vor drei Jahren.«

»Das meinen Sie.«

»Ich bin der Sache noch einmal nachgegangen – vieles spricht dafür, daß Ihr Mann und die beiden anderen nichts damit zu tun haben.«

»Meinen Sie.«

»Ja.«

»Das ist jetzt egal.«

»Weil er im Gefängnis ist.«

»Sie wissen doch mehr, als Sie gesagt haben. Ich habe es gewußt.«

»Ich wußte es nicht genau.«

»Sie wissen nicht alles. Oder doch alles?«

»Was?« fragte Piel.

»Er ist tot«, antwortete sie knapp.

»Tot?«

»Er hat sich umgebracht. Gestern nacht. Ihre Kollegen haben heute morgen angerufen und mir ihr Beileid ausgedrückt.«

»Das tut mir leid.« Piels Blick war leer, seine Stimme klang hölzern. »Das wußte ich wirklich nicht.«

Sie schaute ihn an, wie man schaut, wenn man nichts mehr sehen will: »Es klang eher, als wollten sie mir ihre Glückwünsche übermitteln. Er soll eine Frau vergewaltigt haben. Und wenn er es getan hat. Dieser Idiot. Er hätte sich deswegen nicht gleich umbringen müssen. Wir wären weg von hier, wenn sie ihn entlassen hätten, zusammen irgendwohin, wo uns keiner kennt, irgendwas wäre uns eingefallen. Aber er hätte sich nicht gleich umbringen müssen.«

»Soll ich Sie alleine lassen?«

»Egal. Vielleicht hatte er Angst, vor mir. Er ist schon seit Jahren zu den Nutten gegangen, er hat geglaubt, ich hätte keine Ahnung davon. Er hat das gebraucht. Er soll eine Nutte vergewaltigt haben. Er wollte nicht, daß ich ihn im Gefängnis besuche, sie haben ihn gefragt, und er hat geschwiegen, er hat nicht ja gesagt, er hatte Angst vor mir. Aber ich hätte ihm geholfen, er hätte vor mir keine Angst haben müssen.«

»Wie hat er sich umgebracht? Im Gefängnis nehmen sie einem alles ab, womit man sich umbringen kann.«

»Ich weiß es nicht. Er ist gestorben, einfach so.«

»Frau Kramer. Man stirbt nicht einfach so«, sagte er und kritzelte seine Telefonnummer auf eine Packung Eve.

»Er konnte es. Er wollte es.« Das Telefon neben dem Gasherd läutete. Sie griff im Sitzen nach dem Hörer: »Ja?« Dann schwieg sie, bevor sie grußlos auflegte. »Sie haben ihn obduziert«, sagte sie zu Piel. »Er hat, sagen sie, seit er im Gefängnis war, nichts mehr gegessen. Das einzige, was sie in seinem Magen gefunden haben, war Papier. Und Gift. Zyankali.«

»Zyankali? Wie kommt man im Gefängnis an Zyankali?«

»Sie wissen es nicht. Es ist egal. Er ist tot.«

34

Montag, 28. September 1992

Lieber Henning!

Ich schreibe Dir, weil wir uns schon eine Woche nicht mehr gesehen haben, weil wir beide nicht viel Zeit hatten, uns zu sehen. Wir haben nicht einmal miteinander geredet, weil es schwierig ist, miteinander zu reden, wenn Du sagst, Du hättest ein schlechtes Gewissen, über »Gunther Brubecks Telefon« mit mir zu reden. Aber Du hattest, bei anderer Gelegenheit, auch schon »Gunther Brubecks Frau« nicht sehr zurückhaltend geküßt, ohne schlechtes Gewissen – oder doch mit schlechtem Gewissen? Natürlich mit schlechtem Gewissen! Seit fast einem Jahr treffen wir uns an wirklich bemerkenswerten Orten. Weißt du, als Sechzehnjährige findet man es vielleicht noch romantisch, nachts mit dem Auto »in die Natur« zu fahren, ich bin fünfunddreißig. Und wenn wir schon mal alleine sind, verbringst Du die Zeit damit, an meinen Kleidern nach Deinen Haaren zu suchen. Wenn ich nur an unser erstes »geheimes Treffen« denke! Als Du mir meine Kleider aus der Hand gerissen hast und damit in den Waschsalon gefahren bist, weil Du gefürchtet hast, er riecht Dein Rasierwasser. Ich hatte schon gedacht, Du läßt mich nackt in diesem erbärmlichen Hotelzimmer sitzen, und ich war fest davon überzeugt, daß dieses erste Mal das letzte Mal gewesen ist, weil ich keine Lust hatte, mir immer gleich die Zähne zu putzen, nachdem ich Dich geküßt habe, damit Gunther Brubeck nicht zufällig Dein Mundwasser riecht. Und dann kommst Du zurück mit der frischgewaschenen Wäsche, mit einem Gesichtsausdruck, als hättest Du uns beiden gerade das Leben gerettet, und ich fand es dann doch ganz charmant, Deine Art von Sorge – und ich hatte gehofft, daß es sich irgendwann legen würde. Aber hattest Du nicht vor kurzem vorgeschlagen, wir sollten uns in dieser Kapelle auf dem Friedhof treffen? Weißt du, wie kalt es draußen schon ist? Weißt du, wie alt wir sind? Wenn Daniel uns manchmal sehen könnte, er würde uns auslachen. Am Anfang war es ja ganz spannend, aber da wußten wir beide noch nicht, wohin das alles führt, am Anfang war es eine Affäre. Was ist es jetzt? Darf ich für dich antworten? – Wenn es nicht so kompliziert und »gefährlich« wäre, würdest Du Dich lieber heute als morgen von Deiner Frau trennen und mit mir zusammensein, nicht nur in Friedhofskapellen. Du kannst Dir nicht immer alle möglichen Katastrophen vorstellen, mußt Dir ein einziges Mal klarmachen, daß Du auch das Recht hast, an dein eigenes Glück zu denken – und nicht nur an das Glück der anderen, oder das Unglück, das man anrichtet, oder an das Wohlergehen Deiner albernen Fische, denen Du Namen gibst und sagst, was Du den wirklichen Namensinhabern gerne gesagt hättest. Bin ich auch ein Fisch, bin ich einer dieser Tüpfelbärblinge, so heißen sie doch? Erzählst Du ihm, was Du mir gerne erzählen würdest, während ich Luftblasen mache?

Ich halte das nicht mehr aus. Ich halte es nicht aus, bei ihm zu sein und so zu tun, als wäre nichts, ich halte es nicht aus, nachts wach zu liegen und mit Tränen in den Augen an die Decke zu starren und nicht bei Dir sein zu können, wegen all der Rücksichtnahmen auf Gott und die Welt. Klingt das jetzt melodramatisch? Wie klingt das jetzt? Ich frage mich immer, wie »das« klingt, weil Gunther immer sagt, »das klingt jetzt« – meistens sagt er, das klingt jetzt wie Scarlett O'Hara, oder das klingt jetzt wie diese dämliche Pseudo-Psychologin aus Deiner dämlichen Frauenzeitschrift, wie dieses Geschwafel von der »Macht der Gefühle« und dem ganzen Unsinn. Klingt es sentimental, wenn ich sage, ich halte das nicht mehr aus, oder wie klingt das jetzt?

Über manche Dinge kann ich nur noch lachen, zum Beispiel – entschuldige, ich weiß, daß Du diese Ausdrücke nicht magst – daß er sich weigert, sich beim Pissen zu setzen, wo er sich ohnehin weigert, einen Putzlappen auch nur anzufassen, aber ich kenne ihn und habe meine eigenen kleinen Strategien, die ich manchmal sogar noch witzig finden kann, Du erinnerst Dich an die Geschichte mit dem CD-Player und den ganzen Platten. Manchmal könnte ich heulen. Wenn ich nachts, wirklich aus der Agentur, heimkomme und er mich fragt, ob ich wieder den ganzen Tag meine »Bildchen« gemalt habe und ob ich denn nicht irgendwann beabsichtige, etwas Vernünftiges zu tun oder mich etwas mehr um meinen Sohn zu kümmern. Auf weitere Beispiele will ich verzichten, weil mir wieder eingefallen ist, daß ich nicht nur von meinem Mann, sondern auch von Deinem Freund rede, von Deinem besten Freund, wenn man es genau nimmt. Dann rede ich von Dir: Du warst es, nur zur Erinnerung, Du hast mich »verführt« – wie klingt das? – ich wollte es. Aber es paßt so gar nicht zu Dir, daß Du die Frau Deines besten Freundes verführst. Wolltest Du ihm zeigen, daß Du »besser« bist als er und sogar seine Frau kriegen kannst? Das paßt noch weniger zu Dir, also gehe ich davon aus, daß Dir etwas an mir liegt. Dann mußt Du etwas dafür tun. Dann kannst Du Dich nicht ewig in Deinem Bürokämmerchen einschließen, in dem Du mittlerweile öfter übernachtest als in Deinem Bett neben Deiner Frau – ich vergaß, Margit und Du, ihr habt getrennte Schlafzimmer, also hältst Du es nicht einmal aus, im gleichen Haus wie Deine Frau zu übernachten.

Ich bin doch noch nicht fertig damit, über Deinen besten Freund zu reden. Manchmal glaube ich, er sagt, was er sagt, nicht, weil er so meint, sondern um mich zu demütigen – klingt das jetzt wie Scarlett O'Hara? Manchmal könnte ich ihn dafür umbringen. Und dann kommt Dein bester Freund wieder mit riesigen Blumensträußen nach

Hause, strahlt, sagt, wie sehr er mich liebt. Erinnerst Du dich noch an den Sommer 75, als er mich all seinen Freunden und Bekannten, auch Dir und Margit, vorgestellt hat? Als er mich förmlich angepriesen hat. So eine wunderbare Frau, hat er allen gesagt, daß ich mich noch so verliebt habe, in so eine wunderbare Frau, so ein Glück. Er hat sich ja gar nicht mehr halten können vor Begeisterung – und Du erinnerst dich bestimmt noch an die Hochzeit. Es war mir fast peinlich – nein, das ist nicht wahr, damals war es mir nicht peinlich. Es gefällt einer Frau, die ab und zu dämliche Frauenzeitschriften liest und tagsüber Bildchen malt, ganz gut, wenn ein Mann so aufträgt für sie. Jedenfalls ist es mir jetzt, mit fünfunddreißig, manchmal peinlich, diese Hochzeit in Weiß, das Geplapper von der »schönsten Braut der Welt«, und ein paar Jahre später, als Daniel geboren wurde, das gleiche mit dem »schönsten Kind der Welt« – wie klingt denn das?! Und wann hat er sich danach einmal um das schönste Kind der Welt gekümmert?

Aber ich war gerade achtzehn und mit der Schule fertig, umschwärmt von pickelgesichtigen Buben – und dann dieser Mann, dieser großartig aussehende Mann, der auch noch einen Charme hatte, jedenfalls damals, den ein achtzehnjähriges Mädchen nur vom Hörensagen oder höchstens noch aus dem Kino kennt.

Ich habe, obwohl Du es mir nicht geglaubt hast, wirklich erst vor einem Jahr von Dir erfahren (warum hast Du mir das überhaupt gesagt?), daß ihn seine »große Liebe« ein paar Monate vorher sitzengelassen hat, daß er jedem, der ihn darauf angesprochen hat, erzählt hat, er hätte mich zu diesem Zeitpunkt schon gekannt, was eine Lüge war, er habe gleich gewußt, soll er gesagt haben, daß er von mir nicht mehr loskommen werde, daß ich ihn gleich in »meinen Sog«, wie er es ausgedrückt haben soll, gezogen habe. Hat er nicht auch gesagt, ich hätte ihn »eingeatmet«, oder war es eine noch blumigere Formulierung gewesen?

Wir gehen schon lange nicht mehr zusammen ins Theater, wie Du weißt (spätestens jetzt weißt Du es), hält er meinen Geschmack für oberflächlich, wenn ich lache, schaut er mich an, als hätte ich gerade einen Hund aus dem zehnten Stock geworfen und würde mich vor Kichern nicht mehr kriegen, wenn ich heule, findet er es lächerlich. Und weißt Du, was das Seltsamste daran ist? Er haßt nichts mehr als die großen, übertriebenen Inszenierungen, und er selbst ist die größte. Und weißt Du, was das Allerseltsamste daran ist? Er scheint es nicht einmal zu merken. Selbst die Blumen, die er mir immer noch mitbringt, nachdem er wer weiß wo gewesen ist – er »glaubt« an diese Liebeserklärungen, auf eine Art, die ich nicht mehr nachvollziehen kann. Du hattest übrigens recht mit Deiner Angst, er könnte Dein Rasierwasser riechen, mittlerweile achte ich darauf, wie er riecht, und er riecht immer öfter nach einem furchtbar aufdringlichen, süßlichen Parfum (davon abgesehen, daß er nach Rauch und altem Fett riecht), vor kurzem habe ich ihn deshalb sogar für eine Nacht aus dem Schlafzimmer geworfen. Ich weiß nicht, wie man sich fühlt, wenn man in seiner eigenen Wohnung auf dem Sofa schlafen muß! Doch für ihn scheint das bedeutungslos. Am nächsten Tag kommt er mit Blumen. Nicht, weil er ein schlechtes Gewissen hat, sondern weil er mich liebt.

Ich habe lange darüber nachgedacht, ob ich mir meine Zuneigung zu Dir nur einbilde, weil ich die Einbildung verloren habe, daß aus Gunther und mir noch einmal etwas werden könnte. Ob ich einfach nur weg will und Du da bist oder ob es wirklich Liebe ist. Ich kann nicht sagen, ob aus unserer Liebe etwas geworden wäre, wenn es mit Gunther anders gekommen wäre. Aber jetzt ist es, wie es ist, und ich weiß, daß ich mich von ihm trennen werde. Ich will Dich nicht unter Druck setzen, ich weiß auch, wie schwer es Dir fällt, Dich von Margit zu trennen. Gemeinsame Jahre, wie gemeinsam auch immer sie gewesen sein mögen, verbinden. Aber wenn man nur von ein paar schönen Stunden der Vergangenheit lebt, ist man irgendwann selbst nur noch Vergangenheit.

Ich hatte letzte Woche beruflich sehr viel zu tun, heute ist Montag. Bis zum Wochenende muß ich noch ein paar Kleinigkeiten erledigen, meinen Schreibtisch aufräumen, muß noch einmal zum Arzt, dann habe ich vierzehn Tage Urlaub, und Daniel hat bis zum 15. Oktober Herbstferien. Ich habe meine Mutter angerufen – sie wohnt mit ihrem neuen »Lebensgefährten« an der Ostsee – und sie gefragt, ob wir sie besuchen können. Sie hat sich sehr gefreut und versprochen, sich um Daniel zu kümmern, damit ich Zeit für mich habe. Das Wetter, sagt sie, ist zwar nicht gut, aber für die Jahreszeit akzeptabel, und die Meeresluft würde mir ohnehin guttun. Ich soll mir unbedingt ordentliche Kleider mitbringen, sagt sie, Du weißt, wie Mütter sind. Ich habe Gunther davon erzählt. Er hat gesagt, er würde gerne mitkommen, er würde gerne einmal wieder eine Woche mit seiner Familie verbringen, so wie früher. Er sagt, Du würdest ihm bestimmt freigeben, Du könntest problemlos eine Woche lang seine Arbeit erledigen, Du wärst sowieso fast immer da, damit sich deine Fische nicht so einsam fühlen, hat er gesagt. Mußt Du ihm frei geben? Könntest Du ihm überhaupt freigeben, wenn Du, zum Beispiel, überraschend krank werden würdest? Hast Du nicht auch gesagt, daß Deine Frau bald vier Wochen weg sein wird? Würde es dann auffallen, wenn Du nicht alleine, sondern gar nicht zu Hause bist? Ich kenne oben am Meer ein schönes kleines Hotel (mit deutlich besseren Betten als in diesen Autobahnmotels), in dieser Jahreszeit gibt es fast keine Gäste. Da oben haben wir Zeit, da oben müssen wir nicht immer auf die Uhr schauen, da oben sieht uns keiner, und Dein bester Freund schon gar nicht. Wie klingt das? Ich finde, das klingt sehr gut!

Denk darüber nach, ich küsse dich.
Deine Karen

35 In der obersten Schreibtischschublade lugte ganz hinten der lange, dünne Lauf einer spanischen Campo Giro hervor, als Baujahr war die Zahl 1915 ins Gehäuse gestanzt. Vor zwanzig Jahren hatte Krull die Pistole, weil sie ihm so gut gefiel, einem Junkie gestohlen, der tot war und deshalb nichts mehr damit anfangen konnte; das aber wußte außer Krull niemand. Er hatte noch nie damit geschossen, er wußte nicht einmal, ob man damit überhaupt noch schießen konnte, er hatte keine Munition dafür, von den acht Patronen im Magazin abgesehen. Einmal hätte er fast damit geschossen, es war am 14. Oktober 1992 gewesen, ein paar Stunden, bevor er von Karens Tod erfuhr.

Henning Krull küßte den Brief, legte ihn zurück in die Schublade und nahm ihn wieder heraus. Er hatte vergessen, warum er ihn überhaupt herausgenommen hatte, er hatte ihn nicht einmal lesen wollen, er hatte ihn vor mehr als drei Jahren zum letzten Mal gelesen und erinnerte sich doch an jedes Wort. Es war alles, was ihm von Karen geblieben war, außer der Erinnerung. Er besaß nichts von ihr, weil er nichts hatte besitzen wollen, weil er furchtbare Angst gehabt hatte, Brubeck könnte es entdecken. Auch den Brief hatte er damals verbrennen wollen, es dann aber doch nicht getan. Nun würde er es tun, bevor ein anderer etwas entdeckte.

»Herr Krull«, hatte dieser andere gesagt, »wäre es möglich, daß Ihre Beziehung zu Karen Brubeck etwas intensiver als freundschaftlich war?«

»Für was halten Sie mich?« hatte Krull geantwortet.

»Ich wollte nur fragen, der Vollständigkeit halber«, hatte der andere gesagt, »wenn ich ehrlich bin, hätte ich es Ihnen auch nicht zugetraut.«

»Kümmern Sie sich um Ihre eigenen Angelegenheiten«, hatte Krull gesagt, vielleicht ein bißchen zu deutlich. Er war sogar ein bißchen gekränkt gewesen, daß Piel es ihm nicht zugetraut hatte. Aber Krull wußte, wie es gewesen war, er brauchte niemanden, der applaudierte. Jetzt riß er ein Streichholz an, hielt es an den Brief und ließ ihn im Waschbecken verbrennen. Eine halbe Minute später besaß er gar nichts mehr von Karen, das verkohlte Papier zerkrümelte er und spülte es den Abfluß hinunter. Besser so. Einen Moment lang öffnete Krull beide Fenster, der Rauchgeruch verzog sich. Er legte die Brille auf den Aktenstapel am Schreibtischrand. Dann schob er den schwarzen Ledersessel vor das Aquarium, schloß die Tür ab, setzte sich auf den Sessel, schlug die Beine übereinander und verschränkte die Arme vor der Brust. Er lächelte, obwohl ihm zum Heulen war.

Nein, Karen, sagte Henning Krull, ohne es auszusprechen, du hast dich geirrt, du bist keiner meiner Tüpfelbärblinge, du warst einmal ein Tüpfelbärbling, aber den gibt es jetzt nicht mehr. Jetzt bist du ein Julidochromis ornatus, ein Buntbarsch, eine Gelbe Schlankcichlide. Du irrst dich auch, wenn du glaubst, ich würde mit meinen Fischen reden. Ich rede nicht mit ihnen. Aber ich unterhalte mich mit ihnen, lautlos, also hast du dich doch nicht vollkommen geirrt, sondern nur ein bißchen. Und deine Mutter hatte sich geirrt, damals. Das Wetter war, das mußt du zugeben, keineswegs akzeptabel, sondern schauderhaft gewesen, ununterbrochen hatte es geregnet, und wie geregnet, und da oben konnte man fahren, laufen und glauben, man komme überhaupt nicht vorwärts, weil alles so flach ist da oben und gleich aussieht, vom Meer abgesehen, das gewaltig, gewaltig schwarz gewesen ist, damals, im Oktober vor drei Jahren. Ich war erstaunt, da oben überhaupt noch einen Menschen anzutreffen, da oben, dachte ich, hat man gar keine Wahl, als sich umzubringen, wenn man einen Monat alleine verbringt, wenn man einsieht, daß das eigene Leben mehr mit der Eintönigkeit der Landschaft und des Wetters als mit der Gewalt des Meeres zu tun hat. Aber als wir damals gemeinsam am Strand spazierengegangen waren, hatte ich eine Leichtigkeit empfunden, die ich vorher nie und danach nur noch ein einziges Mal empfunden hatte. Dir ging es ähnlich, zumindest hast du das behauptet, als du mich am Bahnhof verabschiedet hast, weil ich aus taktischen Gründen einen Tag früher als du nach Hause fahren mußte.

Und du, Brubeck, sagte Krull, obwohl er die Lippen nicht bewegte, zu dem Tüpfelbärbling, der reglos in der oberen linken Ecke des Aquariums stand, du hast nichts von all dem gemerkt. Weißt du noch, als ich dich angerufen habe, weißt du noch, wie deine Stimme gebebt hat? Das kann ja wohl nicht sein, daß du jetzt krank wirst, einen Tag, bevor ich mit meiner Familie wegfahren will, hast du gebrüllt. Es ist nicht meine Schuld, habe ich dir geantwortet, wenn eine Erkältung kommt, dann kommt sie, dann kann man nichts dagegen machen. Einmal in zehn Jahren, hast du wieder gebrüllt, bitte ich dich um einen Gefallen, und du sagst, es geht nicht, wegen einer lächerlichen Erkältung. Dann hatte ich wohl noch einmal wiederholt, daß eine Erkältung kommt, wenn sie kommt, und die Mindeststärke im Kommissariat leider nicht unterschritten werden dürfe. Vermutlich hat es nicht sehr überzeugend geklungen – aber vielleicht doch, weil meine Stimme matt klang, wie erkältet, weil ich furchtbare Angst hatte, Brubeck, daß du sofort merkst, wenn dein bester Freund dich anlügt, wenn dein bester Freund vorhat, deinen Platz einzunehmen, den an der Seite deiner Frau. Aber damals, Brubeck, wußte ich noch gar nicht, ob ich das überhaupt wollte. Damals, und glaub mir, die Affäre mit Karen war die erste, nachdem ich Margit geheiratet hatte, damals dachte ich, daß diese Affäre so gut funktioniert, weil sie eine Affäre und keine Alltäglichkeit ist, weil man sich heimlich trifft und nicht öffentlich. Aber nach dieser einen Woche da oben gab es keinen Zweifel mehr, daß es öffentlich ebensogut funktionierte wie heimlich, besser sogar, und es gab keinen Zweifel mehr, daß mir die Sicherheit mehr bedeutete als das Risiko, selbst wenn ich mir oft gewünscht habe, es wäre umgekehrt. Und du hast nichts gemerkt, gar nichts.

Ja, Karen, du hattest recht. Margit ist, im Gegensatz zu dir, die Ausgeburt an Energielosigkeit. Früher hatte ich ihre Ruhe bewundert, ihre Übersicht, daß sie sich nicht aufdrängte und man dennoch immer merkte, an ihren, nennen wir es einmal dezent eingesetzten treffenden Bemerkungen, an ihrem Witz, daß sie da war, daß sie immer aufmerksam war, und dann? Dann war nichts mehr, ein bißchen Zynismus, das war geblieben, das war alles. Margit? Wo bist du denn, ach, da unten bist du – verzeih mir, wenn ich so über dich rede, vor fremden Leuten, aber es ist leider die Wahrheit. Du mußt mir auch verzeihen, daß ich dem rückenschwimmenden Kongowels deinen Namen gegeben habe, aber seine Barteln haben mich so sehr an deinen Damenbart erinnert, daß mir keine andere Wahl blieb. Du gibst dir ja nicht einmal mehr Mühe, wie eine Frau auszusehen, und wenn ich dich jetzt so auf dem Rücken liegend unter diesen Wurzeln sehe, sehe ich dich auf dem Bett in deinem Schlafzimmer liegen, im rosa Nachthemd, den schwarzen Haaren an den Beinen – aber lassen wir das, Margit, vielleicht kannst du ja nichts dafür, es gibt Menschen, die werden schwermütig geboren, ich fürchte, du bist einer davon. War es vor fünfzehn Jahren, oder sind es schon zwanzig, als du mich zum ersten Mal gefragt hast, wann ich denn endlich fertig wäre – immerhin hast du mir damals noch eine Viertelstunde gegeben. Dann waren es gerade einmal noch fünf Minuten, fünf Minuten, Margit, so lange habe ich gebraucht, mir eine andere Frau vorzustellen, damit ich überhaupt mit dir schlafen konnte. Dann hast du schon vorher gefragt, ob das denn wirklich nötig sei. Dann haben wir gar nicht mehr miteinander geschlafen, vermutlich war es besser so. Du bist zu deiner ersten vierwöchigen Kur gefahren, wegen diesen Allergien, diesen furchtbar quälenden Allergien, von denen ich nie etwas gemerkt habe. Und ich, hör gut zu, das verrate ich dir heute zum ersten Mal, ich bin dir hinterhergefahren, heimlich. Genauso heimlich, wie ich dich beobachtet habe. Du hast auf einer Bank im Park gesessen und dir die Bäume angeschaut. Den ganzen Tag, wenn du keine Anwendungen hattest. Dann bin ich zurückgefahren, weil ich arbeiten mußte, und habe einen Privatdetektiv engagiert. Er hat eine Menge Geld gekostet und herausgefunden, daß du den ganzen Tag im Park sitzt und dir die Bäume anschaust. Wenn du wenigstens einen anderen gehabt hättest! Weißt du, ich habe mich gefühlt wie der einzige Teilnehmer eines Wettrennens, der trotzdem als zweiter durchs Ziel läuft. Dann bist du zurückgekommen, von deiner ersten Kur, und hast dir das Zimmer unserer Tochter als Schlafzimmer genommen, hast ein Spezialbett gekauft, eine Spezialmatratze und eine Spezialfederdecke, den ganzen Teppichboden hast du rausnehmen und durch Parkett ersetzen lassen, wegen der Hausstaubmilben, wegen deiner Allergien, das wäre besser so. Natürlich, hatte ich gesagt, natürlich, das ist besser so. Verzeih mir, Margit, und diesmal meine ich es ernst, bitte verzeih mir, wenn ich so mit dir rede, das will ich nicht, aber manchmal kann ich nicht anders, als so mit dir zu reden, wie soll ich mich denn sonst wehren gegen etwas, wogegen man sich nicht wehren kann?

Und du, Brubeck? Hast du dich nicht über meine Anrufe gewundert, damals jeden Morgen vor drei Jahren im Oktober, von dem Apparat in meinem Hotelzimmer aus? Peinlich genau habe ich darauf geachtet, daß alle Fenster geschlossen waren, damit du nicht etwa zufällig das Meer im Hintergrund hörst, oder den Regen, der da oben fiel und bei dir da unten vielleicht nicht gefallen ist. Pünktlich um neun habe ich dich angerufen, jeden Morgen, wenn du ins Büro gekommen bist, damit dir ja nicht einfällt, bei deinem besten Freund zu Hause anzurufen und dich nach seinem Befinden zu erkundigen. Aber auch für diesen Fall hatte ich vorgesorgt, ich hatte mir, jetzt können wir die Karten ruhig auf den Tisch legen, extra für dich einen Anrufbeantworter mit Fernabfrage gekauft, falls du doch einmal anrufen solltest. Dann hätte ich zurückgerufen und behauptet, ich hätte krank im Bett gelegen und das Telefonläuten überhört. Aber du hast nicht angerufen, kein einziges Mal. Du hattest keine Lust, dich mit mir zu unterhalten, hast geschmollt, wie man das bei sechzehnjährigen Mädchen nennt. Jedes Gespräch hast du nach ein paar Sätzen abgebrochen, aber wie kann man denn so wütend auf einen kranken Mann sein, das war sehr unhöflich. Und noch etwas, Brubeck, mein bester Freund. Warum kommst du eigentlich noch immer jeden Tag, fast jeden Tag, pünktlich um neun ins Büro? Glaubst du noch immer, daß du unentbehrlich bist? Du mußt doch sehen, daß es mir – entschuldige, wenn ich ein Wort gebrauche, das du von mir nicht kennst – daß es mir scheißegal ist, ob du da bist oder nicht, sogar jetzt kommst du noch fast immer pünktlich ins Büro, ein paar Tage vor deiner Pensionierung. Das mußt du sehen, Brubeck, du siehst doch sonst immer alles. Nein, du siehst es nicht immer, ich habe gelogen. Damals, als ich zum Leiter des Kommissariats befördert wurde, obwohl du damit gerechnet hattest, diese Stelle zu bekommen, hattest du auch nichts gesehen. Wie hattest du es formuliert? Sie haben Krull befördert, damit er bei der praktischen Arbeit aus den Füßen ist, es sei eine sehr weise Entscheidung. Wie mußt du dich geärgert haben, Brubeck, es hat mir gut gefallen. Hast du nicht die

Andeutungen deiner Frau gehört, jeder Mensch hätte das gehört, sogar in Gegenwart von uns beiden hat sie Dinge gesagt, die man einfach nicht überhören konnte. Du konntest es. Du hast nicht einmal gehört, wenn sie gesagt hat, daß die Firma keine Aufträge hat und kurz vor dem Konkurs steht, obwohl Karen fast jeden zweiten Tag spätnachts aus dem Büro nach Hause gekommen ist. Aber natürlich, einem Mann wie dir fällt es nicht leicht, sich vorzustellen, der Verlassene zu sein, und nicht der, der verläßt. Einem Mann wie dir fällt es auch nicht leicht, sich vorzustellen, daß seine Frau Tabletten nimmt. Sie hat sie weggeworfen, da oben, die ganze Schachtel, ins Meer – nach zwei Tagen mit deinem besten Freund Henning Krull, und du, Brubeck, hast geglaubt, sie braucht das Zeug nur wegen der Arbeit in der Agentur, weil es dort so furchtbar hektisch ist. Wie findest du das? Großartig findest du das, nicht wahr, Brubeck.

Weißt du, Karen, auf wen ich mit dieser Campo Giro, dieser wunderbaren Pistole, am 14. Oktober vor drei Jahren fast geschossen hätte? Du weißt es, natürlich, du ahnst es zumindest. Ich hatte den Lauf schon in den Mund gesteckt, aber dann habe ich doch nicht abgedrückt, sondern getan, was du mir immer vorgeworfen hast. Ich habe nachgedacht. Wie immer. Wie früher, als ich noch viel jünger war und darüber nachdachte, warum ich mich nicht einfach umbrachte. Und wie früher bin ich zum gleichen Ergebnis gekommen: Ich konnte mich nicht umbringen, weil ich damit ein Unglück angerichtet hätte, und dieses Unglück wäre nicht mein eigener Tod gewesen. Es wäre das Unglück derer gewesen, die, vielleicht, geglaubt hätten, dafür verantwortlich zu sein. An meine Eltern hatte ich gedacht, früher, vor allem an sie. Ich hatte es nicht so einfach wie du, Brubeck, mit deiner toten Mutter und deinem Nazivater, er hat es dir sehr leicht gemacht, ihn widerlich zu finden. Ich hatte gewöhnliche Eltern, Durchschnittseltern, wie sie die meisten hatten, Eltern, die kein besonders lustvolles Leben führten, Eltern, denen ich wenig zu verdanken, aber genausowenig vorzuwerfen hatte. Wenn sich ihr einziger Sohn auch noch umbrachte, dachte ich früher, wenn ich ihnen mit mir das auch noch nahm, hätten sie gar nichts mehr von ihrem lustlosen Leben, dann könnten sie sich gleich selbst umbringen. Ich weiß nicht, ob du das verstehen kannst, Brubeck, ich glaube es fast nicht. Und damals, am 14. Oktober, als ich nicht abgedrückt habe, als meine Eltern schon ein paar Jahre tot waren, mußte ich an dich denken, an meinen besten Freund, und vor allem an dich mußte ich denken, Karen, und sogar an dich, Margit, an unseren Sohn und selbst an unsere Tochter mußte ich denken, sie wäre vielleicht sogar froh gewesen, wenn ich es getan hätte.

Ich hatte darüber nachgedacht, ob ich es vielleicht so drehen konnte, als hätte mich jemand umgebracht, dann hätte es nicht wie eine Anklage ausgesehen, ich mußte keine Fingerabdrücke auf der Waffe hinterlassen, ich hätte sie so halten können, daß sie mir nach dem Schuß aus der Hand fiel – aber der Fortschritt, Brubeck, diese fabelhaften Polizeilaboratorien, es hätte nicht lange gedauert, bis man dahintergekommen wäre, sie hätten Pulverspuren an meinen Händen gefunden, bei dieser altertümlichen Waffe sowieso, und es wäre mir kaum Zeit geblieben, mir nach dem Schuß noch die Hände zu waschen.

Dann saß ich auf diesem Sessel, so wie ich jetzt hier auf diesem Sessel sitze, und habe gewußt, daß es weiterging. Ich mußte dir, Margit, sagen, daß ich dich verlassen werde, deinen Blick, Brubeck, mußte ich ertragen, während du, Karen, mich umarmst und küßt, sehr innig hättest du mich geküßt, vor allem in seiner Gegenwart, ich weiß, wie du dich auf diesen Augenblick gefreut hast, und es war vermutlich eine Tragödie, daß du ihn nicht mehr erleben durftest. Für mich waren es Szenen eines Horrorfilms, und schon der Gedanke daran ließ mein Herz rasen und trieb mir den kalten Schweiß auf die Stirn. Du hättest sehen müssen, wie meine Hände zitterten, als ich die Pistole zurück in die Schublade gelegt habe. Lach nicht, Karen, ich weiß, daß es lächerlich klingt, wenn ich jetzt sage, ich wollte mich umbringen, nach all dem, was ich dir da oben gesagt habe.

Dann haben sie mir gesagt, was mit dir und Daniel passiert ist. Sie haben es mir gesagt, ohne zu wissen, was sie mir damit sagen. Und weißt du, was passiert ist? Meine Hände haben aufgehört zu zittern, mein Herz hat langsamer geschlagen, ich empfand Erleichterung. Von dir, Margit, mußte ich mich nicht trennen, deinen Blick, Brubeck, mußte ich nicht ertragen, während du, Karen, mich umarmst und küßt. Und erst ein paar Minuten später habe ich gemerkt, was ich empfunden hatte. Ich habe mich dafür geschämt, und in den letzten Wochen ist es immer schlimmer geworden, seit dieser junge, altkluge Kommissar mir ständig von damals erzählt. Von damals, als die Frau, mit der ich leben wollte, tot war und ich Erleichterung empfand. Dann habe ich mich schwer gefühlt, damals. Dann habe ich wieder dagesessen, auf diesem Sessel, vor meinen albernen Fischen, und habe angefangen zu zittern, aber nicht mehr so heftig, ein leichtes Zittern ist es nur noch, aber um so hartnäckiger, es ist immer da. Jetzt, dachte ich, jetzt wollte mein Leben nur noch verwaltet werden, jetzt würde es so weitergehen, wie es schon jahrelang ging, von diesem einen Jahr unserer Affäre abgesehen. Ich wollte nichts mehr, ich wollte, ganz anders als dein Mann, nie wissen, wie es zu deinem Unfall gekommen ist, ob jemand schuld war an deinem Tod. Für mich war es vorbei.

Dann hatten Sie die glänzende Idee, Angelegenheiten zu regeln, die längst schon geregelt waren. Was wollen Sie, Piel?

Krull beugte sich nach vorne und klopfte etwas zu heftig

mit dem Fingerknöchel an das Aquarium; direkt hinter dem Glas stand ein Siamesischer Kampffisch und schaute ihn an. Fast alle Fische hatten alberne Namen, aber diesen Namen hielt Krull für den albernsten von allen – die Züchtungen der Zoofachhandlungen verhielten sich nur ein paar Tage im Becken ansatzweise kämpferisch, wenn man nicht den Fehler beging, sie zu einem männlichen Artgenossen zu setzen. Wenn man die ersten Tage durchstand, verhielten sie sich schnell ausgesprochen friedlich, und schon nach zwei Jahren waren sie vollkommen vergreist. Dieser Fisch saß seit drei Tagen im Becken, er war unproblematisch gewesen mit kleinen Schönheitsfehlern, zwei Guppys hatten die ersten Stunden nicht überlebt. Krull lehnte sich wieder in seinen Sessel zurück, er kreuzte die Arme vor der Brust.

Wieso kümmern Sie sich um Dinge, von denen Sie nicht die geringste Ahnung haben? Sind Sie zu eitel, um zwei Wochen lang die Hände in den Schoß zu legen, sind Sie auch einer von der Sorte, die eine wirklich große Aufgabe braucht, um sich nicht zu langweilen, sind Sie einer von denen, die glauben, man könne alle Dinge auf der Welt in Ordnung bringen, oder sind Sie einfach nur zu dämlich, um zu merken, was Sie gerade anrichten? Sie sind sehr jung, Piel, und ich an Ihrer Stelle würde die Möglichkeit nicht ausschließen, daß die erwachsenen Menschen in meiner Umgebung wissen, was sie sagen. Fünfmal habe ich Ihnen jetzt schon gesagt, daß Sie es gut sein lassen sollen. Aber ich sehe nur Ihre Augen leuchten, wenn Sie mir mitteilen, Sie hätten herausgefunden, daß die Familie Brubeck wohl doch nicht so glücklich war, wie man dachte. Wer dachte das, Piel? Niemand dachte das, von Brubeck selbst vielleicht abgesehen. Man sagt, Ihre Beziehung wäre vielleicht doch nicht nur freundschaftlich gewesen, sagen Sie, Piel, lassen Sie die Leute sagen, was sie wollen, keiner weiß wirklich etwas, geredet wird viel. Wem würde es denn weiterhelfen, wenn jetzt noch jemand dahinter käme, was damals zwischen Karen und mir war! Brubeck hat sich eingerichtet, ich habe mich eingerichtet. Und wem würde es weiterhelfen, wenn jemand dahinterkäme, warum dieser Unfall geschehen ist? Sie glauben doch nicht wirklich, daß Brubeck sich von Ihnen überzeugen läßt, falls Sie die Unschuld der drei Männer beweisen könnten. Dafür bräuchte es schon wirklich gute Beweise. Und Sie glauben doch nicht im Ernst, daß einer wie Paulsen diese wirklich guten Beweise nicht längst auf den Tisch gelegt hätte, wenn es welche gäbe. Und jetzt, Piel, stellen Sie sich einmal den umgekehrten Fall vor: Was würde passieren, wenn Sie die Schuld der drei Männer beweisen könnten? Was würde dann passieren? Ich weiß zwar nicht, was, aber etwas würde passieren, und ich fürchte, daß etwas außerhalb des Dienstweges passieren würde, daß es nicht sehr angenehm wäre, das, was passieren würde, Herr Piel, wenn Sie bitte so freundlich wären, diesen Hinweis zur Kenntnis zu nehmen.

Krull hatte sich in Rage geredet, er ging zum Fenster, sie rissen den Asphalt auf, um Schienen für eine Straßenbahn zu verlegen. Es war trüb draußen. Im Flur fiel eine Tür ins Schloß. Piel, dachte Krull, Piel war gekommen, er hatte ihm bedauerlicherweise bis zwölf Uhr freigeben müssen, weil er die Nacht durch gearbeitet hatte, jetzt war es zwölf. Henning Krull ging zum Schreibtisch und dachte darüber nach, ob er inzwischen nicht auf dem gleichen Weg war wie seine Frau, ob er auf dem Weg war, ein verbitterter alter Mann zu werden, ob er es nicht sogar werden wollte, weil verbitterte alte Männer immer recht hatten. Er setzte seine Lesebrille auf und zog einen Schnellhefter aus dem Aktenstapel. An der Universität war ein Karton mit Pillen aufgetaucht. Jemand würde sich darum kümmern müssen. Piel würde sich darum kümmern müssen. Vielleicht war das große Aufgabe genug. Vielleicht reichte das, zumindest vorerst, um andere große Aufgaben zu vergessen.

36

Das rote Ampellicht hing verwischt ein paar Meter über dem Boden in der Luft, die Autoabgase fingen sich im Nebel, Brubeck war schläfrig, fast nickte er ein. Im Halbschlaf sah er den Nebel rot, sah er, wie sich eine rote Figur mit weißen Haaren davonschlich, Brubeck wollte sich bewegen, wollte ihm hinterher, er konnte sich bewegen, aber er tat es nicht. Sie hupten wie die Verrückten. Brubeck war wieder klar, der Nebel war grau, er schaltete die Lüftung ab. Die WELLE meldete, daß die Stadtautobahn an ihren tiefsten Punkten überschwemmt sei und der Verkehr entsprechend umgeleitet werde. Brubeck zündete sich eine Roth-Händle an, machte einen Zug und drückte sie aus. Die Zigarette schmeckte widerlich, er hatte einen widerlichen Geschmack im Mund. Im Wagen roch es widerlich. Der Aschenbecher war randvoll, überall im Wagen war Asche, als hätte es Asche geregnet, als wäre der Wagen ein einziger großer Aschenbecher. Es roch widerlich nach Alkohol, vor ein paar Tagen war eine Flasche Gin beim Einladen kaputtgegangen. Brubeck fühlte sich gut. Vielleicht fand er es deshalb so widerlich. Gestern hatte ihm das alles nichts ausgemacht, er hatte es nicht einmal bemerkt, wie manche Ehemänner ihre Ehefrauen nicht mehr bemerken, wenn sie fünfzig Jahre mit ihnen verheiratet sind. Die Ampel schaltete zum zweiten Mal auf Rot, Brubeck war keinen Zentimeter vorwärts gekommen. Er legte den ersten Gang ein, die Gegenfahrbahn führte stadtauswärts, sie war frei, Brubeck wendete, gab Gas, bog einmal nach links und einmal nach rechts ab, parkte vor einem Supermarkt, ein Verkäufer schloß gerade die Tür auf, neun Uhr drei.

Zehn Minuten später stellte Brubeck einen großen Pappkarton auf den Beifahrersitz und fuhr nach Hause. Er schleppte sich mit dem Karton hoch zu seiner Wohnung, sein Atem war flach, als sie damals das Apartment gemietet hatten, hatte niemand darauf geachtet, ob es im Haus einen Aufzug gab. Brubeck drehte den Schlüssel im Schloß, öffnete die Tür und blieb im Rahmen stehen. Staubflocken wirbelten vom Luftzug durch den Flur, Dornbüsche im Western, die durch eine Geisterstadt getrieben wurden, wenn sich die Natur allmählich das verlorene Territorium zurückeroberte. Über dem gesamten langgezogenen Raum hingen Spinnweben zwischen Decke und Wänden, grau, pelzig, schwer vom Staub. Dreck. Überall Dreck, Abfall, Ramsch, Gerümpel. Seine Wohnung war ein Loch. Es war höchste Zeit, daß er, Brubeck, sich sein Territorium zurückeroberte.

Im Wohnzimmer stellte er den Karton neben das Telefon und wählte eine Nummer. Der Karton glich dem Blumenkarton, den er jeden Dienstag beim alten Winter kaufte. Heute war Donnerstag, er würde es nachholen.

»Kriminalpolizei Krull, guten Tag.«

Brubeck legte auf. Nicht bei Krull. Er hatte sich noch nie krank gemeldet, wenn er nicht krank gewesen war, er war immer zumindest annähernd pünktlich zur Arbeit gekommen, egal in welchem Zustand, manchmal ohne zu schlafen, manchmal direkt aus der Kneipe. Nicht bei Schröder. Bei Piel. Er wählte seine Nummer. Niemand meldete sich, vermutlich war Piel wirklich krank, nachdem Brubeck ihn zwei Nächte hintereinander betrunken gemacht hatte. Gut so, dachte Brubeck, Piel hatte schon lange nicht mehr von Karen und Daniel gesprochen, wahrscheinlich hatte er längst das Interesse an der Geschichte verloren. Piel war leicht zu begeistern, für dies, für jenes, wie ein Kind. Es interessierte ihn überhaupt nicht, für was er sich begeisterte, er begeisterte sich für die Begeisterung, das war alles. Piel ahnte nichts. Vielleicht glaubte er sogar, daß sich zwischen ihnen eine Art Freundschaft entwickelt hatte. Gestern nacht hatte er Piel angeboten, sich zu duzen, und Brubeck hatte bei Piel eine Art von freudiger Erregung bemerkt, wie bei einem jungen Hund, dessen Herrchen die Leine vom Garderobenhaken nimmt, um spazierenzugehen. Na ja, der Vergleich war vielleicht etwas übertrieben, dachte Brubeck, vielleicht hätte sich ihr Verhältnis unter anderen Umständen sogar anders entwickelt. Die Umstände waren, wie sie waren. Er wählte eine dritte Nummer.

»Kriminalpolizei Hettig, guten Tag.«

»Brubeck. Ich melde mich für heute ab, ich bin krank, ein bißchen Grippe.«

»Werde ich weiterleiten«, sagte Hettig. »Gute Besserung.«

»Danke«, sagte Brubeck und legte auf. Dann öffnete er den Karton und nahm eine Packung großer blauer Müllsäcke heraus.

Der Schimmel war weg und mit ihm eine Menge unbrauchbar gewordenes Geschirr. Die Küche war sauber, zumindest das, was man sah, ohne auf eine Leiter zu steigen oder einen Schrank zu öffnen. Neben dem Trockner lief die Waschmaschine, neben der Waschmaschine die Spülmaschine. Das Bad war sauber, er hatte den Kalk aus den Becken gescheuert und alle Vorleger weggeworfen. Die Toilette glänzte. Seine Fingernägel glänzten matt. Er hatte eine Nagelfeile gefunden und sich die dunkelgelbe Nikotinschicht von den Nägeln geschmiergelt. Vom vielen Putzwasser waren seine Hände weich und faltig, er war es nicht gewohnt, zu putzen. Früher war zweimal die Woche eine Putzfrau gekommen, Brubeck hatte ihr gekündigt. Er hatte niemanden sehen wollen, schon gar keine Frau, nicht einmal eine Putzfrau. Der Staub im Flur war weg, dort standen jetzt drei pralle blaue Säcke, zwei hatte er schon zum Container in den Hinterhof getragen. Ein Hund hatte ihn angebellt, vorwurfsvoll, voller Energie, Frau Gruber hatte sich vermutlich einen neuen zugelegt, für ihre alten Tage. Über dem von Schweiß und Speichel fleckigen Ledersofa lag eine Wolldecke, der Teppich war gesaugt, das Ergebnis bescheiden, auf den unappetitlichsten Stellen standen nun Blumentöpfe. Obwohl es ihm schwergefallen war, hatte er im Schlafzimmer gesaugt, sogar Otto Lotto hatte er abgesaugt, die Federdecke zurückgetragen, die Spinnweben weggefegt und das Bett frisch bezogen. Der Belag auf den Fensterscheiben war weg, Brubeck war ihm mit Spiritus beigekommen, wie es ihm die Verkäuferin im Supermarkt geraten hatte. Nun konnte man sogar, ohne dafür extra ein Fenster öffnen zu müssen, von drinnen erkennen, ob es draußen regnete. Es regnete. Der ganze Ramsch war weg, das Wohnzimmer entrümpelt. Mit einem Ruck rastete der schräg in den Angeln hängende Flügel des Balkonfensters wie ein ausgerenktes Schultergelenk ein. Brubeck schaute sich um. Ein Müllsack stand noch neben dem Sofa, er war halbvoll. Es gab nichts mehr zu tun, kurz nach drei. Nein, dachte er, etwas gab es doch noch zu tun.

Er zündete sich eine Zigarette an, klemmte sie zwischen die Lippen, öffnete den Wohnzimmerschrank, nahm den ganzen Stapel heraus, zog Platte um Platte aus der Hülle und brach sie in der Mitte durch. *La Fiesta de la Posada – Christmas cantata in mexican folk style* war die LP, die er am meisten haßte und als erste im Sack landete. *Jazz Red Hot and Cool, Take Five Live, Brubeck in Amsterdam* und wie sie alle hießen, folgten. Er besaß genau zweiundvierzig Stück davon, ein paar sogar doppelt. Sein bester Freund Henning Krull hatte ihm vor fünfzehn Jahren zum Geburtstag das erste Dave-Brubeck-Album geschenkt, dann hatte es nicht mehr aufgehört. Sie fanden es originell. Er fand es widerlich. Er fand Jazz überhaupt widerlich, weil er die Jazzer widerlich fand, schon das deutsch ausgesprochene Wort *Jazzer* war widerlich genug. Wenn es guter Jazz war, wurde er von Künstlern gespielt, die manchmal hot, aber meistens cool waren, wenn es schlechter Jazz war, wurde er von Geographielehrern und Amtsrichtern gespielt, die sich für Künstler hielten und nach Feierabend mittags um zwei nichts Besseres zu tun hatten, als Kunst zu produzieren. Karen hatte seine Abneigung gekannt. Wenn jemand mit einem großen, flachen, quadratischen Päckchen angekommen war, hatte sie das Schlimmste verhindert, das Geschenk entgegengenommen und beteuert, wie sehr ihr Mann diese Musik liebe – während er sich bereits vor dem Augenblick fürchtete, in dem jemandem einfiel, den Plattenspieler in Gang zu setzen. Er drückte die Zigarette in einem Blumentopf aus und warf die Kippe in den Sack. 1988 hatte Brubeck einen Tag vor seinem Geburtstag die Nadel am Tonarm verbogen, weil man diese Platten nicht nur geschenkt bekam, sondern auch noch dazu gezwungen wurde, sie am gleichen Abend abzuspielen. Und wenn es drei Platten pro Geburtstag gab, gab es keine andere Musik mehr, es gab nicht einmal keine Musik mehr.

Dann kam die Geburtstagsfeier 1989, die letzte Feier mit Karen, die letzte Feier überhaupt. Die Gäste hatten zusammengelegt und ihm einen CD-Player geschenkt, samt *Time Signatures*, ein Vier-CD-Box-Set, mehr als genug widerliche Musik von widerlichen Musikern für einen ganzen Abend. Karen hatte einen Lachanfall bekommen, selbst Krull hatte gelacht, als wisse er genau, obwohl er der Initiator dieser Überraschung gewesen war; und er, Gunther Brubeck, hatte gelacht, verzweifelt gelacht, er wußte genau. »Wunderbar, großartig, genau das richtige«, hatte er gesagt, sich bei allen mit einem Schulterklopfen bedankt und, nachdem man das Gerät installiert hatte, die erste CD selbst in den CD-Player eingelegt, bevor ein anderer sie einlegte.

Er brach *Bravo! Brubeck!* in der Mitte durch und zerriß die Hülle. *Once When I Was Very Young* landete im blauen Sack. Seit drei Jahren war das widerlichste an diesen Dave-Brubeck-Platten, vor allem an den neueren, daß ihn die Visage dieses Künstlers so sehr an die Visage von Olaf Paulsen erinnerte – dieses gesetzten, stilvollen älteren Herrn, mit seinen halblangen, fast weißen Haaren, seiner krummen, aber nicht zu krummen Nase, seinem sanftmütigen Lächeln, seiner Inszenierung von schweigsamer, überlegener Introvertiertheit, die ihn, Gunther Brubeck, verrückt machte. Keine Miene hatte Paulsen damals verzogen, nicht den Ansatz einer Regung gezeigt.

»Ich kriege Sie, Paulsen, irgendwann kriege ich Sie«, hatte Brubeck gesagt, damals, zum Abschluß ihrer Unterhaltung.

»Versuchen Sie es, lieber Freund«, hatte Paulsen geantwortet, sich umgedreht und war gegangen.

Danach war es Brubeck kein einziges Mal mehr gelungen, direkt mit ihm zu sprechen.

Paulsen war Händler. Er handelte mit allem, womit sich handeln ließ, und mit allen, die mit sich handeln ließen; in der Szene ging der Kalauer um, er habe sich damit nicht wenige Feinde eingehandelt. Wann immer Brubeck ihn in der Öffentlichkeit auftreten gesehen hatte, und das war selten genug, wurde er von zwei Leibwächtern begleitet. Sein Haus, es war eher ein Schloß, verließ er nur noch im Wagen mit Chauffeur und kugelsicherem Glas; die Fahrt in der Nacht, als Karen und Daniel starben, mußte eine seiner letzten eigenhändigen Fahrten gewesen sein, den Führerschein hatten sie ihm für ein Jahr abgenommen. Paulsen war ein Selfmade-Gangster, der sich rechtzeitig die Märkte in Osteuropa gesichert hatte und expandierte. Gerade in den letzten Jahren lief das Geschäft immer besser, er verfügte über weltweite Beziehungen, unter anderem organisierte er russische Waffen, die die Kolumbianer mit

Kokain und die Kurden mit Heroin bezahlten, Paulsen bekam seine Vermittlungsgebühr, war im Grunde gänzlich unbeteiligt, Rußland bekam seinen Rausch. Er war eine Vertrauensperson, ein Stratege, einer, der den Überblick behielt, wenn andere den Kopf verloren. Immerhin hatte er nach dem Mord an Brubecks Familie vorübergehend den Kopf verloren, das fand Brubeck fast sympathisch. Nie hatte es für einen Haftbefehl gereicht, was vermutlich daran lag, daß nicht nur eine Reihe von Leuten, die hauptberuflich Verbrecher waren, für Paulsen arbeitete, sondern auch welche, die hauptberuflich Polizisten waren, die wußten, wo und wann es gefährlich wurde und man sich besser zurückzog.

Paulsens Haus, seine Villa, sein Schloß, war durch mehrere Alarmanlagen gesichert. Brubeck hatte sich von der Firma, die das System installiert hatte, eine ähnliche Anlage vorführen und erklären lassen, eine perfekte Anlage. Weil sich Paulsen in der Welt nicht mehr sicher fühlte, hatte er sein Haus nicht nur zu einer Festung gemacht, sondern zu einer eigenen kleinen Welt. Das Fernsehzimmer war kein Fernsehzimmer, sondern ein Kino, der Partyraum ein Club mit allen Schikanen, mit Dunkelräumen und Gästen, die entweder zum Sicherheitspersonal gehörten oder engagiert waren. Vor etwa zwei Jahren hatte er sich im Keller ein Schwimmbad einrichten lassen, in dem er täglich vor dem Frühstück schwamm, um wach zu werden, und manchmal abends, um besser schlafen zu können. Das Schwimmbad war kein Schwimmbad, sondern ein kleines Meer mit Salzwasser, mit echten Palmen, karibischem Sandstrand und einer Tropica-Bar. Seither stand im Garten ein Häuschen, es sah aus wie ein Gartenhaus, aber es war keine Abstellkammer für den Rasenmäher, sondern beherbergte die für das Meeresbecken erforderlichen Anlagen, dafür war im Keller kein Platz mehr gewesen. Was Brubeck besonders interessierte, war die Umwälzpumpe, eine Apparatur, die das Meerwasser reinigte und wieder zurück ins Becken leitete. Wie an einer Waschmaschine befand sich unter einer Klappe eine Öffnung, in die man ab und zu Salz nachschüttete, um eine gleichbleibende Wasserqualität zu gewährleisten. Das Gartenhäuschen war nicht durch eine Alarmanlage gesichert. Es war nicht sehr schwierig, an die Apparaturen zu gelangen.

Brubeck ließ eine Platte fallen, lehnte sich an den Wohnzimmerschrank und schaute aus dem Fenster, ohne wirklich hinauszusehen. Paulsens Ende war sein eigenes Ende. Wenn sie ihn fanden, tot, war es egal, ob es so aussah, als sei er vom Blitz erschlagen worden, so wie Dohr und Kramer irgendwie vom Blitz erschlagen wurden. So hatte er es geplant. Es hatte ihn nie interessiert, was danach passieren würde. Er wußte, was passieren würde. Er war Realist. Man würde ihn verhaften, verurteilen. Dohr und Kramer, das konnte Zufall sein, keiner fragte nach. Wenn auch Paulsen tot war und Brubecks Echo immer leiser werden würde, würden sie Ermittlungen anstellen, bevor es völlig verstummte. Sie würden herausbekommen, daß er bei Dohrs Abflug am Luftport gewesen war und genügend Zeugen dafür finden, zum Beispiel die Bedienung der Air-Snack-Bar, bei der er sich über den Kaffee beschwert hatte, oder die Frau am Schalter des Reiseveranstalters am Tag zuvor. Sie würden feststellen, daß Beatrix Traben im Blauen Hasen gearbeitet und Brubeck dort Nacht für Nacht an der Theke gesessen hatte. Eve würde die Stimme, seine Stimme, erkennen, mit der er ihr am Telefon ein *lukratives Angebot* gemacht hatte, sie würde ihre Verwunderung zu Protokoll geben, daß am vereinbarten Treffpunkt ein Umschlag mit tausend Mark, aber kein Freier gewesen war, und es hatte keinerlei Sinn zu leugnen, daß er am Tag von Kramers Vergewaltigung sechzehntausend Mark abgehoben hatte. Bea interessierte ihn nicht, sie hatte um viel

Geld gespielt und alles verloren – jeder mußte selbst sehen, wo er blieb.

Brubeck hatte es nicht für nötig gehalten, vorsichtig zu sein, es wäre einfach gewesen, sich Alibis zu besorgen, sich zu verstecken, mit etwas mehr Maskerade aufzutreten. Erst als Piel anfing, sich umzuhören, hatte er es ein wenig bereut, weil er fürchtete, ihm bleibe keine Zeit mehr für Paulsen; aber seine Befürchtung war umsonst gewesen. Wenn Paulsen tot war, würde Brubeck sagen, was er wußte, zugeben, was er getan hatte, dann würde sich irgendeine Behörde um Ralf-Peter Dohr in Malaysia kümmern, er hatte lange genug dort gesessen, in der Angst, bald hingerichtet zu werden. Es bestand keine Gefahr, daß er tatsächlich hingerichtet wurde, die Prozesse waren meistens Schauprozesse und zogen sich über mehrere Monate hin. Dohr war ein harter Hund, er würde es überleben. Kramer war eine arme Sau, vermutlich glaubte er trotz Einstellung des Verfahrens bis zu seinem Tod, daß er Bea wirklich vergewaltigt und fast umgebracht hatte. Das reichte, sie waren nur Komplizen. Paulsen war der Täter. Wenn Paulsen tot war, hatte Brubeck seine Pflicht erfüllt, so, wie es sich gehörte. Wenn Paulsen tot war, war es vorbei mit der Zukunft. Zum ersten Mal nach drei Jahren dachte er wieder an etwas wie Zukunft. Drei Jahre waren viel Zeit. In drei Jahren konnte einiges passieren.

Es läutete. Das Läuten klang fremd, weil ihn schon lange niemand mehr besucht hatte, aber er hatte aufgeräumt, weil er Besuch erwartete. So früh hatte er allerdings noch nicht damit gerechnet. Er drückte den Türöffner, öffnete die Wohnungstür und dachte darüber nach, wie er Marianne die Müllsäcke im Flur erklären konnte. Die Schritte auf der Treppe hörten sich nicht an wie Frauenschritte, und nach einer halben Minute erschienen zwei gepflegte, weich wirkende Männer. Sie trugen einfarbige, dunkelblaue Anzüge, hatten kleine schwarze Aktenkoffer dabei, stellten sich als Zeugen Jehovas vor und fragten Brubeck, ob er an der Wahrheit interessiert sei.

»Ja«, sagte Brubeck, ohne sie in die Wohnung zu bitten.

Die beiden nickten freundlich, der größere von beiden nahm ein Exemplar des *Wachturms* aus seinem Koffer, der kleinere fing an zu reden. Brubeck ließ ihn reden, weil er ihm danach sagen wollte, daß er ihre Organisation für eine Verbrecherorganisation hielt, er freute sich darauf, sie zu beleidigen. Der kleine Zeuge sprach von der Erkenntnis, die zum ewigen Leben führe, von der einzig wahren Lesart der Bibel, gestikulierend zitierte er eine Stelle nach der anderen; während einer besonders ausholenden Bewegung rutschte ihm das Jackett etwas zu weit auseinander. Brubecks Herz schlug schneller. Er wußte, daß die Sekte glaubte, nur die guten Menschen würden überleben und die schlechten eines Tages allesamt vernichtet werden. Er wußte nicht, daß man dabei mit Waffengewalt vorgehen wollte.

37

Der Raum hatte ein seltsames Aussehen, die Winkel stimmten nicht, die Decke war zu hoch, zu niedrig, es war ein Wohnzimmer, das alte Wohnzimmer in Köln, Rollucks Wohnzimmer, der BubbleClub, es war – es veränderte sich von einer Sekunde auf die andere, wenn Piel die Augen schloß und wieder öffnete, hatte es sich verändert, wenn er seinen Blick von etwas ab- und etwas anderem zuwendete, und wenn er wieder dorthin schaute, wo er gerade hingeschaut hatte, war das, was eben noch dagewesen war, nicht mehr da oder etwas ganz anderes, ein Sofa stand mitten im Raum, eine Frau auf dem Sofa, Mama auf dem Sofa und sein Vater rechts daneben, dann sah er sich selbst, obwohl er sich gar nicht sehen konnte, weil er es war, der sah, weil er der Beobachter war und nicht das, was er beobachtete, er saß links von Mama und zog an ihr, sein Vater zog an ihr, das Telefon läutete, es gab kein Telefon in diesem Zimmer, von dem er nicht wußte, welches Zimmer es war, es läutete, er hörte eine Stimme, seine Stimme, seine Stimme klang seltsam, hölzern, wie schlecht aufgenommen, von einem Band, die Stimme war Elisabeths Stimme, klar und deutlich, *Jan, bist du da?* Elisabeth saß auf dem Sofa, Mama hatte sich aufgelöst, *ich muß dir etwas sagen, Jan, jetzt, ob du da bist oder nicht,* sein Vater saß und zog am Gläschen, an Elisabeth, sein Vater war Georg, Georg zog an der Zigarre, an Elisabeth, *das Problem ist noch der Mond*, sagt Elisabeth, ohne die Lippen zu bewegen, dann schweigt sie, geradeaus schaut sie schweigend und ist ein junges Mädchen mit roten Haaren, und ein junger Mann kommt, und sie geht mit ihm weg, sie ist da und ist Elisabeth, sitzt auf dem Sofa, schaut geradeaus, Piel zieht und will sie auf seine Seite ziehen, da lächelt Elisabeth, Elisabeth lächelt, und wie sie lächelt, ein Mann kommt und ist da. Brubeck kommt und ist da. Nichts tut er, er sagt nichts, er ist nur da, verzieht keine Miene, der Raum ist klein und Brubeck groß, Elisabeth steht auf und geht, geht mit Brubeck, einfach so, einfach weg, wortlos, Piel wühlte, krallte seine Finger ins Laken, umarmte die Federdecke, wälzte sich, lag auf dem Rücken, auf dem Bauch, lag auf der Seite, rechts erst, dann links, dann saß er aufrecht.

Der Raum war sein Zimmer, das Sofa kein Sofa, sondern sein Bett. Die Winkel stimmten, neunzig Grad. Sein Mund war trocken, seine Gedanken ungeordnet. Draußen war es dunkel, auf dem Radiowecker kurz vor eins. Die Heizung gluckerte, hätte es eine Uhr gegeben, die tickte, Piel hätte sie ticken gehört. Er stand auf, schaltete das Licht ein. Das Laken am unteren Bettrand war schmutzig, braun, Piel trug noch die Motorradstiefel, die Lederjacke lag auf dem Teppichboden. Langsam wurde er klar im Kopf. Er erinnerte sich, er war eingeschlafen, aber auch nicht richtig, es war eine Art Halbschlaf gewesen. Er hatte nicht schlafen, sich nur kurz ausruhen wollen, nach einem langen, einem unruhigen Arbeitstag. Brubeck war angeblich krank, dafür war Krull um so öfter bei ihm im Büro gewesen. Mit Akten, mit Unterlagen, mit Fragen – *haben Sie das schon erledigt? Nein? Dann tun Sie es bitte, wenn Sie etwas wissen wollen, kommen Sie zu mir.* An der Universität hatte man einen Karton Pillen gefunden, offensichtlich steckte mehr dahinter als nur ein Karton, eine ganze Bande. Piel hatte sich bis zehn mit dem Dekan unterhalten, dann hatte er beschlossen, daß Feierabend war. Krull erwartete morgen früh seinen Bericht.

Seine Zunge klebte am Gaumen, er ging in die Küche und trank einen Schluck Wasser. Das rote Licht am Anrufbeantworter blinkte, das Display meldete zwei Gespräche, als er nach Hause gekommen war, mußte er es übersehen haben. Piel drückte einen Knopf, Rauschen auf dem Band.

Dann ein Räuspern, es klang wie das Räuspern einer Frau, die erkältet war oder zu viele Zigaretten geraucht hatte. Dann ein Satz: »Ich melde mich wieder«, sagte die Frau heiser, aber fest. Es war Petra Kramers Stimme.

Dann wieder Rauschen und Elisabeths Stimme. »Jan, bist du da? Ich muß dir etwas sagen«, sagt Elisabeth, »Jan, jetzt, ob du da bist oder nicht. Vielleicht ist es mir sogar fast lieber, daß du nicht da bist, Jan, nicht, weil ich nicht mit dir sprechen möchte, sondern weil du mir dann nicht widersprechen kannst, weil ich fürchte, daß ich meine Meinung ändern könnte, wenn du da wärst, es ist ganz gut, Jan, daß du nicht da bist, verzeih mir, daß ich mit deinem Anrufbeantworter spreche.« Piel glaubte, alles schon einmal gehört zu haben, was sie ihm nach diesem Anfang aufs Band gesprochen hatte, aber es war vermutlich eine Ahnung gewesen, an die er sich erinnerte, und keine Erinnerung. Er biß die Zähne zusammen, sie knirschten. Er schaltete den Anrufbeantworter aus und setzte sich auf den Bettrand.

»Das, was du gesagt hast, fand ich ganz niedlich«, sagt Elisabeth, »das mit diesem Hund, und daß du dich gut einzuleben scheinst, freut mich sehr für dich. Aber das mit unserer gemeinsamen Zukunft, das hast du nicht zu mir gesagt, das hast du zu dir selbst gesagt, als würdest du es dir einreden wollen, ich habe darauf gewartet, daß du auch noch anfängst, von unserer Hochzeit zu sprechen, jedenfalls hat es sich so angehört, als hättest du Angst, schon wieder etwas nicht zu Ende zu bringen. Jan, manche Sachen haben kein Ende, kein natürliches Ende, nicht an der Stelle, an der du es dir vorstellst, sie hören einfach auf, und es hat keinen Sinn, sie unnötig in die Länge zu ziehen.«

Er ließ sich auf den Rücken fallen, starrte an die Decke. »Und jetzt?« sagte er, verschränkte die Hände hinter dem Kopf, er dachte an Evelyn Hake.

Elisabeth sagt: »Ich dachte, du hättest unsere Abmachung verstanden. Du hast doch nicht wirklich geglaubt, daß ich Angst um meinen Ruf oder um den meiner Praxis habe, wenn man uns zusammen sieht – weißt du nicht mehr, wie ich gelacht habe, wie ich gesagt habe, jetzt bleiben bestimmt die Patienten weg, wenn sie wissen, daß sie von einer alten, lüsternen Großmutter behandelt werden, die sich einen jungen Burschen fürs Bett geangelt hat. Ich weiß noch, wie ernst du geblieben bist, wie du gesagt hast, ja, das sollten wir nicht riskieren. Ich glaube, du hast wirklich nicht verstanden, daß es zwischen uns nicht ernst werden konnte«, sagt Elisabeth. »Georg hat damit überhaupt nichts zu tun, er hat sich nach dem Abend im Café nicht einmal mehr gemeldet, und ich fand es nicht besonders bedauerlich. Man sagt übrigens«, sagt Elisabeth, »daß diese junge Bedienung, dieses Mädchen aus der OffenBar, der du immer auf den Hintern geschaut hast, mittlerweile in seinem wunderbaren Haus ein und aus geht.«

Ein wunderbares Auto könnte man sich mit dem ganzen Geld kaufen, ein wunderbarer Winter ohne dieses dämliche Motorrad stünde einem dann bevor. Er richtete sich auf und zog die Kopie der Unfall-Akte unter dem Bett hervor.

»Jan, ich habe von Anfang an gewußt, wie diese Beziehung verlaufen wird, ich hatte sogar gedacht, du willst mir schon im Café sagen, daß es vorbei ist, ich hatte damit gerechnet, und es hätte mir nicht einmal etwas ausgemacht. Du mußt dir eine Jüngere suchen, Jan, keine alte Kuh, die dir sagt, wann du das falsche Hemd trägst, die in diesem Nest lebt, das sie bis zu ihrem Tod nicht mehr verlassen wird – was, nebenbei erwähnt, gar nicht mehr so lange dauern wird, ich bin fünfzig, meine Tochter ist älter als du.«

Vielleicht wäre sie dann wütend auf ihn, Elisabeth, wenn er sie gegen ein Auto eintauschen würde, vielleicht könnte er dann sogar sagen, er hätte sie verlassen, bevor sie ihn verlassen konnte. Vielleicht meinte sie es gar nicht so, wie sie es sagte, vielleicht glaubte sie, daß sie ihre Beziehung beendet hätte und er wie der Verlassene dastand, obwohl sie es war, die verlassen wurde. Piel schlug die Akte auf, blätterte hin und her, das lenkte ein bißchen ab, die kopierte Kopie des Radarfotos mit den drei Männern, sie hatten immer noch den gleichen dämlichen Gesichtsausdruck, im Hintergrund schien immer noch der Mond, der keiner war, sondern eine Straßenlampe oder was auch immer, die Bildqualität war beschissen, Piel stellte sich vor, daß es der Mond war, weil der Mond besser zu dem paßte, was Elisabeth sagte. Er würde Dohr besuchen, jetzt gleich, um auf andere Gedanken zu kommen.

Piel warf die Mappe aufs Bett, ging ins Bad, putzte die Zähne und rollte sich Deodorant unter die Achseln. Er ging ins Schlafzimmer, nahm die Lederjacke, der Helm lag auf dem Sofa in der Küche. Er verließ das Apartment, rutschte über das Treppengeländer zur Haustür und landete auf den Steinplatten. Sein rechter Fuß tat weh, die Telemarklandung war danebengegangen, Piel trat die Maschine mit dem linken an, fuhr sie aus der Garage und ließ das Tor offen.

Die Straßen waren frei um diese Zeit, es war etwa ein Uhr dreißig, überall blinkten gelbe Lichter, an den Ampeln, an den Hochwasserumgehungsstraßen, ein paar Deppen mit Landnummern heizten in ihren Ambulanzfahrzeugen und Kübeln des Technischen Hilfswerkes mit Sirene und Blaulicht durch die Stadt, als stünde ein Angriff von Außerirdischen bevor, Piel hätte sie am liebsten auf der Stelle einsperren, am liebsten auf der Stelle hinrichten lassen. Um Dohr zu besuchen, mußte er nach rechts abbiegen, aber er durfte nicht nach rechts abbiegen, die Straße war gesperrt. Er fuhr geradeaus und bog nach links ab, vielleicht sollte er mit jemandem reden, einfach so.

Zehn Minuten später parkte er das Motorrad auf dem Trottoir, Piel und die Stadt hatten sich wieder beruhigt. Er ging auf die andere Straßenseite, öffnete die Tür mit dem Blauen Hasen, ging die Stufen zum Lokal hinunter, das Licht eines Deckenstrahlers traf ihn mitten im Gesicht, er trat einen Schritt zur Seite, er fühlte sich häßlich. Aika Miura strippte, sie trug nichts außer einem roten Slip und einer Weihnachtsmannmütze. Piel setzte sich am äußersten Rand der Theke auf einen Barhocker. Marianne Escher trocknete Gläser ab, sie lächelte mit den Augen und legte das Geschirrhandtuch weg: »Wie immer?« fragte sie und griff nach dem Shaker.

Piel antwortete, indem er mit dem Kinn auf Brubecks Platz zeigte.

»Brubeck?«

Piel nickte.

»Ob er schon da war?«

Piel nickte erneut, er fürchtete, daß seine Stimme weinerlich klang.

»Nein. Vielleicht kommt er noch. Ganz davon abgesehen, hat er keine Dauerkarte für diesen Platz. Vielleicht hat er ja etwas Besseres vor, wer weiß. Wie immer?«

Piel lächelte, obwohl er es nicht besonders komisch fand, und nickte ein drittes Mal. Er drehte sich um und schaute zur Bühne, Aika Miura nickte ihm zu, er nickte zurück, sie warf die Mütze ins Publikum.

Marianne schüttelte, goß den Inhalt des Shakers in ein Cocktailglas, stellte das Glas auf die Theke. »Sie gefallen ihr. Sie haben Glück.«

Piel nippte am Glas und zog fragend die Augenbrauen hoch.

»Ihre Haare, Sie haben Glück, daß sie blond gefärbt sind. Aika hat mir verraten, daß sie auf blonde Männer steht. Außerdem tanzt sie nur, wenn Sie verstehen, was ich meine, falls Sie Wert darauf legen.«

»Sie sind nicht gefärbt«, sagte Piel und freute sich, seine eigene Stimme zu hören, als habe er befürchtet, stumm geworden zu sein. »Sie sind blond. Schon immer gewesen«, sagte er weinerlich.

»Dann ist es ja noch besser«, sagte sie.

»Dann ist es ja noch besser«, sagte Piel.

»Jetzt«, sagt Elisabeth, »macht es mir doch mehr aus, als ich gedacht hatte. Es war nicht ganz schlecht mit dir, Jan«, sagt sie, „manchmal hat es mir sogar richtig gut gefallen. Heute habe ich versucht, alles zu entfernen, was mich an dich erinnert. Das meiste war nicht sehr schwierig. Die Flecken auf den Sitzen im Wagen habe ich ausgewaschen. Die Ohrringe, die du mir geschenkt hast, habe ich weggeworfen, sie haben mir ohnehin nicht besonders gut gestanden. Den einzigen Brief, den du mir geschrieben hast, habe ich verbrannt. Das Problem ist noch der Mond«, sagt Elisabeth.

38 Noch eine Stunde, nachdem Aika heute morgen gegangen war, hatte Piel das Gefühl gehabt, von einer Art Watte umgeben zu sein – ohne genau zu wissen, ob dieses Gefühl angenehm oder unangenehm war. Nun war alles wieder scharf und hart und klar. Piel saß am Schreibtisch und schrieb seinen Bericht, er hatte bereits die vorhandenen Indizien aufgeführt, die Unterhaltung mit dem Dekan referiert und war gerade dabei, Bilanz zu ziehen. Das war in diesem Stadium der Ermittlungen nicht seine Aufgabe, aber er hatte es immer so gehandhabt, bisher hatte sich keiner seiner Vorgesetzten darüber beschwert. Piel wartete. Er wartete auf Brubeck. Er hatte ihm etwas zu sagen. Brubeck kam nicht, wie gestern nacht, vielleicht war er immer noch krank, er hatte bei ihm zu Hause angerufen, niemand hatte sich gemeldet, Brubeck hatte sich nicht abgemeldet. Dann öffnete sich die Tür, Piel schaute hoch, erwartungsvoll, danach schaute er enttäuscht auf das Blatt Papier, das er in die Maschine gespannt hatte.

Krull stand im Türrahmen: »Schon fertig?«

»Nein, gleich«, antwortete Piel und rückte unruhig auf seinem Stuhl hin und her.

»Gleich, dann gleich«, sagte Krull und schloß die Tür von außen.

Piel horchte auf. Wenn er sich nicht verhört hatte, hatte Krull auf dem Flur *Guten Morgen, wie geht es dir* gesagt.

Die Tür öffnete sich erneut.

»Aha, schon im Geschäft«, sagte Brubeck freundlich.

Piel beobachtete, wie Brubeck den Mantel auszog, ihn an die Garderobe hing und den Hut dazu, wie er den Schal anbehielt und sich räusperte, als sei er erkältet. Seine Züge wirkten entspannt. Seine Bewegungen wirkten sicher, ruhig, wie die Bewegungen eines Mannes, der eine Entscheidung getroffen hatte und davon überzeugt war, die richtige Entscheidung getroffen zu haben.

»So still«, sagte Brubeck und setzte sich an seinen Schreibtisch.

Piel rückte den Stuhl zurück und stand auf. »Viel Arbeit«, sagte er, damit er etwas gesagt hatte, dann zuckte er mit den Achsel und schaute aus dem Fenster. Schließlich drehte er sich um. »Ralf-Peter Dohr ist tot. Sie haben ihn gestern morgen in Kuala Lumpur hingerichtet. Vorhin kam es in den Nachrichten.«

»Tatsächlich?« sagte Brubeck ungerührt.

»Tatsächlich«, sagte Piel.

»Ich habe nicht damit gerechnet, daß sie ihn hinrichten. Aber ich habe von dem Vorfall schon länger gewußt als du. Und ich kann nicht einmal leugnen, daß es mich gefreut hat. Inzwischen bin ich allerdings anderer Meinung.«

»Hast du dich auch gefreut, daß Kramer tot ist?«

»Du kennst dich aus.«

»Wenn ich mehr Zeit gehabt hätte, würde ich mich noch viel besser auskennen. Dann wäre es soweit gar nicht gekommen.«

»Glaubst du.«

»Brubeck, der große Brubeck, tut so, als ob er nichts tut, und bringt ganz nebenbei zwei Männer um, nicht direkt, natürlich, über drei Ecken. Sportlich betrachtet müßte man fast sagen, bravo, Brubeck, gut gemacht.«

»Du irrst dich«, unterbrach Brubeck.

»Lies, was auf diesem Papier steht«, sagte Piel. »Das da, direkt vor dir.«

»Wozu?«

»Lies es!«

Brubeck nahm das DIN-A4-Blatt in die Hand und las. »Aha«, murmelte er zwischendurch, dann murmelte er »Aktivol«, und »tatsächliche Müdigkeit«, bevor er »Rolluck raucht Mercedes« murmelte und zustimmend nickte. »Interessant, hätte ich dir gar nicht zugetraut.«

»Ich hätte dir das andere nicht zugetraut.«

»Du irrst dich, Jan«, sagte Brubeck mit einem vertrauenerweckenden Ton, der wenig Wirkung zeigte.

»Du hast mit der ganzen Sache also nichts zu tun? Du glaubst wirklich, daß ich dir glaube, daß Dohr so dämlich ist, mit einem Kilo Heroin im Koffer nach Malaysia zu fliegen? Und Kramer, Kramer hat immer für Notfälle etwas Zyankali dabei, wie ein Geheimagent, falls er gerade Lust hat, sich umzubringen. Wer soll ihm das Zeug denn zugesteckt haben?« Brubeck schwieg, Piel antwortete selbst: »Wahrscheinlich jemand mit sehr guten Beziehungen zur Polizei, höchstwahrscheinlich die Polizei selbst. Du also, wenn man es genau nimmt, solange du noch die Polizei bist und nur tun kannst, was ein Polizist tun kann. Ganz davon abgesehen, daß die beiden nichts mit dem Unfall zu tun hatten.«

»Ich habe nichts mit ihrem Tod zu tun«, sagte Brubeck hart, und wieder weicher sagte er: »Hör mir eine halbe Minute zu, schaffst du das?«

Piel antwortete, indem er die Arme vor der Brust verschränkte und sich an die Wand lehnte.

»Also, zum einen verkehrten beide in einem Umfeld, in dem so was schon mal vorkommt. Dohr hatte mehr Feinde als nur mich, und Kramer war ein Fall für die Psychiatrie. Bei solchen Leuten muß man immer damit rechnen, daß etwas passiert. Daß es nun fast gleichzeitig passiert ist, halte ich für Zufall. Zum anderen haben sie, wie du wissen wirst, nur im Wagen gesessen. Nenn mir einen Grund, warum ich die Beifahrer umbringen sollte und den eigentlichen Täter, den Fahrer, nicht?«

»Kommt noch.«

»Ach was«, Brubecks Nasenflügel blähten sich. »Wenn ich es gewollt hätte, hätte ich es längst getan. Noch bevor irgend etwas von den beiden anderen bekannt geworden wäre. Noch bevor du irgend etwas davon gewußt hättest. Außerdem säße ich dann nicht mehr hier, sondern wäre längst irgendwo in Südamerika.«

»Das glaube ich nicht«, sagte Piel. »Ich glaube, du hättest dich sogar gestellt. Das hätte ich zumindest von dir erwartet.«

»Für was hältst du mich?«

»Für was hältst du dich?«

»Für jemanden, der weiß, was er tut. Ich habe die Sache geklärt. Mit mir, mit Olaf Paulsen. Und das, was hier auf diesem Blatt steht, bestätigt mich nur.«

»Bitte, was?«

»Ich weiß jetzt, daß ich mich geirrt habe. Und als ich erfahren habe, was Kramer und Dohr passiert ist, habe ich mit Paulsen gesprochen, damit der nicht das gleiche glaubt, was du glaubst.«

»Das ist nicht dein Ernst.«

»Das ist mein Ernst.« Brubeck nahm den Hörer vom Telefon. »Hier, ruf ihn an. Er wird es dir bestätigen.« Er wählte eine Nummer.

Piel zögerte.

»Los!«

Piel nahm den Hörer von seinem eigenen Telefon, Brubeck legte auf. Piel blätterte Paulsens Nummer im Telefonbuch nach, um sicherzugehen, Brubeck sah zu.

Paulsen war am Apparat: »Ja?«

»Piel, Kriminalpolizei, ich habe eine Frage«, sagte er und fragte.

Paulsen war offen und freundlich, ja, sagte er, Brubeck habe recht, man habe sich getroffen, über gewisse Dinge gesprochen und die letzten Unklarheiten geklärt. Piel sagte *danke*, als er den Hörer auflegte, stand Krull wieder im Türrahmen, er hatte zwei Schnellhefter mitgebracht.

»Ja, lieber Henning«, sagte Brubeck, »da hast du mit

der Wahl meines Nachfolgers eine sehr gute Wahl getroffen.«

»Er glaubt, daß seine Frau selbst für den Unfall verantwortlich ist«, sagte Piel, ohne genau zu wissen, was er sagte.

»Kommissar Piel war daran nicht ganz unbeteiligt, er hat interessante Dinge herausgefunden«, fügte Brubeck hinzu.

»Wirklich, Gunther?«

Brubeck nickte: »Wirklich, Henning. Es ist vorbei.«

»Das ist eine Sensation, ich gratuliere«, sagte Krull zu beiden, und zu Piel sagte er: »Mit Ihrem Bericht können Sie sich Zeit lassen, es eilt nicht.« Dann ging er und nahm die beiden Schnellhefter wieder mit.

39

Das Radio suchte nach dem stärksten Sender am Ort und blieb bei einer Frauenstimme hängen, die Polizei, erklärte sie, fordere dazu auf, den Innenstadtbereich wegen erheblicher Stauungen großräumig zu umfahren. »Danke für den Hinweis«, sagte Piel, während die Moderatorin den zweiten Teil der *Hörercharts der Woche* anmoderierte – *auf Platz zwölf ein alter Bekannter, acht Prozent aller Anrufer waren der Meinung, daß.* Es war Freitag, halb vier und Rush-hour, im Augenblick ging fast gar nichts mehr, weder vorwärts noch rückwärts, die Polizei regelte den Verkehr auf der Kreuzung. Piel hatte schon nach dem Mittagessen Feierabend gemacht, um noch ein paar Dinge zu erledigen, Krull hatte ihn gehen lassen. Am Montag sehe man weiter, Brubeck werde am Donnerstag offiziell verabschiedet, mit einer kleinen Feier, *schönes Wochenende, Herr Piel.* Jetzt war alles geregelt, irgendwie, irgendwie auch nicht. Piel freute sich ein bißchen, daß er seinen Teil zur Aufklärung des Falls beigetragen hatte. Er schämte sich ein bißchen, weil er Brubeck zwei Morde zugetraut hatte, aber er freute und schämte sich nicht richtig. Da war noch ein anderes, ein stärkeres Gefühl, Piel war enttäuscht – das sollte jetzt alles gewesen sein? Das war nicht Brubeck. Der Brubeck, den er kannte, wurde nicht weich, von heute auf morgen. So, dachte Piel, ging es ja auch nicht. Er drückte die Zigarette aus, der Vorbesitzer des Landrover war Nichtraucher gewesen, die Zigarette, wie es schien, die erste, die in diesem Aschenbecher ausgedrückt wurde.

Die Moderatorin moderierte: »Ein Lied mit einer Geschichte, wie sie nur das Leben selbst schreibt, die Ihnen am besten mein Kollege Dirk Auer erzählt, weil keiner sie besser erzählen kann. Dirk, wie war denn das am Dienstag?«

»Ja, Sabine, wie war das, das war gar nicht so lustig, das kannst du dir vorstellen«, sagte Dirk.

»Das kann ich, Dirk«, sagte Sabine.

Dirk sagte: »Jedenfalls kommt dieser Mann ins Studio, diese Bartstoppeln, diese Haare, diese Jacke, diese Augen, groß wie Tennisbälle und fast genauso gelb.«

»O ja, ich habe die Fotos gesehen.«

»Jedenfalls sieht er aus wie ein Schwerverbrecher, und dann hat er diese Pistole dabei, während ich vor dem Mikrofon sitze und darauf warte, bis die Nachrichten vorüber sind. Jedenfalls hält er mir den Lauf der Pistole an den Kopf und wirft ein Band aufs Mischpult, und dieser Blick, dieser rohe Blick, diese rohen Augen, die alles sagen.«

»Er hat verlangt, daß du das Band vierundzwanzig Stunden am Stück spielst, ansonsten würde er dich erschießen.«

»Kaltmachen, er hat gesagt, ansonsten mache ich dich kalt.«

»O ja, das verstehe ich gut.«

»Das war ein ganz schöner Schock in diesem Moment, das kannst du mir glauben.«

»Das glaube ich dir gerne.«

»Jedenfalls blieb mir gar keine andere Möglichkeit, als dieses Lied zu spielen, immer wieder, immer wieder, und du kannst dir vorstellen, wie mir zumute gewesen ist.«

»Dreieinhalb Stunden lang hast du es gespielt.«

»Dreieinhalb Stunden. Bis ihn die Polizei endlich überwältigen konnte, wir waren alle ganz schön erleichtert.«

»Das glaube ich dir gerne, Dirk, das muß ein ganz schöner Schock gewesen sein.«

»Das war es, das kannst du mir glauben. Aber was passiert ist, nachdem sie diesen Verbrecher abgeführt haben, ist noch viel unglaublicher.«

»Was denn, Dirk?«

»Die Telefone haben gar nicht mehr stillgestanden, und mittlerweile liegen der Band drei Angebote für eine Maxi-Single vor.«

»Das ist unglaublich, Dirk«, sagte Sabine.

»Das finde ich auch, Sabine«, sagte Dirk.

»Jedenfalls«, sagte Sabine, »können auch wir uns vor ihren Wünschen nicht verschließen, liebe Wellensurfer, eine Platte, die es noch gar nicht gibt, auf Platz vier Ihrer Hörercharts, Ihr WELLENREITER DER WOCHE, als bester Neueinsteiger mit fünfzehn Prozent aller Anrufer«, sagte Sabine, und mit Dirk im Chor sagte sie: »The Waiting Waiters und ihre fantastische Nummer *The cook cooks what the cook cooks.*«

»Gratuliere, Supa in allen Hitparaden«, sagte Piel und erinnerte sich daran, daß man heute mittag in der Kantine die Geschichte mit etwas anders gelagerten Schwerpunkten erzählt hatte. Dirk Auer selbst soll das Eingreifen der Polizei endlos hinausgezögert, immer wieder über den Sender »nichts tun, nichts tun, zu gefährlich« geraunt haben, mit zitternder Stimme. Als sich der Einsatzleiter der Polizei dann schließlich doch dafür entschieden hatte, das Studio zu stürmen, um den Geiselnehmer zu überwältigen, hatte Supa Tupperware mit dem Kopf auf der Tischplatte gelegen und geschnarcht, man habe ihn aufwecken müssen. Auer habe am Mischpult gesessen und das Lied gespielt, immer und immer wieder, bis sich die Einschaltquote der WELLE fast verdoppelt hatte, wie man hörte, weil es sich herumgesprochen hatte, warum Auer das Lied immer wieder spielte. Supas Pistole war eine Wasserpistole gewesen, eine dunkelgrüne Wasserpistole. Wie man auch hörte, habe eine der Plattenfirmen vorgeschlagen, Auers Moderation – die ihm Supa aufgeschrieben und Auer nur noch hatte ablesen müssen – in das Stück zu sampeln, so daß die Waiting Waiters und Auer zukünftig gemeinsam auftreten würden. »Muß ein ganz schöner Schock gewesen sein«, sagte Piel und wünschte sich, Kojak zu sein, das Martinshorn durchs Fenster aufs Autodach stellen und Gas geben zu können.

Er wartete, irgendwann ging es doch weiter, der Geländewagen war etwas schwerfällig, aber geradezu spritzig im Vergleich zu seinem alten Mädchen, man spielte Platz eins der Hörercharts, Piel parkte auf dem Bürgersteig, das eiserne Ehepaar lag auf gehäkelten Kissen im Fenster und nickte freundlich.

Oben in der Wohnung zog Piel Jacke und Schuhe aus und legte sich aufs Bett, nicht, weil er müde war, sondern weil er schlafen wollte. Weil er nicht müde war, schlief er nicht richtig, sondern nur halb, und gerade als er nicht mehr wußte, ob ihm Gedanken durch den Kopf gingen oder ob er träumte, läutete das Telefon, nach dem vierten Läuten merkte er, daß es wirklich läutete. Er stand auf, schüttelte den Kopf, seine etwas hölzern klingende Stimme sagte, daß er nicht da sei und man eine Nachricht hinterlassen könne.

»Piel«, sagte Piel, den Hörer in der Hand.

»Ich melde mich wieder«, sagte eine Frauenstimme und wollte schon auflegen.

»Piel«, wiederholte er etwas lauter, »ich bin da.« Die Frau am Telefon war Petra Kramer, jetzt erst erinnerte er sich daran, daß sie gestern abend schon einmal angerufen hatte.

»Kramer, Petra Kramer. Sie haben mir gestern morgen Ihre Telefonnummer dagelassen.«

»Gibt es etwas Neues?«

»Nein. Eigentlich nicht. Sie behaupten immer noch, Gert hätte sich selbst umgebracht.«

Sie machte eine Pause, Piel hörte, daß sie ein Streichholz anriß und einatmete.

»Wie das Papier in seinen Magen gekommen ist, wissen sie nicht, sie behaupten, daß er vermutlich seinen eigenen Abschiedsbrief aufgegessen hat, damit gar nichts mehr von ihm zurückbleibt. Woher er das Papier hat, wissen sie allerdings auch nicht. Aber deswegen rufe ich nicht an.«

»Weshalb dann?«

»Gert ist tot.« Petra Kramer blies Rauch in den Hörer.

»Ja, das weiß ich inzwischen«, sagte Piel ungeduldig.

»Ich meine damit, daß nicht mehr passieren kann.«

»Das verstehe ich nicht.«

»Als wir, als Gert und ich uns damals kennengelernt haben, das war kurz nach diesem Unfall, von dem Sie gesprochen hatten. Die Frau und der Sohn dieses Kommissars, Sie wissen, was ich meine.«

Piel nickte, bevor er merkte, daß es keinen Sinn hatte, am Telefon zu nicken. »Ja«, sagte er dann, »ich weiß.«

»Gert war völlig verwirrt, damals. Manchmal habe ich geglaubt, daß er im nächsten Augenblick verrückt wird. Jetzt, wo er tot ist, kann man es ruhig sagen, vielleicht hilft es Ihnen weiter.«

»Was?«

»Er hat manchmal einfach so dagesessen und von einem Bild gesprochen, wenn ich ihn dann gefragt habe, was er gerade gesagt hat, hat er es selbst nicht mehr gewußt.«

»Von welchem Bild?«

»Keine Ahnung, er hat nie etwas Genaueres gesagt. Ein paar Tage später hat er dann von einem Fototermin gesprochen, das ist alles, mehr weiß ich nicht, ich dachte, daß es vielleicht mit dem Unfall zu tun hätte. Können Sie damit etwas anfangen?«

»Ich weiß es nicht«, antwortete Piel und schüttelte den Kopf.

»Ich wollte Sie nicht belästigen«, sagte Petra Kramer. »Tut mir leid, ich dachte, es würde Ihnen vielleicht helfen.«

»Kann ich Sie zu Hause erreichen, wenn mir dazu noch etwas einfallen sollte?«

»Nein, ich fahre morgen weg, zwei Wochen, vorerst. Der Vermieter hat mich gerade angerufen. Er findet es besser, wenn ich ausziehe. Die Nachbarn, sagt er, unter diesen Umständen kann er sie gut verstehen. An den Laden haben sie *Drecksau* gesprüht, auf die Fensterscheibe, über die Gitter. Vielleicht melde ich mich wieder. Wiederhören.«

»Wiederhören«, sagte Piel, sie hatte schon aufgelegt. Das einzige in Frage kommende Bild war das Radarfoto, er nahm die Kopien der Akten unter dem Bett hervor und schaute sich noch einmal die Kopie der Kopie an, während Elisabeth ihren Abschiedsbrief noch einmal aufsagte, Piel hatte ihn nicht gelöscht. »Das Problem ist noch der Mond«, sagt Elisabeth.

40

Noch Wochen nach ihrem Tod hatte er manchmal zwei Weingläser aus dem Schrank genommen, erst dann festgestellt, daß zwei Gläser ein Glas zuviel waren, hatte eines an die Wand geworfen und die Flasche, die sie früher zu zweit getrunken hatten, alleine getrunken. Dann hatte er zwei Flaschen getrunken, und wenn das nicht reichte, noch alles, was sich an harten Getränken auftreiben ließ. Dann hatte er aufgehört, Wein zu trinken, nur noch harte Getränke getrunken, um schneller betrunken zu sein, und Bier, weil der Körper Flüssigkeit brauchte. Heute hatte er für seine Verhältnisse gar nichts getrunken, von zwei Dosen Pils gegen das Händezittern abgesehen und einem Schluck Gin als Digestif bei Gertrud. Brubeck trommelte nervös auf dem Lenkrad herum, einmal mehr kroch der Verkehr nur durch die Stadt. Der Fluß, sagte die WELLE, habe mittlerweile einen historischen Pegelhöchststand erreicht, schon vor Tagen waren alle Hausbesitzer in den gefährdeten Bezirken aufgefordert worden, ihre Keller leer zu räumen und mit dem Schlimmsten zu rechnen. Es hatte aufgehört zu regnen. Der Himmel war klar. Draußen war es dunkel, die Straße etwas abschüssig, Brubeck mußte nur die Bremse loslassen, damit er Meter um Meter vorwärts kam. Er warf einen Blick auf den Blumenstrauß, er hatte ihn an der Tankstelle gekauft und von allem Firlefanz, von allen Schleifchen und Bändchen befreit.

Dann schloß er die Augen und warf einen Blick in die Vergangenheit.

»Dürfen wir reinkommen?« fragte der große Zeuge, nachdem er Brubeck den *Wachturm* in die Hand gedrückt hatte.

»Bitte«, sagte Brubeck höflich.

»Nach Ihnen«, sagte der Kleine.

»Nach Ihnen«, sagte Brubeck, der sie reinließ, weil er glaubte, seine Chancen stünden im engen Wohnungsflur besser als hier draußen. Er hoffte, daß sie nicht gemerkt hatten, daß er etwas gemerkt, daß er die Waffe unter dem Jackett des kleinen Zeugen Jehovas gesehen hatte.

Die beiden gingen vor. Brubeck hielt sich dicht hinter ihnen, und nach ein paar Schritten trat er dem Großen auf die Ferse, so, daß es auch ein Versehen hätte sein können. Dann faßte er ihn an der Schulter, als wolle er ihm helfen, das Gleichgewicht zu behalten, half aber nach, daß er es endgültig verlor und über die Müllsäcke stürzte.

»Tut mir leid«, sagte Brubeck, schaute den Großen an und schlug dem Kleinen die Faust ins Gesicht.

Der Kleine schlug mit dem Hinterkopf an einen der spitzen Garderobenhaken, Blut spritzte, er taumelte. Brubeck faßte ihn am Jackett, zog ihn an sich, stieß ihm das rechte Knie zwischen die Beine, stieß ihn wieder in die Garderobenhaken, der Kleine verdaute. Brubeck hatte den Großen zu lange vernachlässigt und wunderte sich nicht, daß ihn ein harter Schlag am Hals traf, ein Aktenkoffer krachte auf den Boden, Brubeck lief das Blut warm den Rücken hinunter. Dann drehte er sich um, nutzte den Schwung der Drehung und trat dem Großen heftig ins Gesicht, er hatte sich halb aufgerichtet, Brubeck traf ihn in dieser Position noch viel besser; die Pistole fiel ihm aus der Hand, Lippen klafften, eine Fleischwunde öffnete sich wie eine Blume auf der linken Wange, er spuckte etwas aus, vermutlich einen Zahn oder zwei, bevor er noch einmal hochfuhr, die Augen rollte und dann in sich zusammensank, eine Marionette, der man die Fäden durchtrennt hatte. Der Kleine drückte sich mit dem Rücken an die rot gefärbte Wand und schaute starr an die andere, fast sah es aus, als hätte er sich selbst mit dem Kragen an der Garderobe aufgehängt.

Dann saßen sie in Handschellen auf dem Sofa, die Füße mit einer Wäscheleine gefesselt; der eine noch immer bewußtlos und blutverschmiert, der andere blutverschmiert und zitternd. Vor ihnen stand ein blauer Sack. Brubeck drückte dem Kleinen den Kopf in den Sack, zählte bis dreißig, zog ihn wieder raus.

»Wer hat euch geschickt?«

Der Kleine schwieg, schüttelte den Kopf oder zitterte so stark, daß Brubeck glaubte, er schüttele den Kopf. Brubeck drückte ihn in den Sack, zählte bis vierzig, der Kleine würgte und übergab sich.

»Wer?«

Der Kleine zitterte. Brubeck drückte ihn in den Sack und zählte bis fünfzig.

»Wer?«

»Paulsen«, sagte der Kleine mit erbärmlich schwacher Stimme, grüne Brühe rann ihm aus den Mundwinkeln übers Kinn. »Paulsen.«

In einem der beiden Aktenkoffer hatte Brubeck einen Abschiedsbrief gefunden – seinen eigenen Abschiedsbrief. Seine Schrift wirkte krakeliger als gewöhnlich, aber wie sollte die Schrift eines Mannes schon wirken, dachte er, der vor hatte, sich das Leben zu nehmen – *es hat keinen Sinn mehr, auf ein paar Jahre mehr oder weniger kommt es nun auch nicht mehr an.* Ein Messer lag auf dem Teppichboden, Brubeck hätte sich erstechen sollen. Paulsen habe behauptet, behauptete der Kleine, das würde am besten zu Brubeck passen, und er habe behauptet, jeder Graphologe der Welt würde behaupten, Brubeck habe den Brief selbst geschrieben.

Brubeck öffnete die Augen, nun stand ein Schutzmann auf der Kreuzung, er wirkte hilflos.

Brubeck schloß die Augen, schleifte die beiden Zeugen aus dem Wagen vor Paulsens Villa und meldete sich beim Butler an, er trug die Uniform eines privaten Wachdienstes; eine von Paulsens Firmen, mit denen er offiziell sein Geld verdiente. Nach einer Weile bat man ihn hinein, durchsuchte ihn, nach einer weiteren Weile saß er auf einem Sessel im Blauen Salon. Paulsen selbst war noch nicht da, jetzt kam er im leichten Bademantel, nahm auf dem Sessel gegenüber Platz, die weißen Haare zurückgekämmt, lächelnd, ein Golden Retriever zu seinen Füßen. Zwischen ihm und Paulsen stand ein kleiner Tisch, auf dem Tisch ein Aschenbecher.

»Wie Sie sehen, lebe ich noch«, begrüßte ihn Brubeck.

»Die Lebenserwartung von Männern liegt in diesem Land etwa bei zweiundsiebzig Jahren. Und es wird immer mehr.« Paulsen hatte seine Zigarette nur halb geraucht, er drückte sie im Aschenbecher aus und lehnte sich entspannt zurück.

»Kramer war zweiundvierzig.«

»Dohr war achtundreißig, als man ihn hingerichtet hat. Sie wissen, daß man ihn heute morgen hingerichtet hat?«

Brubeck biß sich, ohne den Mund zu öffnen, auf die Zunge. »Ich habe geahnt, daß Sie es tun würden.«

»Daß ich was tun würde?«

»Mit Ihren Beziehungen dafür sorgen, daß die Vorgänge in Malaysia beschleunigt werden. So schnell hat man dort noch nie jemanden hingerichtet.«

»Warum hätte ich das tun sollen, Brubeck, keine falsche Bescheidenheit, das haben Sie großartig gemacht.«

»Die beiden waren die einzigen, die wußten, was damals passiert ist. Sie wissen, was ich mit damals meine. Jetzt gibt es niemanden mehr, der davon weiß. Von Ihnen abgesehen. Die Gelegenheit war günstig, die letzten Zeugen loszuwerden«, widersprach Brubeck ruhig. Er wunderte sich, wie einfach es ihm fiel, ohne Aufregung über den Unfall zu sprechen, fast so, als wäre er gar nicht mehr aufgeregt, wenn er darüber sprach. »Bedanken Sie sich wenigstens bei mir, ohne meine Unterstützung hätten Sie es nicht ganz so einfach gehabt.«

»Brubeck, Sie glauben also immer noch an Ihre Verschwörungstheorie.«

»Ich glaube daran und Sie wissen, daß ich recht habe. Warum hätte ich mich sonst umbringen sollen?«

»Brubeck, bitte. Nach all dem, was in den letzten Wochen geschehen ist, gab es überhaupt keinen Zweifel mehr, daß ich der nächste sein würde, der Ihren Wahnvorstellungen zum Opfer fiele. Ich hänge sehr am Leben.«

»Sie haben mich beobachtet?« fragte Brubeck und wußte, daß es keine Frage war, sondern eine Feststellung.

»Ich war über jeden Ihrer Schritte informiert. Es war

sehr spannend. Ich habe mich gut unterhalten.«

Der Retriever war eingeschlafen.

»So war das«, sagte Brubeck trocken.

»Ja«, sagte Paulsen genauso trocken, als wolle er Brubeck noch an Emotionslosigkeit übertreffen, »so war das. Was mir allerdings nicht ganz einleuchtet, ist der Grund Ihres Besuchs.«

»Ich möchte Ihnen etwas vorschlagen.«

»Was denn?«

»Wir vergessen, was gewesen ist.«

»Wie?«

»Vergessen. Nicht mehr daran denken.«

»Brubeck, Sie träumen vermutlich jede Nacht davon, vermutlich bin ich das Monster in Ihrem Traum, wie wollen Sie das vergessen.«

»Ich will es so. Ich gebe Ihnen mein Wort.«

»Was soll ich denn mit Ihrem Wort?« fragte Paulsen spöttisch. »Und woher der plötzliche Sinneswandel?«

»Das geht Sie nichts an.«

Paulsen nickte mit der Miene eines Menschen, der glaubte, Bescheid zu wissen: »Sie meinen diese Bardame, Frau Escher.«

»Ich hatte befürchtet, daß Sie auch davon wissen.«

Olaf Paulsen beugte sich vor, schob mit der linken Hand den Aschenbecher ein Stück nach rechts und lächelte triumphierend wie ein Schachspieler, der gerade mit einem raffinierten Zug seinen Gegner in Verlegenheit gebracht hatte. »Ich weiß alles.«

»Dann wissen Sie bestimmt auch, was mir die Zeugen Jehovas erzählt haben.« Brubeck schob den Aschenbecher an seine alte Stelle zurück, als habe Paulsen einen Zug gemacht, der verboten war. Nun lächelte er triumphierend.

»Nein, das weiß ich leider nicht.«

»Ich habe die Aussagen der beiden auf Band. Sie bestätigen, von Ihnen den Auftrag erhalten zu haben, meinen Selbstmord zu inszenieren.«

»Damit kommen Sie bei keinem Gericht der Welt durch.«

»Wollen Sie es darauf anlegen? Sie kennen den alten Trick mit dem versiegelten Päckchen beim Notar, das erst weggeschickt wird, wenn jemandem etwas zustößt. Mir, in diesem Fall.« Das war zwar gelogen, aber es hätte auch die Wahrheit sein können, dachte Brubeck und wartete, daß sich in Paulsens Gesicht irgendeine Reaktion abzeichnete. Nichts zeichnete sich ab, von einem Lächeln abgesehen, es gehörte offensichtlich zum Repertoire und war keine wirkliche Reaktion.

Dann klatschte Paulsen in die Hände, einmal, wie ein Schuß, der Hund wachte auf und stellte die Ohren. »Sie haben mein Wort, Brubeck.« Er grinste: »Unter Männern. Ich begleite Sie nach draußen.«

Schweigend gingen sie ins Parterre, der Butler öffnete die Tür, auf einem Bildschirm erkannte Brubeck die leeren Sessel des Blauen Salons.

»Wie hätten Sie mich denn umbringen wollen?« fragte Paulsen, als Brubeck ihm schon den Rücken zugewendet hatte.

»Ich hätte Sie erschossen. Irgendwann hätte sich eine Gelegenheit ergeben. Als Pensionär hat man viel Zeit. Man kann warten.«

»Hatten Sie damals nicht gesagt, wenn man einen wie mich erschießen würde, müßte man den Hinterbliebenen noch die Kugel in Rechnung stellen?«

»Ich hätte es ausnahmsweise umsonst gemacht«, sagte Brubeck und verließ das Haus.

Hinter ihm hupten sie, schon seit etwa einer halben Minute. Brubeck öffnete die Augen, der Verkehr vor ihm floß. Der Verkehr hinter ihm stand. Brubeck wartete einen Augenblick, bis noch mehr von diesen Verbrechern hupten, bis sie lauter und länger hupten, jedenfalls kam es ihm so vor, erst dann legte er den ersten Gang ein, fuhr langsam über die Kreuzung, über eine Brücke, unter ihm floß der Fluß breit wie der Kongo, das Wasser glitzerte, die Sterne leuchteten wie Mariannes Augen. Die Gelegenheit war günstig, Brubeck kurbelte das Fenster der Beifahrerseite herunter, er warf die abgeschnittenen Nylons und den Overall in den Fluß, die Fingerknöchel taten ihm weh. Er mußte es gewesen sein, der Paulsen mit Informationen versorgt hatte, sonst kam niemand in Frage, der gewußt hätte, daß Brubeck an diesem Tag zu Hause war. Das genügte, vorerst. Nach ein paar Umleitungen parkte er den Wagen am Straßenrand. Er bog den Rückspiegel um und kontrollierte seine Frisur, rückte den Schal zurecht, verdeckte die Kruste am Hals, vielleicht hätte die Wunde genäht werden müssen. Dann stieg er aus, überquerte mit dem Blumenstrauß die Straße und öffnete die Tür mit dem Blauen Hasen – er bekam eine Gänsehaut, als er daran dachte, wie er Paulsen zum Abschied die Hand geschüttelt hatte.

41

Der Mann von Staatsanwältin Anne Kopperat war etwas fettleibig, er hatte im Jogginganzug geöffnet, seine Frau sei im Kino, er rechne mit ihr gegen halb elf. Wenn er, Piel, wolle, könne er hierbleiben und auf sie warten, er solle sich aber schnell entscheiden, der Freitagskrimi im Fernseher fange gerade an, und es habe keinen Sinn, sich einen Krimi anzusehen, wenn man den Mord verpaßt, denn der komme immer zuerst, manchmal sogar schon im Vorspann, vor der Titelmusik. Danke nein, hatte Piel gesagt, er wolle nicht stören. Seit fast zwei Stunden wartete er nun im Wagen vor ihrem Haus, ein Einfamilienhaus in einem Viertel namens Blauenberg, und hörte Musik, er hatte von zu Hause ein paar Platten mitgenommen, alte Schinken, Meilensteine. Wenn es größere Veränderungen in seinem Leben gab, hörte er Musik, die Bestand hatte. Das Gerät zog eine CD ein, eine Mundharmonika krächzte, den Musiker zog es down to L.A. – ein Wagen fuhr vor, hielt nicht direkt vor dem Haus, sondern ein paar Meter dahinter, Anne Kopperat saß darin und ein junger Mann, sie verabschiedeten und küßten sich, ein bißchen zu innig, dachte Piel, für einen Abschiedskuß unter Freunden. Er wartete, bis sie ausgestiegen war, und stieg selbst aus, sie hatte ihn nicht bemerkt.

»Entschuldigen Sie«, sagte er, noch bevor sie im Vorgarten verschwand.

Anne Kopperat fuhr erschrocken auf dem Absatz herum. »Sie schon wieder. Können Sie nicht anklopfen?«

»Ich habe die Tür nicht gefunden, Entschuldigung.«

»Was wollen Sie hier? Sie haben versprochen, mich in Ruhe zu lassen.«

»Ich brauche das Foto, das Radarfoto.«

»Sie brauchen das Radarfoto«, wiederholte sie und runzelte die Stirn, eine dicke Falte bildete sich zwischen den Augenbrauen.

»Das Original«, erklärte Piel leise und fragte sich, warum er sich das überhaupt antat. »Die Kopie ist sehr schlecht. Ich dachte, Sie hätten vielleicht die Möglichkeit, es mir aus dem Archiv der Verkehrspolizei zu besorgen.«

»Sie denken richtig. Und Sie glauben, ich würde das jetzt tun, mitten in der Nacht?«

»Nein, nicht wirklich. Aber ich wollte es zumindest versucht haben.«

»Ist das Ihr Wagen, der mit dem roten Kennzeichen?« Sie wies mit dem Kopf auf den Rover. »Schöner Wagen, steigen Sie ein.«

Manchmal, sagte Anne Kopperat, während sie die Jacke aufknöpfte, das Licht am Schminkspiegel anknipste und die Lippen nachzog, sei sie damals das Gefühl nicht losgeworden, daß Brubeck sich entsetzlich beleidigt gefühlt habe; und noch bevor Piel fragen konnte, von wem, fragte sie: »Von seiner Frau. Weil sie nicht besser auf sich aufgepaßt hat, weil sie nicht besser auf seinen Sohn aufgepaßt hat, weil sie die Unverschämtheit besaß, gegen einen Baum zu fahren, zu sterben und ihn hier alleine zurückzulassen.« Vielleicht, fügte sie hinzu, suche er deshalb verzweifelt nach einem Schuldigen, weil er diese Beleidigung nicht ertragen hat.

»Vielleicht«, sagte Piel, dann sagte er: »Die Zigarette, die Brubeck am Unfallort gefunden hat, diese Mercedes-Zigarette.«

»Was ist damit?«

»Das haben Sie ihm nicht geglaubt.«

»Ich habe ihm nicht geglaubt, und nicht allein deshalb, weil er nicht beweisen konnte, daß er sie am Unfallort gefunden hat. Aber ich wußte, daß Franz Rolluck die gleiche Marke raucht. Insofern war es kein besonders sachdienlicher Hinweis. Rolluck raucht zweieinhalb Päckchen am Tag, und Paulsen nicht mehr als fünf. Es war also zehnmal so wahrscheinlich, daß sie von Rolluck stammte und nicht von Paulsen.«

»Sie wußten das schon. Und ich dachte, ich hätte –«, sagte Piel tonlos, bevor er den Satz abbrach.

»Was dachten Sie?«

»Nichts dachte ich, gar nichts.«

Zehn Minuten, nachdem er die Staatsanwältin wieder zu Hause abgesetzt hatte, betrat Piel das Kommissariat, grüßte den Beamten an der Rezeption und fragte, ob Dr. Jasper schon da sei.

Er sei schon da und schon nervös, sagte der Beamte.

Piel beeilte sich und bog an der hinteren Glastür in einen Seitenflur ab – es gab gleich vier Aufnahmen des Wagens, das hatte er nicht gewußt, den Akten im Fall Brubeck war nur die Kopie der Frontaufnahme beigelegt. Zwei Bilder

der Viererserie waren allerdings lediglich Vergrößerungen davon, und auf dem Heckbild war, von Scheinwerfern und Kennzeichen abgesehen, überhaupt nichts zu erkennen. Piel zog die Nase hoch, es roch nach schwerem Tabak, düstere Töne kamen aus dem Labor, untermalt von einem Sound, den eine Art Hammondorgel verursachte.

Jasper hatte gestern für Piel die Zusammensetzung der Pillen untersucht, er war promovierter Chemiker, aber im Labor für so gut wie alles zuständig. Jetzt saß er am Rechner, rauchte Pfeife und machte auf dem Bildschirm mit einer Kettensäge ein Monster kalt. »Aha«, sagte er, »fast pünktlich«, während das Monster brüllte und rote Kreise von sich schleuderte. Dann sagte er: »Scheiße, jetzt haben sie mich doch noch gekriegt«, drückte ein paar Tasten, der Schirm wurde schwarz.

»Tut mir leid«, sagte Piel und zog das Foto aus dem Jackett – die Qualität des Originals war nicht viel besser als die der Kopie der Kopie, fast nur hell und dunkel, fast ohne Nuancen.

Jasper sah sich das Foto an, dann sah er Piel an: »Das kenne ich. Damit habe ich mich schon einmal beschäftigt. Mit diesem Volvo, mit diesen Visagen.«

»Für Kommissar Brubeck?«

»Genau, der Unfall seiner Frau. Frau Kopperat hat es damals herschicken lassen. Es hat zu nichts geführt. Wenn ich mich recht erinnere, haben wir nach irgendwelchen Beschädigungen gesucht und keine gefunden.«

»Ich schätze, Sie haben sich den Wagen genauer angesehen.«

»Was sonst?«

»Den Hintergrund«, sagte Piel.

»Dort gibt es nichts zu sehen«, sagte Jasper bestimmt.

»Dieses Licht.« Piel zeigte mit dem Finger darauf. »Was glauben Sie, was das ist?«

»Irgendein Reflex, von irgendwas, eine Straßenlampe,

vielleicht eine kaputte Straßenlampe.«

»Ich war vorhin an der Radarfalle gewesen. Dort gibt es keine Straßenlampe. Und kein Fenster, nichts, was irgendwie reflektieren könnte.«

»Vielleicht nur ein Fehler beim Entwickeln des Fotos, das kommt schon mal vor.«

»Sicher. Aber wenn es das ist, was ich vermute, wäre es nett, wenn Sie herausfinden können, ob das an diesem Tag möglich war. Sie werden schon sehen. Es geht um die Nacht vom 13. auf den 14. Oktober 92, etwa drei Uhr.«

»Sie reden in Rätseln, junger Mann.«

»Wenn ich Ihnen sage, was es ist, sehen Sie es vielleicht, ohne daß es da wäre. Außerdem will ich Ihnen die Spannung nicht verderben. Wie lange brauchen Sie?«

»Halbe Stunde vielleicht. Ich verspreche nichts.«

»Ich warte oben. Sie wissen, wo mein Büro ist.«

Dr. Jasper nickte, steckte die Pfeife in den linken Mundwinkel, blies Rauchwölkchen aus dem rechten und klappte einen Flachbettscanner auf.

Piel schloß die Labortür und stieg die Treppen hoch. Im Flur der vierten Etage brannte Licht, wenn er sich recht erinnerte, hatte Schröder heute Bereitschaft, Piel traute ihm zu, seinen Bereitschaftsdienst im Kommissariat abzusitzen, auch wenn nur eine von acht Stunden als Überstunde angerechnet wurde. Piel ging in sein eigenes Büro, schaltete das Radio ein, setzte sich und blätterte in einer Motorradzeitschrift. Ein bißchen tat es ihm schon leid, daß er sein altes Mädchen verkauft hatte, um sich den Landrover leisten zu können. Ein bißchen fürchtete er sich sogar davor, es seinem Vater beizubringen, ein bißchen, weil er Angst vor seiner Reaktion hatte, ein bißchen mehr, weil er um seinen Vater Angst hatte. Er könnte sagen, es sei ein Unfall und nichts mehr zu retten gewesen, er könnte sagen, man habe ihm die BMW gestohlen, er könnte – Unsinn, er würde die Wahrheit sagen. Der Schlagzeuger klopfte monoton auf die Bassdrum, der Sänger behauptete, ein eiserner Mann zu sein – Piel stand auf und drehte das Radio lauter, ein Meilenstein von Gitarrenriff, unverrückbar. Piel setzte sich wieder, klopfte monoton auf den Tisch, las und merkte nicht, daß inzwischen jemand die Tür geöffnet hatte. Jemand räusperte sich.

Jemand war barfuß, trug einen hellblauen Schlafanzug und hieß Henning Krull: »Herr Piel, können Sie das eventuell etwas leiser machen.«

»Was tun Sie hier?« fragte Piel, während er die Füße vom Schreibtisch nahm und zum Radio ging. »Ich dachte, Schröder wäre da.«

»Schröder ist im Krankenhaus, weil Hettig zusammengeschlagen wurde – von einem mysteriösen Mann mit einer Strumpfmaske und einem Overall, keiner weiß, wer es gewesen ist und warum er es getan hat.«

»Und Sie haben seinen Dienst übernommen.«

»Nein. Ich übernachte hier. Einigen meiner Fische scheint es nicht so gut zu gehen, ich kümmere mich um sie.«

»So ist das.«

»So ist das. Ich war gerade eingeschlafen. Was tun Sie hier?«

»Ich«, Piel suchte nach einer vernünftig klingenden Erklärung und entschied sich erneut für die Wahrheit. »Ich glaube, daß ich noch etwas herausgefunden habe.«

»Das ist lobenswert, Sie machen freiwillig Überstunden.«

»Wenn man es genau nimmt, geht es um den Unfall. Um Brubeck.«

»Ich dachte, das wäre vorbei«, sagte Krull und sah Piel mißtrauisch an.

»Das dachte ich auch«, sagte Piel.

»Entschuldigen Sie«, sagte Dr. Jasper und drängte sich mit einem großen Umschlag in der Hand an Krull vorbei.

»Ziemlicher Auflauf, verpasse ich eine Party? Schöner Schlafanzug übrigens, Herr Krull, hat den Ihre Frau gekauft?« Und während er einen auf DIN-A3 vergrößerten Hintergrund aus dem Umschlag nahm und auf den Tisch legte, sagte er zu Piel: »Sie hatten Recht. Es ist kein Reflex oder eine Lampe, sondern –«, er legte eine Kunstpause ein.

»Sondern?«

»Der Mond. Sehen Sie diese Schatten, das sind Krater, Mondkrater, und das Licht ist ganz zweifellos Mondlicht. Man hat versucht, das zu retuschieren, das ist aber schiefgegangen. Derjenige, der das gemacht hat, hat es offenbar ziemlich eilig gehabt und den Stift, vermutlich einen Filzstift, nach dem Retuschieren verwischt. Vermutlich hat er zu spät bemerkt, daß da überhaupt noch was zu retuschieren ist.«

Er nahm ein zweites Foto aus dem Umschlag, Krull war näher gekommen und schaute ihm über die Schulter.

»Sehen Sie das?« sagte Jasper.

»Was soll ich sehen?« sagte Piel.

»Nichts, beziehungsweise Wolken, die vom Mond beschienen werden, von oben. Durch diese Wolkenberge dringt kein Schimmer. Ich habe im Netz ein Satellitenfoto der Unfallnacht aufgetrieben. In dieser Nacht gab es keinen Mond. Ansonsten ist alles ziemlich professionell gemacht, wenn es so ist, wie ich glaube, hat es in der Nacht dieser Aufnahme nicht geregnet. Aber der Wagen ist naß, als hätte es geregnet, zumindest das Blech ist naß und die Seitenfenster.« Jasper legte eine dritte Vergrößerung auf den Tisch. »Sehen Sie, das ist Wasser, die Scheibenwischer sind eingeschaltet, aber die Windschutzscheibe ist trocken. Sie müßten aber, wenn es wirklich geregnet hätte, entweder links oder rechts vom Scheibenwischer, also dort, wo der Wischer gerade nicht gewischt hat, ebenfalls naß sein, jedenfalls müßte man ein paar Regentropfen sehen. Sieht man aber nicht. Ich denke, man hat kurz vorher ein paar

Eimer Wasser über den Wagen gegossen, damit es so aussieht, als ob es regnen würde.«

»Wenn ich Sie richtig verstehe«, sagte Krull mit einer erschrocken klingenden Stimme, »sind Sie der Ansicht, daß dieses Radarfoto nicht in der Nacht aufgenommen worden ist, in der Karen und Daniel Brubeck ums Leben kamen.«

»Sie verstehen mich richtig«, sagte Dr. Jasper und grinste stolz. »Laut Bericht des Wetterdienstes gab es vom 17. bis zum 21. Oktober klare Nächte und einen abnehmenden Halbmond. Vermutlich ist die Aufnahme innerhalb dieses Zeitraumes entstanden. Die Vergrößerungen lasse ich Ihnen da, ich denke, daß Sie hochzufrieden mit meiner Arbeit sein können, gute Nacht«, sagte er, schaute Krull an, sagte »schöner Schlafanzug, wirklich schöner Schlafanzug«, dann ging er.

»Wir erklären Sie sich das?« sagte Piel nach einer Weile.

»Ich denke gerade darüber nach«, sagte Krull und schaute immer noch den Mond an, sein Blick schien auf dem Papier festgeklebt zu sein, als könne er es immer noch nicht fassen.

Piel schwieg – wie ein Werwolf, dachte er, schaute sich Krull den Mond an.

Krull sagte: »Wir wissen, daß viele Geschäfte von Herrn Paulsen nur mit Hilfe der Polizei möglich waren. Wir wissen nicht, mit Hilfe welcher Polizisten, ich habe mich des öfteren selbst mit ihm unterhalten, wir haben es nie herausfinden können.« Er verschränkte die Arme hinter dem Rücken und ging zum Fenster. »Kramer, Dohr und Paulsen haben die Szene ein paar Tage später mit Polizeiunterstützung nachgestellt, eine andere Erklärung gibt es nicht. Als sie wußten, daß sie nach der Kollision mit dem Fiesta fotografiert worden sind, und das neue ...«

»Der Fototermin«, unterbrach Piel.

»Bitte?«

»Petra Kramer hat mir erzählt, daß ihr Mann damals von einem Fototermin gesprochen hat.«

»Jetzt wissen wir, was sie damit gemeint hat.«

»Vor dem Fototermin hat Paulsen den Volvo reparieren lassen.«

»Ich fürchte ja. Die Geschwindigkeitsübertretung war längst mit Datum in den Akten vermerkt. Das konnte man nicht mehr ungeschehen machen. Aber mit Paulsens Beziehungen zu unserem Haus konnten sie in den Akten das Foto austauschen. Noch bevor jemand auf die Idee kam, sich das echte Foto genauer anzuschauen.«

»Großartig«, sagte Piel und beobachtete Krull, der das alles gar nicht so großartig zu finden schien.

»Für Sie vielleicht«, sagte Krull matt. »Jetzt ist das alles doch noch nicht vorbei.« Er schaute Piel scharf an. »Brubeck erfährt nichts davon. Jedenfalls nicht von Ihnen. Ich werde es ihm schonend beibringen. Nachdem die entsprechenden Leute verhaftet sind. Bevor Brubeck etwas tun kann, was er später unter Umständen bedauern würde.« Er sah zur Decke, als wolle er zum Himmel sehen. »Nein«, sagte er, »ich denke, er würde es nicht bedauern. Also, kein Wort, haben Sie mich verstanden?«

»Ich habe Sie verstanden«, sagte Piel, während Krull mit zitternden Fingern die Fotos in den Umschlag steckte, den Umschlag unter den Arm klemmte und das Büro verließ.

42

Es war ein lächerlicher Triumph gewesen. Beiläufig war nicht die Art gewesen, wie er seine Arbeit präsentiert, sondern wie Brubeck darauf reagiert hatte. Zum In-die-Luft-Springen war ihm danach schon gar nicht gewesen, weder in Gedanken noch richtig, mit den Füßen. Nun würde es ein wirklicher Triumph werden. Er würde diesen Triumph haben, nicht Krull. Es war sein Fall, er, Piel, hatte ihn aufgeklärt, innerhalb von knapp zwei Wochen, Brubeck hatte es in drei Jahren nicht geschafft. Wäre es nach Krull gegangen, nach diesem ängstlichen, zögerlichen Menschen, der wegen seiner Fische im Büro übernachtete und nicht wie ein Polizist, sondern wie ein Pfarrer aussah und es vielleicht auch besser geworden wäre, wäre es nie so weit gekommen. Es war überhaupt keine Frage, dieser Mann mit seiner Sorge um Brubeck hätte nie im Leben ein Verhältnis mit der Frau seines besten Freundes angefangen, schon aus menschlichen Gründen nicht, Gertrud hatte sich geirrt – auch wenn der Volksmund manchmal die Wahrheit sagte, hatte der Volksmund in diesem Fall den Mund ein bißchen zu voll genommen.

Sehr weit war Piel auf dem Weg zur Bar noch nicht gekommen. Immer, wenn man in dieser Stadt diesen Fluß überqueren mußte, er war mindestens vierzig Meter breit, von der Autobahn unter ihm war nichts mehr zu sehen, stand man im Stau, wurde man von den Erste-Hilfe-Mannschaften beiseite geschoben, von ihren Martinshörnern und Blaulichtern, dabei war die Stadt in Sicherheit, waren alle Keller ausgeräumt, alle Katzen und Senioren gerettet und jedes verfügbare Sandkorn in Säcke geschüttet und zu Dämmen gestapelt. Den ganzen Tag hatte es nicht geregnet, obwohl die Party längst vorüber war, drehten sie die Musik noch mal auf und tanzten ab. Auch Piel drehte die Musik auf, ein Meilenstein von Riff, ein Meilenstein überhaupt, die Platte war einundvierzig Minuten und fünfunddreißig Sekunden lang.

Eine Minute und siebenundfünfzig Sekunden waren davon übriggeblieben, als Piel sein Ziel erreichte. Brubeck war nicht zu Hause gewesen, das hatte er überprüft, also mußte er hier sein, das war auch eine Art Zuhause für ihn. Der Blaue Hase war gut besetzt, auf Brubecks Platz saß jemand, aber nicht Brubeck. Piel ging zur Theke. Marianne Escher lehnte sich mit dem Hintern ans Spülbecken, wendete ihm den Rücken zu und rauchte. Piel hatte sie noch nie rauchen sehen. Ihr gegenüber unter dem Flaschenregal stand ein Champagnerkübel mit blauen Lilien, er hatte hier noch nie Blumen gesehen.

Er grüßte.

Sie drehte sich um und schaute ihn an, sie schaute irgendwie schräg, als würde sie ihn sehen und gleichzeitig durch ihn hindurch. Sie machte einen Zug und blies den Rauch durch die Nase, sie stand in einem Lichtkegel, und einen Moment lang sah es so aus, als hätte sie zwei Watteröhrchen in den Nasenlöchern, wie nach einer Operation. »Er war hier«, sagte sie langsam.

»Wer?« fragte Piel, obwohl er die Antwort kannte.

»Brubeck, ihr Freund. Er war hier, das wollten Sie doch wissen.«

»Und jetzt?«

»Ist er weg, wie Sie sehen.«

»Und was ist zwischendurch passiert?« fragte er und setzte sich.

»Er hat getrunken und geraucht.«

»Ich schätze, das war nicht alles.«

»Schätze ich auch.« Sie zeigte mit einer Kopfbewegung auf den Blumenkübel. »Er hat Blumen mitgebracht. Dann hat er mir einen Heiratsantrag gemacht – nein, es war kein Heiratsantrag, er hat gesagt, es würde ihm vorerst genügen, wenn ich zu ihm ziehen würde. Können Sie sich das vorstellen?«

Piel zögerte und dachte nach. »Ich kann es mir nicht nicht vorstellen«, sagte er dann. Er zögerte erneut, dann fragte er vorsichtig: »Gab es einen Grund, ich meine, ich will nicht indiskret sein, aber – war da was, zwischen Ihnen und ihm?«

»Sie sind indiskret. Natürlich war da was. Er hat bei mir übernachtet, nach der Razzia. Wir waren beide ziemlich betrunken, und da passiert so was schon mal. Aber ich hätte im Traum nicht daran gedacht, daß er jetzt so eine Affäre daraus macht. Wer denkt denn ans Heiraten, wenn man einmal im gleichen Bett schläft. Das habe ich ihm übrigens deutlich genug gesagt, nicht erst heute. Mehr als einmal.«

»Und was hat er gesagt?«

»Ich hatte den Eindruck, daß er es nicht gehört hat.«

»Akustisch.«

»Nein, psychisch, wenn man das so sagen kann. Ich komme alleine wunderbar zurecht, ich war schon zweimal verheiratet, auf einen dritten Mann kann ich ganz gut verzichten. Das habe ich ihm auch gesagt. Mehr als einmal. Aber als er vorhin hier angekommen ist, mit diesen Blumen und diesem romantischen Gebrabbel von Augen und Sternen und der schönsten Frau der Welt, habe ich gewußt, daß er sich überhaupt nicht vorstellen kann, daß man einen Mann wie ihn nicht haben will. Er konnte sich überhaupt nicht vorstellen, daß ich nein sage.«

»Später, ich habe nicht viel Zeit«, sagte Piel zu Aika, die gerade von der Bühne gekommen war, einen Kimono trug und ihn auf die Wange geküßt hatte. Sie ging weiter. Piel redete weiter: »Was hat er dann getan?«

»Nichts mehr. Getrunken und geraucht. Fast eine ganze Packung, in einer Stunde. Wodka, genau vierzehn Wodka, eine ganze Flasche. Er war übrigens sehr höflich, er hat sich genauso benommen, wie er sich in den ersten Tagen, als er hier an der Bar saß, benommen hat. So, als wäre nichts geschehen. Und so, als hätte er noch alle Möglichkeiten. Und er hat wieder den gleichen Wodka getrunken wie am Anfang, den billigen Wodka. Dann hat er bezahlt und ist weg. Sie haben ihn gerade verpaßt.«

»Er hat Ihnen nicht gesagt, wo er hinwollte?«

»Er hat gesagt, er hätte noch etwas zu erledigen. Wollen Sie etwas trinken?«

»Warum nicht«, sagte Piel. Er ahnte, wo Brubeck war.

Genaugenommen wußte er es. Er saß schwer auf dem Hocker, als wäre die Erdanziehungskraft plötzlich doppelt so stark geworden. Er würde es zu Ende bringen. Oder er würde aufhören damit. Noch bevor Marianne einen silbernen Shaker ausgespült hatte, stand er auf. »Tut mir leid«, sagte Piel, es tat ihm wirklich leid. »Ich habe noch etwas zu erledigen«, sagte er und ging.

Paulsens Villa befand sich auf der anderen Seite des Flusses, er mußte über eine andere Brücke, es war bergauf und etwas schneller gegangen, Piel hatte nur eine halbe Stunde für die Strecke gebraucht, für die man normalerweise fünf Minuten brauchte. Er hätte es noch schneller schaffen können, er hatte sich nicht besonders beeilt, hatte sogar daran gedacht, umzukehren.

Jetzt war er da, hatte den Wagen hinter Brubecks Wagen abgestellt und stieg aus. Brubecks Wagen stand unter einer dürren Tanne, wie ein Geist streckte sie ihre Arme über den Bürgersteig. Piel legte eine Hand flach auf die Motorhaube des Passats, sie war noch warm, fast heiß, ihm war kalt, seine Fingerspitzen froren, er rauchte zuviel, das machte die Blutgefäße eng. Brubeck hatte keinen großen Vorsprung. Wenn er sich beeilte, hatte Paulsen vielleicht noch eine Chance. *Du schaffst es*, sagte sein Vater irgendwo über ihm, Piel legte beide Hände auf die Motorhaube, es war angenehm warm. Irgendwo dort war Brubeck, irgendwo abseits vom Gartenweg, abseits vom Dienstweg. Brubeck interessierte ihn nicht, nicht mehr. Brubeck hatte sich nicht einen Augenblick für ihn interessiert. Vermutlich zog er jetzt gerade seine Pistole, wie in den richtigen Krimis, die sich Mama immer angeschaut hatte, in denen die Schauspieler eine ordentliche Wumme im Schulterhalfter oder Gürtel stecken hatten. Paulsen ging ihn nichts an – irgendwann nahm alles einmal ein Ende, das war der Lauf der Dinge, außerdem hatte er es verdient, solche Gerichtsverhandlungen zogen sich manchmal endlos lange hin und kosteten den Staat eine Menge Geld.

Die Glocken einer Kirche unten in der Stadt läuteten zwölf, der 14. Oktober 1995 begann, heute war Todestag, wie jedes Jahr war seit drei Jahren an diesem Tag für Brubeck Todestag, nun war auch für Paulsen an diesem Tag Todestag. Piel lachte leise, er fand es komisch – auch melodramatisch, umgebracht zu werden bedeutete, sterben zu müssen. Er rieb die Handflächen aneinander. Es gab nichts mehr zu regeln. Die beiden regelten die Sache untereinander, unter Männern. Er hatte nichts damit zu tun. Es war vorbei, seine lächerlichen Bemühungen waren ein Witz gewesen, Brubeck hatte sich einen Dreck darum geschert, vermutlich hatte er ihn ausgelacht. Brubeck war es egal gewesen, ob die drei Männer für den Unfall seiner Frau verantwortlich waren oder nicht, darum war es gar nicht gegangen, vielleicht noch vor drei Jahren, jetzt nicht mehr. Und er, Piel, hatte nichts davon gemerkt. Er war ein Witz gewesen, wie er Brubeck angestarrt hatte, mit großen Kinderaugen. Wie er Brubeck bewundert hatte für seine große Liebe, er wünschte Elisabeth alles Gute, vermutlich hatte sie recht. Brubeck war ein großer Liebhaber. Innerhalb einer Stunde war er, von seiner neuen Liebe versetzt, zu seiner alten zurückgekehrt. Die konnte nicht mehr nein sagen. Er, Piel, hatte sich schon wieder beeindrucken lassen. Vielleicht würde er sich ein Aquarium kaufen – kein Aquarium, eine Katze oder einen Hund, wer eine Katze oder einen Hund zum Freund hatte, brauchte keine anderen Freunde mehr, Katzen oder Hunde mußte man nicht beeindrucken, sie waren zufrieden, wenn sie zu fressen hatten und genügend Auslauf. Na ja, vielleicht konnte man einem Hund ein paar Kunststückchen beibringen, Zeitungholen oder Pfötchengeben, dann wäre wenigstens einer da im November, der ihm zu seinem dreißigsten Geburtstag gratulieren würde.

Piel stieg in den Rover, es begann zu regnen, so, wie es

an jedem ordentlichen Todestag regnete, für die Stimmung. Er nahm eine Roth-Händle aus der Packung und zündete sie an, er rauchte schon die gleichen Zigaretten wie Brubeck. Die Anlage war großartig, unter dem Rücksitz war ein Riesenbaß montiert, der CD-Player zog eine CD ein, Piel drehte die Musik so laut, daß sie in den Ohren weh tat, daß er nicht mehr hörte, wie er den Motor startete. Er fuhr ohne Licht, weil es ihm weniger gefährlich erschien, wenn das Licht aus war, weil er das Gefühl hatte, nicht wirklich vorhanden zu sein, wie der Rauch zu sein, den er ausblies, durch andere Autos hindurch fahren zu können, ohne Schaden anzurichten. Er fühlte sich wie kalter Zigarettenrauch und fuhr in ein Loch, in die Nacht – *yeah,* wenn sie ihn nicht sahen, würden sie ihn hören.

Es gab viele schöne Berufe. Schreiner, das war wirklich ein schöner Beruf, man mußte nicht sein Leben lang Polizist sein. Gärtner konnte man werden, die Natur war wundervoll, man war den ganzen Tag an der frischen Luft, dann konnte er seinen Hund mit zur Arbeit nehmen, Stöckchen werfen, mit ihm herumtollen, unbeschwert, ein wundervolles Leben wartete auf ihn. Aika wartete auf ihn, eine Stripperin, immerhin, sie hatte weiche Haut. Piel drehte die Musik noch lauter, so laut, daß der Riesenbaß flatterte und er sogar die Musik nicht mehr hörte, daß er gar nichts mehr hören mußte von dem, was er nicht mehr hören wollte, daß er nicht einmal mehr hörte, wie er laut zu lachen begann.

Dann hörte er plötzlich auf zu lachen. Er trat auf die Bremse und stand mit dem Wagen einen Moment auf einer kleinen Kreuzung. Wenn er es sich recht überlegte, mochte er weder Holz noch Hunde, haßte er die frische Luft, und die Natur fand er öde. So ging es ja auch nicht. Er blies Rauch aus und nahm sich vor, sich nie wieder beeindrucken zu lassen, von wem auch immer. Und diesmal war er sicher, daß es ihm gelingen würde. Jan Piel drehte die

Musik aus, schaltete das Licht ein, warf die Zigarette und schließlich die noch halbvolle Packung aus dem Fenster, ließ Brubeck hinter sich und setzte seinen Weg fort.

43 Die an den Garten grenzende Außenwand der Villa war mit drei großen Scheinwerfern versehen, im Garten war es fast taghell. Von der Straße kam laute Musik, der Motor eines Wagens wurde gestartet, er fuhr weg, die Musik fuhr weg, jetzt war es still, fast still, ein Hund bellte. Das Gartenhaus war noch etwa zehn Meter entfernt, die Tür befand sich an der Rückseite, Brubeck wußte, wie er sie zu öffnen hatte. Zehn große Ampullen reichten als Zusatz für Paulsens nächsten Badegang. Der Hund bellte im Haus, wie verrückt. Brubeck sah die Lampen an der Decke des Schwimmbads durch die Oberlichter, die knapp über dem Rasen lagen, Spezialglas, schußsicher. Vielleicht würde Paulsen noch heute nacht schwimmen gehen, um so besser, wenn nicht, würde er es morgen früh tun, das reichte auch. Brubeck blieb stehen. Ein Blick, nur ein Blick auf den Mörder seiner Familie, dachte er und schlich zum Haus, die Ventilatoren rauschten und sogen frische Luft ein, Brubeck schaute vorsichtig durch die Fenster.

Er fühlte sich wie ein Zuschauer auf der Theatergalerie, dort, wo er oft mit Karen gesessen und sich geärgert hatte, nicht in das dämlich inszenierte Geschehen auf der Bühne eingreifen zu können. Wo er sich oft mit Karen gestritten, oft mit ihr geschwiegen hatte – natürlich, nach außen sah es so aus, als hätten sie sich wirklich gestritten, aber Brubeck wußte, daß sie es nicht so meinte, daß sie ihn liebte und daß er sie geliebt hatte, daß er sie immer noch liebte, daß Karen die einzige Frau war, die er je lieben würde und konnte, war ihm noch nie so klar wie in diesem Augenblick. Ein paar Stunden, ein paar Tage hatte er gezweifelt, alle Zweifel waren verschwunden, weggeblasen. Für diese Frau würde er alles tun. Die Welt würde sehen, daß er alles für sie tat, daß er das Äußerste für sie tat, was ein Mann für eine Frau tun kann. Und diesmal würden auch die Schauspieler tun, was das Publikum verlangte.

Der Hund war Paulsens Retriever, er bellte. Er zog sich fast den Hals zu, jemand hatte ihn mit der Leine an einer Palme festgebunden. Paulsen lag in einem Liegestuhl vor der Bar, leblos, den Kopf auf der Schulter, als würde er schlafen, er schaute in die entgegengesetzte Richtung, seine Arme hingen schlaff zum Boden. In der rechten Hand hielt er einen Gegenstand, etwas Schwarzes, von hier oben sah es aus wie eine Waffe. Irgend etwas stimmte nicht. Brubeck dachte nach. Dann versteckte er die Zigarrenkiste mit den Giftampullen unter ein paar Sträuchern und schüttete drei Hände voll Laub darüber. Er schlich um die Villa, langsam, Schritt für Schritt. Die Fenster der oberen Etagen waren dunkel, das Wachpersonal ging pünktlich um zehn, wenn Paulsen keine Gäste mehr erwartete und nicht vorhatte, das Haus noch zu verlassen. Brubeck hatte es unbemerkt bis zum Vordereingang geschafft, die Tür stand offen. Die Tür stand nie offen, nachts schon gar nicht. Er zog die Walther und ging hinein.

Es war dunkel, der Hund bellte. Er bellte von unten, aus dem Keller, Brubeck drückte sich eng an die Wand und folgte dem Bellen. Er ging eine Treppe hinunter, sie war mit rotem Teppich ausgelegt. Es roch nach Salzwasser, dem Wasser im Meeresbecken, damals, vor drei Jahren, hatte das Wasser der Ostsee vor allem nach Algen gerochen. Der Flur im Keller war dunkel, am Ende des Flurs brannte Licht, dort war das Schwimmbad. Die Tür zum Schwimmbad stand einen Spalt breit offen, er tippte sie mit dem Fuß an, sie knarrte und schwang zurück. Der Hund bellte lauter, im Schwimmbad war es hell. Der weiße Sandstrand fiel schräg ab und endete am dunkelblauen, klaren Wasser, Brubeck überlegte kurz, wie viele Waschbecken voll Wasser in das Meeresbecken gingen. Palmen mit breiten Blättern warfen Schatten, der Raum war vielleicht vier Meter hoch und so groß wie ein Basketballfeld. Brubeck sank im Sand ein, der Sand knirschte. Er richtete seine Pistole auf Paulsen, Paulsen rührte sich nicht. So war es noch besser, Paulsen würde ihn anschauen müssen, dann wußte er, von wem er erschossen wurde. Der Hund war still, er winselte und lag mit dem Kopf auf den Vorderpfoten im Sand. Neben Paulsens Liegestuhl stand ein volles Cocktailglas, neben dem Glas lag ein Handtelefon, neben dem rechten Auge war ein Loch in Paulsens Kopf, um das Loch ein bißchen frisches, ein bißchen verkrustetes Blut, ein Rinnsal von Blut war ihm bis zum Kinn gelaufen und in den weißen, gekräuselten Brusthaaren vertropft, seine Frisur saß blendend. Lange konnte er noch nicht tot sein. In der rechten Hand hielt er eine Waffe, es sah aus, als hätte er sich selbst erschossen, obwohl er sehr am Leben hing. Es sah aus, als hätte er sich noch einen Drink gemixt, bevor er sich erschossen hatte. Es sah aus, als hätte er noch einen Anruf erwartet. Warum sollte er sich mit der rechten Hand erschießen, sein Mörder hatte ihn nicht besonders gut gekannt, Brubeck steckte die Walther wieder ein. Er war klar, auf dem Weg hierher hatte er doppelt gesehen, ihm war schwindlig gewesen und er hatte das Gefühl gehabt, daß sich der Boden unter ihm bewegte – aber jetzt sah er die Dinge, wie sie waren. Die Dinge waren trostlos. Er dachte nach. Er mußte nachdenken. Er durfte jetzt keinen Fehler machen. Der Hund hechelte, Brubeck schnaufte. Dann zwang er sich, langsam ein- und auszuatmen, schloß die Augen, öffnete sie wieder. Er bückte sich, zog langsam die Waffe aus der rechten Hand des Linkshänders und legte sie auf den Boden. Wenn Paulsen sich, obwohl alles dagegensprach, selbst erschossen hatte, würden sie es feststellen. Sie würden ihm eine Folie über Zeigefinger und Daumen kleben, die Folie abziehen und im Labor Pulverspuren finden, vielleicht kannte der Mörder sogar die Folienprobe, möglicherweise hatte er für Pulverspuren gesorgt.

Vielleicht reichte es sogar, diese altertümliche Pistole anzufassen, wenn man schon tot war, um genügend Partikel an der Hand zu haben, damit es so aussah, als hätte man sich selbst erschossen. Es war eine schöne Pistole, mit einem schönen langen Lauf, eine Neunmillimeterpistole, eine spanische Campo Giro, als Baujahr war die Zahl 1915 ins Gehäuse gestanzt.

Brubeck ging hinter die Bar, füllte einen Eiskübel mit Wasser und gab ein paar Spritzer Spülmittel dazu. Er nahm einen Lappen und schrubbte Paulsens Hände ab. Jetzt würden sie gar nichts mehr feststellen, im Labor.

Wenn Paulsen sich nicht selbst erschossen hatte, hatte er seinem Mörder selbst die Tür geöffnet. Es war unwahrscheinlich, daß Paulsen um diese Zeit jemandem die Tür öffnete, dem er mißtraute. Er mißtraute fast allen. Es mußte jemand gewesen sein, den Paulsen flüchtig gekannt, aber weder für einen Feind noch für einen potentiellen Feind gehalten hatte, der vertrauenerweckend wirkte, jemand, der harmlos war, dem man nichts zutraute, einen Mord schon gar nicht, der Pfarrer vielleicht, dachte Brubeck.

Kein Mensch, der vorhatte, sich zu erschießen, ließ die Haustür offenstehen. Ein Mensch, der gerade einen anderen erschossen hatte, ließ die Haustür offenstehen, nachdem er seinem Opfer die Waffe in die falsche Hand gedrückt hatte, wenn er hektisch den Tatort verließ. Paulsen lächelte, lächelte sogar noch als Toter sein widerwärtiges, sanftmütiges, introvertiertes Lächeln, er mußte aus kurzer Distanz erschossen worden sein, und er mußte bis zuletzt nicht geglaubt haben, daß sein Mörder ihn tatsächlich erschießen würde. Brubeck drehte den Lappen aus, wischte über die Pistole, wischte Paulsens Fingerabdrücke weg und goß das Seifenwasser ins Spülbecken hinter der Bar. Er nahm ein sauberes Geschirrtuch und wischte die Campo Giro trocken. Er zog das Magazin aus der Pistole, eine Patrone fehlte, sie befand sich in Paulsens Kopf, oder hatte sich für den Bruchteil einer Sekunde darin befunden. Sieben Patronen waren noch in der Waffe. Er steckte das Magazin wieder ein und schaute Paulsen in die Augen, so, wie er es sich immer vorgestellt hatte, so hatte er davon geträumt.

Brubeck schoß. Er schoß Paulsen die erste Kugel in den Kopf, in das Loch, das es schon gab, direkt neben das rechte Auge. Dann schoß er ihm die zweite Kugel in den Kopf, der Hund bellte, Paulsens Kopf hüpfte auf dem Liegestuhl wie auf einem Trampolin, Brubeck drückte ab, schoß, schoß so oft, bis das Magazin leer geschossen war, so oft, daß nicht mehr viel übrigblieb von diesem Kopf, der einmal Paulsens Kopf gewesen war, und vom Schußkanal der ersten Kugel schon gar nichts – nichts mehr würden sie feststellen, auch nicht, daß zwischen dem ersten Einschuß und den sieben darauffolgenden etwa eine halbe Stunde, wie er schätzte, lag, das würden sie doch nicht feststellen in ihren beschissenen Polizeilaboratorien, nie im Leben, das konnten sie nicht, jetzt nicht mehr, oder doch? Brubeck schloß kurz die Augen, das würden sie nicht, das konnten sie nicht.

Brubeck war ruhig. Er wußte, was er tat. Er legte die Waffe auf die Theke der Tropica-Bar, der Hund winselte ängstlich. Brubeck bückte sich. Er nahm das Telefon, klappte es auf und wählte die Nummer der Polizei. »Brubeck«, sagte er, »Gunther Brubeck.« Dann gab er Paulsens Adresse durch. »Ich hatte keine andere Wahl«, sagte er schließlich. »Ich warte hier auf Sie.« Dann klappte er das Telefon zu, legte es auf die Theke neben die Campo Giro, dann streckte er sich auf dem Liegestuhl neben dem von

Paulsen aus. Paulsen hatte aufgehört zu lächeln, Brubeck hatte ihm das Lächeln aus dem Gesicht geschossen.

Brubeck nahm Paulsens Cocktail und trank einen Schluck, es schmeckte ein bißchen verwässert, weil das Eis geschmolzen war, das Glas war mit kleinen Blutspritzern versehen. Brubeck schaute durch die Oberlichter nach draußen, es war fast taghell im Garten, von dem er noch ein paar Baumwipfel sah. Er sah, wie der Regen fiel, feiner blauer Regen. Nichts würden sie feststellen, gar nichts. Brubeck war klar. Er sah die Dinge, wie sie waren.

Wolfgang Stauch im Suhrkamp Verlag

Eine schlechte Geschichte
es 1712. 160 Seiten

Eine Geschichte mit fünf Personen: Der Bestattungsunternehmer, der Pfarrer, eine Frau, der Bürgermeister, der Schreiner. Diese Runde hat sich getroffen, um die Geschichte zu erfinden, die der junge Autor Wolfgang Stauch erzählt.

Ersonnen wird die »traurige Kriminalgeschichte« eines ermordeten Landstreichers. Jeder der anwesenden Geschichtenerfinder schlüpft als Ich-Erzähler in die Rolle des Ermordeten, um aus der »Objektivität seines Todes« den Mörder zu überführen.

Einer erzählt, die anderen vier können als Zuhörer in die Geschichte eingreifen, um eine eigene, eine bessere Geschichte zu erfinden. Denn wer »gibt schon freiwillig zu, eine schlechte Geschichte zu erzählen«.

»Wolfgang Stauchs Buch ist auch eines über die rastlose Mehrstimmigkeit und damit Beliebigkeit und Austauschbarkeit heutigen Bewusstseins, wo der einzelne keine Geschichte mehr hat, ausser sie wird ihm von aussen zusammengewerkelt. Das Resultat ist eine zeitgemässe ›schlechte Geschichte‹. Ein gutes Buch.«
Basler Zeitung

NF 201/1/3.00

Unterhaltsames im suhrkamp taschenbuch

Ernst Augustin
Gutes Geld
Roman in drei Anleitungen
st 2771. 170 Seiten

Antonia S. Byatt
Besessen
Roman
Aus dem Englischen von Melanie Walz
st 2376. 632 Seiten

Guillermo Cabrera Infante
Drei traurige Tiger
Roman
Übersetzung von Wilfried Böhringer
st 1714. 535 Seiten

Andrew Crumey
Die Geliebte des Kartographen
Roman. Übersetzung von Klaus Pemsel
st 2942. 221 Seiten

Karen Duve
Keine Ahnung
Erzählungen
st 3035. 168 Seiten

Jürg Federspiel
Geographie der Lust
Roman
st 1895. 202 Seiten

NF 201/2/3.00

Herbert Genzmer
Die Einsamkeit des Zauberers
Roman
st 2871. 181 Seiten

Norbert Gstrein
Einer
Erzählung
es 1483. 118 Seiten

James Hamilton-Paterson
Die Geister von Manila
Roman.
Übersetzung von Esther und Udo Breger
st 3067. 432 Seiten

Marcus Hammerschmitt
Target
Roman
st 2847. 122 Seiten

Peter Henning
Tod eines Eisvogels
Roman
st 2908. 135 Seiten

W. H. Hodgson
Stimme in der Nacht
Unheimliche Seegeschichten
Aus dem Englischen von Wulf Teichmann
st 2709. 212 Seiten

NF 201/3/3.00

Angeles Mastretta
Emilia
Roman
Aus dem Spanischen von Petra Strien
st 3062. 416 Seiten

Eduardo Mendoza
Die Stadt der Wunder
Roman
Aus dem Spanischen von Peter Schwaar
st 2142. 503 Seiten

Doron Rabinovici
Suche nach M.
Roman in zwölf Episoden
st 2941. 270 Seiten

João Ubaldo Ribeiro
Das Lächeln der Eidechse
Roman
Ü.: Karin von Schweder-Schreiner
st 2556. 362 Seiten

Ralf Rothmann
Stier
Roman
st 2255. 372 Seiten

Hubertus von Thielmann
Forbes Park
Roman
st 3008. 320 Seiten

NF 201/4/3.00